근대 대중매체와 잡가

근대 대중매체와 잡가

박 지 애

역락

머리말

20세기 전반기는 시(詩)와 가(歌)의 분리, 대중매체를 활용한 노래의 소통과 향유 등 기존에 노래를 향유하던 방식이 획기적으로 전환된 시기이다. 근대적 대중매체를 활용하여 노래가 소비되고 향유되면서 가곡·시조·가사 등 전통적인 노래 갈래는 전반적으로 위축되고 쇠퇴하였다. 즉 이 시기는 노래판의 헤게모니가 전통적인 노래 양식에서 외래의 노래 양식으로 급속하게 바뀌어가는 시기였다. 그러나 모든 전통적인 노래 갈래가 침체의 길을 걸은 것만은 아니다. 전통적인 노래 갈래가 대중들로부터 외면 받을 때, 잡가는 장르 내·외적인 변화 과정을 겪으며 근대 대중매체와 비교적 성공적으로 결합하였다. 더 나아가 잡가는 외국에서 이입된 새로운 노래 양식들과 대등하게 경쟁하고 때로는 그들보다 우위를 점하며 전통 노래 양식의 위용과 굳건함을 보여주었다. 이 책에서는 전통 노래 양식인 '잡가'가 새로운 근대 대중매체를 통해 향유되면서 보여주었던 장르 내·외적인 다기한 변화 양상을 포착하고자 노력하였다.

근대 대중매체를 통해 향유된 잡가의 실상을 살피기 위해서는 당시 노래를 향유하는 데 소용되는 모든 매체를 대상으로 잡가의 흔적을 찾을 필요가 있었다. 그래서 이 책에서는 노래책, 유성기음반, 라디오방송 등 잡가가 수록되고 공연된 흔적을 찾아 정리하고 질서화하는 작업부터 시작하였다.

그리고 잡가 연구를 위해서는 또 하나의 난제를 해결해야만 했다. 과연 어디까지를 잡가로 볼 것인가의 문제를 해결해야만 본격적인 연구를 진행할 수 있었다. 즉 '잡가'는 잡연할 정도로 다양한 노래의 총칭이면서 시대에 따라 그 지칭 범위를 달리하였다. 그래서 이 책에서는 매체에 수록될 때 그 노래를 지칭하는 '표제'에 주목하고, 당시 '잡가'라는 명칭이 표제로 사용된 노래들을 대상으로 논의를 전개하였다.

이 책의 4장까지는 각각의 대중매체에 수록된 잡가의 실상을 정리하고 매체별로 향유된 잡가의 특징을 해명하고자 노력한 글들이다. 이 글들이 20세기 전반기 잡가의 실상에 대해 공시적인 접근방식을 취했다면, 5장과 6장에서는 잡가의 지속과 변용 과정을 통시적으로 접근하고자 노력하였다. 여기까지가 잡가만을 대상으로 펼친 논의라면, 7장에서는 논의의 범위를 확대하여 '십이가사'를 대상으로 잡가가 아닌 다른 전통 노래 양식이 대중매체를 통해 활용된 사례를 함께 살펴보았다.

이 책은 박사학위논문인 「20세기 전반기 잡가의 향유방식과 변모 연구」(2010)를 깁고 다듬은 것이다. 대학원 과정부터 현재까지도 '전통적인 노래 양식의 지속과 변용'은 항상 필자에게 중요한 고민거리였다. 전통적인 향유기반이 급격하게 쇠퇴하고 위축될 때, 노래는 소멸되지 않았다. 새로운 문화기반과 소통방식에 맞추어 변화를 거듭하고 그 생명력을 이어 나갔다. 이러한 과정을 확인하는 일은 연구자로서 무엇보다 기쁜 일이었다. 그래서 지금도 20세기 전반기에 유성기음반과 라디오방송으로 향유되던 수많은 잡가가 현재는 어떻게 향유되고 있는지 그 행방을 추적하고, 또 전통적인 농촌 공동체가 쇠퇴한 이후 민요는 어떠한 방식으로 전승되고 있는지 그 과정을 살피고 있다. 미진하고 부족하지만 이 글이 같은 고민을 안고 있는 연구자 분들에게 다소나마 도움이 되길 빌어 본다.

연구 성과를 출간하여 공유할 기회를 갖는 것은 연구자로서 무엇보다 기쁜 일이다. 여전히 부족하고 미흡하지만, 이렇게 출간되기까지 격려해주고 도움을 주신 많은 선생님들께 감사의 인사를 전한다. 연구자의 길을 걸을 수 있게 항상 무한한 애정으로 지켜봐 주시고 가르침을 주시는 김기현 선생님, 그리고 부분이 아니라 전체를 보게 해 주신 서종문 선생님, 부족한 글에 틀을 잡아주신 김문기 선생님, 학위논문을 쓰는 동안 꼼꼼하게 읽고 가르쳐주신 정우락 선생님과 먼 곳까지 오셔서 많은 도움을 주신 이노형 선생님께 지면으로나마 깊이 감사드린다. 그리고 함께 연구자의 길을 걸으며 항상 버팀목이 되어 주는 선후배 연구자들께 감사의 인사를 전한다. 밤을 새워 원고를 교정해 준 후배 손유진에게도 고마운 마음을 전한다.

그리고 항상 나를 지지해주고 응원해주었던 가족에게 무한한 감사의 마음을 전한다. 공부하는 며느리를 위해 어린 손자를 사랑으로 키워주신 시부모님, 늘 딸을 자랑스러워해 주시는 부모님께 고개 숙여 감사드린다. 그리고 손잡고 함께 이 길을 걸어주는 남편과 정훈이에게 사랑과 감사의 마음을 전한다. 마지막으로 어려운 출판 환경에서도 흔쾌히 출판을 결정해주신 도서출판 역락의 이대현 사장님과 멋지게 단장해주신 이소희 선생님께도 이 글로써 감사의 인사를 대신한다.

2015년 1월

朴志愛 삼가 씀

차 례

제1장
근대 대중매체와 노래 향유방식

1. 근대 대중매체의 등장과 노래 향유방식의 전환

19세기까지만 해도 예술은 문화적 소양을 갖춘 이들의 전유물이었으며, 신분에 따라 향유할 수 있는 노래 양식은 뚜렷하게 구분되었다. 물론 18・19세기 도시를 중심으로 시정(市井)예술이 발달하고 예술 향유의 격차가 줄어들었을 뿐만 아니라, 기존의 고급음악이 시정문화에 맞게 다양한 변주 과정을 겪은 것은 분명하다. 또 이러한 문화적 기류는 잡가의 생성을 견인하기도 하였다.[1] 그러나 시정 문화의 영향을 받은 고급음악이 내・외적으로 변모하였다고는 하나, 여전히 신분에 따라 향유할 수 있는 음악은 구별되었다.

1) 김학성, 「잡가의 생성기반과 장르 정체성」, 『한국 고전시가의 정체성』, 성균관대 대동문화연구원, 2002, 250~264면 참고.

그러나 20세기 전반기 근대식 극장의 등장과 함께 이러한 노래문화의 패러다임이 변화하기 시작한다. 근대식 극장은 '공공성'을 기반으로 한다. '공공성'의 의미는 '① 국가에 관계된 공적인 것(official), ② 특정한 누군가가 아니라 모든 사람들과 관계된 공통적인 것(common), ③ 누구에게나 열려 있는, 누구의 접근도 거부하지 않는 것(open)'의 세 가지로 구분할 수 있다.[2] 이 중 근대식 극장은 누구에게나 열려 있다는 의미에서 '공공성'을 기반으로 한다고 할 수 있다. 즉 신분의 차이에 따라 문화 접근과 향유가 차별화되었던 것이 이전까지의 향유방식이라면, 근대식 극장을 통해 비로소 신분상의 제약을 벗어나 누구나 공연을 관람할 수 있는 방식으로의 전환이 이루어진 것이다. 근대식 극장은 입장료만 내면 누구나 들어올 수 있는 개방된 공간이다. 물론 입장료를 지불할 수 있을 정도의 경제력을 갖춘 대중들을 대상으로 한 것은 분명하다. 그러나 당시에 책정된 입장료는 공연 관람을 '상층문화의 표상'으로 만들 만큼 고가의 금액은 아니었다.[3]

19세기까지만 해도 상층의 전유물이었던 공연이 20세기 전반기 근대식 극장의 등장과 함께 누구나 관람할 수 있는 개방된 형태의 본격적인 대중 오락물로서 기능하게 되었다. 이러한 향유방식의 변화는 노래문화에도 많은 영향을 주었다. 즉 상층의 기호와 취향을 반영해 구

---

2) 사이토 준이지 지음/윤대석 외 2인 역, 『민주적 공공성－하버마스와 아렌트를 넘어서』, 이음, 2009, 18~19면 참고.

3) 1906년 협률사 공연 입장료는 좌석 위치에 따라 1원, 60전, 40전, 20전으로 책정되었다.(『대한매일신보』 1906. 3. 16.) 1908년 당시 쇠고기(중급) 한 근 가격이 38전(통계청, 『통계로 본 개화기의 경제 · 사회상』, 1994. 7. 90면.)이었음을 감안할 때, 공연 관람이 가능한 대중의 폭은 결코 좁지 않았음을 짐작할 수 있다.

성되었던 공연 종목이 변화하고, 개별 노래 장르 또한 대중의 기호와 취향에 따라 내적 변화를 겪게 되었다.

근대식 극장의 뒤를 이어 출현한 유성기음반과 라디오방송은 전통적인 노래 향유 방식을 근본적으로 변화시켰다.

유성기음반 시연회에 몰려든 사람들(『매일신보』 1925. 9. 18)

> 일대의 명창 명곡도 그 사람의 운명과 함끠 속절업시 사라지고 마는 것이니 이로 인하야 셩악예술의 시간뎍 싱명을 누고자 다 셔러 하는 바이엇다. 다힝히 『에듸손』씨의 축음긔가 발명되자 『시간』에서 『공간』으로 음악예술에도 구원한 싱명을 갓게 된 것이다.(후략)[4]

위의 인용문에서처럼 유성기는 한 시대를 풍미했던 명창과 명곡이 시간과 공간을 넘어 영원한 생명을 획득할 수 있게 해주는 다행스럽

4) 「空前盛況의 讀者慰安 演奏會－日東 專屬樂歌 總出演」, 『매일신보』 1925. 9. 18.

고도 없어서는 안 될 기계로 우리나라에 자리매김하게 된다. 이는 에디슨이 축음기를 발명하고 불과 50여 년이 지난 후 이루어낸 결과로, 근대적 대중매체가 노래 향유의 패러다임을 근본적으로 변화시키고 있음을 확인할 수 있는 대목이다. 유성기음반이 도입됨으로써 구술에 의해서만 전승되던 노래가 전기 테크놀로지 장치에 의해 원형을 보전하고, 원하기만 하면 언제나 마음껏 재생할 수 있는 새로운 매체의 시대가 시작된 것이다.

라디오방송은 경성방송국(JODK, 1927년 2월 16일 오후 1시 첫 방송)의 개국과 함께 본격적으로 노래 향유의 매체로 등장하였다. 방송국 개국 이전에도 총독부 체신국이나 신문사 등이 주관하는 시험 방송이 다양하게 이루어지고 있었지만, 본격적인 방송은 1927년에 시작되었다.[5] 우리나라는 라디오방송 도입 초기부터 신문의 역할이 컸다. 신문은 본격적인 방송이 시작되기 전부터 라디오에 대한 소개 및 시험 방송 일정, 사람들의 참여 등에 대해 연일 보도했다. 신문은 거의 매일 라디오방송 관련 기사를 게재하고, 라디오에 대한 조선 사람들의 열기(『동아일보』 1925. 6. 26.)를 보도함으로써 라디오에 대한 담론을 형성하고, 대중들의 관심을 증대시키는 역할을 수행했다.

대중들을 라디오 앞으로 불러들이기 위해 라디오 관계자는 대중의 흥미를 자극할만한 방송 프로그램을 편성하기 위해 애썼다. 그 결과

5) 1925년부터 라디오방송과 관련된 신문 기사가 끊임없이 게재되었다. 1925년 한 해 동안 『동아일보』를 통해 라디오 시험 방송을 확인할 수 있는 기사는 다음과 같다. 1925.4.8. / 4.19. / 4.21. / 4.23. / 1925.6.1. / 6.11 / 6.26. / 7.13. / 10.26. / 11.3. / 11.4 / 11.6. / 11.7. / 11.19. / 11.30. / 12.4.)

방송 황금시간대에는 어김없이 '노래'방송 프로그램이 편성되었다. 이 시간대에는 서구의 음악을 소개하거나 유행가·양악을 방송하기도 했지만, 대부분 전통 음악 중심으로 프로그램을 편성하였다.

이렇게 20세기 전반기에 들어오면, 근대적 대중매체를 활용하는 방식으로 노래 향유의 패러다임이 전환된다. 매체의 변화는 당시 소통되고 있던 전통적인 시가 양식에도 영향을 미쳤다. 새로운 매체에 적합하게 기존의 노래 양식이 장르 내·외적인 변화를 겪기도 하고, 이전과는 다른 새로운 노래 양식이 만들어지기도 하였다.

시조와 가곡의 담당층은 변화된 매체 환경과 소비자의 요구에 적극적으로 대응하지 못하면서, 이들 장르가 쇠퇴하는 결과를 낳기도 하였다. 이와 달리 잡가는 변화한 매체 환경에 비교적 성공적으로 적응한 노래 양식이라고 할 수 있다.

당시 잡가의 연행과 유통을 담당하던 담당층은 각각의 대중매체가 가진 특징에 맞게 잡가의 형식과 내용을 변용시켰다. 변화된 매체 환경에 맞추어 새로운 노래 양식이 등장하여 흥행하던 시기에도 이들과 대등한 위치에서 잡가는 일정 기간 동안 경쟁관계를 유지했다.

전통적인 형식의 시가 양식이 전반적으로 쇠퇴하는 가운데서도 잡가가 대중들에게 여전히 지지를 받을 수 있었던 것은 갈래 내적인 변용 과정을 거치며 잡가가 소비자들의 요구에 맞추어 변모하였기 때문일 것이다.[6] 근대적 대중매체라는 새로운 소통 환경의 변화에 잡가가

---

6) 다음의 표는 '유성기음반 가사지'에 소재한 '신가요(대중가요)'와 '전통가요'의 수치이다.(장유정, 『오빠는 풍각쟁이야』, 민음in, 2006, 24면.)

어떻게 적응하였는지를 살펴봄으로써 20세기 전반기 고전시가의 지속과 변모를 규명할 수 있다는 점에서 이 시기 잡가 연구는 의미있는 작업이 될 것이다.

2. 근대 대중매체 속의 '잡가'

우리는 왜 매체에 주목하며, 잡가 연구에서 매체를 기반으로 한 연구는 왜 필요한가?

매체는 단순히 정보를 전달하기 위한 기술적인 수단이나 도구 정도로 정의내릴 수 없다. 매체란 '사회적인 지배력과 함께 특정한 능력을 지니고 있는 조직화된 의사소통의 통로를 둘러싼 제도화된 체계'이다. 즉 매체는 '사회적 조정 및 방향 설정의 기능'을 가지고 있다. 이러한 매체의 정의에 따르면, 일반적인 대중매체뿐만 아니라 이른 시기의 조형, 수기(手記) 매체와 더불어 인간 집단 또한 매체의 범주에 포함된다.[7]

매체 환경의 변화를 기준으로 볼 때, 19세기까지만 해도 잡가의 유

대중가요		전통가요	
유행가	689	잡가	280
신민요	197	판소리	188
만요	68	민요	87
재즈송	30	단가	44
		시조	8
합계	984	합계	607

7) 베르터파울슈티히 지음/황대현 역, 『근대초기 매체의 역사－매체로 본 지배와 반란의 사회 문화사』, 지식의 풍경, 2007, 26면.

통과 향유는 인간 매체에 의한 구술 체계에 의해 주도되었다. 물론 가집이라는 인쇄매체가 전승에 관여하긴 했지만, 전면적이고 대중적인 차원이었다고 볼 수는 없다. 그러나 20세기에 들어오면 매체 환경은 새로운 국면을 맞게 된다. 근대식 극장 공연과 대량으로 출판되는 노래책, 유성기음반, 라디오방송 등 인쇄매체와 시・청각 매체를 통해 잡가가 유통되고 향유된 것이다. 즉 인간 매체에 의한 구술 체계의 우위에서 시・청각 매체, 기록 체계의 우위로 전환된 것이다.

인간 매체를 중심으로 한 기존의 노래 향유방식으로는 제한적인 소비가 이루어질 수밖에 없었다. 그러나 시・청각 대중매체에 의한 향유는 계층이나 지역을 초월하게 된다. 물론 유성기음반은 구매에 의한 적극적 향유로 자신의 기호에 따른 선택이 가능하지만, 라디오방송은 상대적으로 수용자들의 취향과 기호를 고려하지 않은 채 담당자들의 무차별적인 선택에 의해 향유된다. 그러나 이들 매체가 가진 속성의 차이에도 불구하고, 기본적으로 대중매체에 의한 향유는 인간 매체에 의한 향유보다 계층이나 지역을 초월하여 광범위하게 향유되는 것이 분명하다.

잡가는 전통적인 방식의 향유 환경과 대중매체를 통한 향유 환경을 동시에 경험한 전통적인 노래 양식일 뿐만 아니라, 장르 내・외적인 변용 과정을 거치며 적극적으로 매체의 변화에 적응한 양식이기도 하다. 이러한 의미에서 잡가는 20세기 전반기 시가문학에서 의미 있는 노래 양식이라고 할 수 있다.

우리는 20세기 전반기 잡가의 향유방식과 변모 과정을 살펴봄으로써, 전통사회에 뿌리를 둔 시가가 어떠한 방식으로 근대적 대중매체에 수록·변용되었는지를 판단할 수 있을 것이다.

또한 20세기 전반기 잡가의 향유 실상이 고스란히 담겨있는 매체를 연구하는 작업은 곧 당시 잡가의 실상을 재구하는 과정이기도 하다. 이는 19세기 잡가와 20세기 전반기 잡가의 동질성과 변별성 또한 파악할 수 있는 기초 작업이자, 궁극적으로 잡가의 전개 과정을 구명하는 데 기여할 수도 있다.

본격적인 논의에 앞서, 먼저 잡가가 무엇인지에 대한 정리가 필요하다. 또한 지금까지의 잡가 연구가 주로 어떠한 방면으로 이루어졌는지에 대해서도 살펴볼 필요가 있다.

잡가는 18세기 후반부터 20세기 전반기에 걸친 광범위한 기간 동안에 다양한 노래들을 포괄하며 존재해왔다. 예를 들어 18세기 말의 자료인 『동가선(東歌選)』(1781년)에서는 시조 3수와 송강의 <장진주>를 '잡가'로 분류하고 있다. 19세기 중엽의 자료인 『남훈태평가』(1863년경으로 추정)는 '잡가편'에 <소춘향가>, <매화가>, <백구사> 등 3편의 작품을 수록하고, '가사편'에는 <춘면곡>, <상사별곡>, <처사가>, <어부사> 등의 작품을 수록하고 있어 잡가와 가사의 경계가 모호했음을 확인할 수 있다. 1910년대 중반부터 대량으로 출판되기 시작한 잡가집에는 십이잡가뿐만 아니라, 가사, 가곡, 시조와 단가, 경·서도 소리, 지역민요, 창가 등 당시 연행되던 모든 장르의 노래가 수록되어 있다. 그러나 불과 20여 년이 흐른 1930년대 중반에 이르면, 라디오방송을 안내하는 신문지면에서 더는 '잡가'라는 용어를 발견할 수가 없다. 대신 기존에 '잡가'로 지칭되던 곡들은 '민요'나 '가요', '속요' 등의 명칭으로 대체된 사실을 발견할 수 있다. 이처럼 '잡가'의 개념과 범주는 시기에 따라, 편찬자에 따라 다양하게 규정해 왔음을 확인할 수 있다.

개념과 범주에 대한 다양한 의견이 제출되면서, 잡가에 대한 연구는 오랜 기간 동안 그 개념과 장르적 특질, 범주를 확정짓는 작업을 중심으로 진행되어 왔다. 초기의 연구자들은 잡가를 독립된 장르가 아니라, 민요나 가사의 하위 장르, 혹은 유행가로 규정하였다. 고정옥은 잡가를 '상층인의 창작가사가 연산군의 기악애호 등이 동기가 되어 기생들의 입에까지 오르내리게 되다가 초동(樵童)들까지도 부르게 될 만큼 광범위한 가창범위를 가지지만, 민요도 아니고 가사도 아닌 유행가의 일종'인 노래로 보고 있다.[8] 조윤제는 한국의 시가를 향가, 장가, 시조, 가사로 분류한 후, 형식상의 유사함을 근거로 들어 잡가를 가사의 하위 장르로 규정했다.[9] 이병기는 잡가를 '민요(民謠), 속요(俗謠), 동요(童謠)의 총칭'으로 규정하였다.[10] 이들은 모두 잡가를 민요나 가사의 하위 장르로 규정하고, 민요와 가사의 특질을 논하는 과정에서 잡가에 대해 부분적으로 언급하고 있을 뿐, 잡가 자체의 변별적 특질과 가치에 대해서는 상대적으로 주목하지 않았다.

1970년대에 들어오면 여타의 시가 장르와 변별되는 잡가의 독자성에 주목하기 시작했다. 정재호는 잡가를 '직업적 가수들에 의해 창작·전승된 시가로, 주로 사랑과 인생무상·취락을 노래한 시가의 유형'으로 정의하며, '담당층'과 '주제'를 기준으로 잡가를 범주화했

8) 고정옥, 『조선민요연구』, 수선사, 1949, 41면.
9) 조윤제, 『한국시가의 연구』, 을유문화사, 1948, 68~72면.
10) 이병기, 『국문학개론』, 일지사, 1961, 14면.

다.[11] 정재호의 논의는 잡가를 독자적인 장르로 인정하고, 그 변별적 특질을 논의함으로써 이후 연구의 기반을 닦았다는 데서 그 의의를 찾을 수 있다. 김문기 또한 잡가집에 수록된 노래들을 '① 4음보 연속체, ② 4음보 위주로 연속되나 음보격과 음수율에 변화가 다소 있는 형태, ③ 입타령이나 반복구가 있는 분연체'로 나누고, 이 중 ③만을 잡가로 보면서 형식적 특징에 근거해 잡가를 범주화했다.[12]

이들의 선행 연구에 힘입어 이후에는 독립 장르로서의 잡가의 정체성 해명에 주력한 일련의 연구가 진행되었다. 최성수,[13] 이노형,[14] 하희정,[15] 최동안[16] 등의 연구가 대표적이다. 이들은 기존의 연구가 가사나 민요를 논의하는 과정에서 잡가를 부분적으로 언급한 것과는 달리, 전면적이고 본격적인 방법으로 잡가에 접근했다. 이들은 주로 잡가의 정체성을 밝히기 위해 민요, 판소리, 가사 등 타 장르와 잡가의 교섭관계를 밝히는 데 주력했다. 최동안의 연구는 이와는 다른 맥락에서 이루어졌는데, 그는 잡가의 형식과 내용 등 전반적인 특징을 규명하면서 잡가를 문학 양식 개념이 아니라 시가의 한 현상으로 파악하고자 하였다. 그러나 한국문학의 원형적 형질을 내포하고 있으면서 중세문학에서 근대문학으로 나아가는 길목에서 잡가가 교량적 역할을 충실히 수행했다는 점에 의의를 부여하고 있어, 이노형의 논의와 맥을

11) 정재호, 「잡가고」, 『민족문화연구』 6, 고려대학교 민족문화연구소, 1972, 202면.
12) 김문기, 『서민가사 연구』, 형설출판사, 1983, 47면.
13) 최성수, 「잡가의 장르적 성향과 수용양상」, 성균관대 석사학위논문, 1983.
14) 이노형, 「잡가의 유형과 그 담당층에 대한 연구」, 서울대 석사학위논문, 1987.
15) 하희정, 「잡가의 장르적 성격－십이잡가를 중심으로」, 이화여대 석사학위논문, 1987.
16) 최동안, 「잡가연구」, 가톨릭대 박사학위논문, 2003.

같이하고 있다고 볼 수 있다. 이노형은 잡가를 19세기 서민시가로서 대중적 호응을 얻었던 대표적인 노래 갈래로 규정하면서, 이후 자생적 대중가요로서 잡가의 의의를 부여한 일련의 연구에 밑거름이 되었다.

잡가의 장르로서의 독자성, 범주, 개념 등을 집중적으로 논의한 연구 결과가 축적되면서, 잡가는 민요나 가사 등 다른 갈래의 하위 범주로서 존재하는 것이 아니라 독립된 갈래로서의 지위를 획득하게 되었다. 축적된 연구 성과를 바탕으로 이후의 연구는 크게 잡가의 사설이 지닌 문학성에 주목하거나, 잡가가 지닌 대중적 면모에 주목하는 방향으로 진행되어 왔다.

잡가의 사설이 지닌 문학성에 주목한 연구는 송여주,[17] 신은경,[18] 성무경,[19] 김학성[20] 등에 의해 이루어졌다. 송여주는 잡가가 '차용'의 방식을 통해 사설을 구성하고 수용하고 있음을 밝혔다. 신은경은 잡가를 담화의 한 유형으로 파악한 후, 개방적 담화의 양상이 두드러짐을 밝혔다. 성무경은 <유산가>를 통해 잡가의 작품화 원리를 파악해 내고자 했다. 김학성은 잡가의 담론 특성과 사설에 실현된 구비성과 기록성을 통해 잡가의 형성 원리를 파악하고자 했다. 이들 연구는 개념과 범주를 밝히는 데 주력한 나머지 기존 연구자들이 간과하거나 소

---

17) 송여주, 「잡가의 사설 차용 현상에 대한 연구」, 서울대 석사학위논문, 1996.

18) 신은경, 「창사의 유기성에 대한 텍스트 언어학적 조명－잡가의 경우」, 『고전시 다시 읽기』, 보고사, 1997.

19) 성무경, 「잡가 '유산가'의 형성 원리에 대하여」, 『가사의 시학과 장르 실현』, 보고사, 2000.

20) 김학성, 「잡가의 사설 특성에 나타난 구비성과 기록성」, 『국문학의 구비성과 기록성』, 한국고전문학회, 1999.

홀하게 다루었던 잡가의 문학성을 밝혔다는 데서 그 의의를 찾을 수 있다. 그러나 특정 작품만을 논의의 대상으로 삼거나, 하나의 이론 모형을 잡가에 대입시키는 데 치중하고 있어 본격적이고 전면적인 논의로까지는 나아가지 못했다.

잡가는 이질적인 성격의 다양한 노래를 포괄하고 있는 것이 분명하다. 또한 잡가가 유통·향유되는 시기는 18세기 후반부터 20세기 전반이지만, 이 시기는 전통적인 노래의 유통·향유방식에서 근대적인 노래의 유통·향유방식으로 획기적 전환을 이룩하는 시기이므로 이러한 특징도 반드시 고려되어야 한다. 더불어 각 시기마다 '잡가'라고 지칭되는 범주 또한 미묘한 차이를 보인다. 잡가는 이러한 특성을 감안해서 연구되어야 한다. 이는 개별 노래에서 도출된 결과를 잡가의 장르적 특질로까지 확대할 수 없는 이유이기도 하다.

잡가의 사설 자체가 지닌 담론 특징이나 문학성 해명에 초점을 둔 연구와 함께 잡가가 지닌 대중적 면모에 주목한 일련의 연구 성과가 학계에 제출되었다. 이러한 연구는 이노형[21]과 고미숙[22]을 중심으로 이루어졌다. 물론 고정옥이 초기 연구에서 잡가를 유행가로 분류함으로써 잡가가 지니고 있는 대중성에 주목하긴 했으나, 본격적인 논의로까지 나아가진 못했다. 이노형은 잡가가 자생적 자본주의의 주체인 대중에 기반을 두고 성장했으며, 생산과 소비가 분리된 상업적 생산 목

21) 이노형, 「한국 근대 대중가요의 역사적 전개과정 연구」, 서울대 박사학위논문, 1992.
22) 고미숙, 「대중가요의 선구, 20세기 초반 잡가 연구」, 『역사비평』 봄호, 역사문제연구소, 1994.
_____, 「20세기 초 잡가의 양식적 특질과 시대적 의미」, 『창작과 비평』 여름호, 창작과 비평사, 1995.

적을 지향하고 있었고, 자유분방하고 발랄하며 반봉건적인 대중들의 정서를 반영하고 있음을 근거로 들어 잡가에 자생적 대중가요의 효시로서의 지위를 부여하였다. 그러나 잡가에서 신민요·근대 대중가요로의 계승이라는 전개과정을 제시하면서 잡가가 지닌 다기한 존재양상을 세밀하게 구명하지는 못했다. 고미숙은 제양식을 자유롭게 흡수할 수 있는 양식적 탄력성과 강한 리듬감·다채로운 사설이 바탕이 되어, 잡가가 20세기 초반 근대 대중가요로 부상한 후 1930년대 유행신민요로 변질되기 이전까지 외래양식을 누르고 대중을 장악한 장르로서 그 가치를 높이 평가했다. 그러나 고미숙의 논의는 사회·문화적 의미망 속에서 잡가의 가치를 적극적으로 부여하다보니, 상대적으로 잡가의 장르적 특징과 잡가의 실상을 규명하는 본격적 논의까지는 나아가지 못했다.

이렇듯 개념과 범주, 문학성, 위상 등 잡가에 대한 일련의 연구 성과가 축적되었음에도 불구하고, 잡가는 여전히 장르적 정체성조차 모호한 시가사의 문제적 갈래로 분류된다. 이는 잡가 자체의 장르적 속성에 기인한다. 즉 잡연할 정도로 다양한 노래의 총칭이면서 시대에 따라서 그 지칭 범위를 달리하는 '잡가'라는 명칭, 존속 기간 중 유통·향유방식의 획기적인 전환(전통적 유통·향유방식에서 근대적 대중매체를 통한 유통·향유방식으로의 전환) 등 잡가를 둘러싼 다양한 요소가 잡가를 한 마디로 규정짓기 어렵게 하고 있다.

잡가 연구가 지닌 난점을 해결하기 위해서는 무엇보다 잡가가 존재한 실상에 객관적으로 접근하는 방식이 우선되어야 한다. 즉 연구자의 임의대로 잡가를 범주화하고 그 범위에 따라 연구대상을 선정하거나 사설이나 레퍼토리만을 가지고, 혹은 실제적 전승이 끝난 1960년대 이후 확정된 레퍼토리만을 가지고 잡가의 존재 방식을 유추하는 오류를 범해서는 안 된다.

잡가의 실제적 면모를 재구하기 위해 최근에는 잡가의 소통·향유 방식인 매체와 잡가의 관련성에 주목한 일련의 연구가 이루어졌다. 고은지,[23] 박애경,[24] 박지애,[25] 장유정,[26] 최현재[27] 등의 논의가 대표적이다. 이들은 모두 20세기 전반기 잡가집과 유성기음반, 라디오방송이라는 대중매체의 출현에 따라 잡가가 어떠한 방식으로 존재하고 변모해갔는지를 살폈다는 공통점을 지니고 있다. 이들 연구는 잡가가 소통·향유되었던 방식을 통해 잡가의 실상을 객관적으로 검토하고, 이를 바탕으로 20세기 잡가의 위상을 정립했다는 점에서는 그 연구사적 의의를 부여해 주어야 할 것이다. 하지만 이들 논의 역시 특정 매체나 잡가 내 특정 노래를 대상으로 이루어진 연구 결과로서, 근대 대중매

---

23) 고은지, 「20세기 전반 소통 매체의 다양화와 잡가의 존재양상－잡가집과 유성기음반을 중심으로」, 『고전문학연구』 32, 한국고전문학회, 2007.
_____, 「20세기 초 시가의 새로운 소통 매체 출현과 그 의미－신문, 잡가집, 그리고 유성기음반을 중심으로」, 『어문논집』 55, 민족어문학회, 2007.

24) 박애경, 『한국 고전시가의 근대적 변전과정 연구』, 소명출판, 2008.

25) 박지애, 「유성기음반 소재 잡가의 현황과 레퍼토리의 양상」, 『어문학』 99, 한국어문학회, 2008.
_____, 「매체에 따른 <배따라기>의 변모 양상과 특징」, 『한국민요학』 24, 한국민요학회, 2008.
_____, 「20세기 전반기 잡가의 라디오방송 현황과 특징」, 『어문학』 103, 한국어문학회, 2009.

26) 장유정, 「대중매체의 출현과 전통가요 텍스트의 변화 양상－<수심가>를 중심으로」, 『고전문학연구』 30, 한국고전문학회, 2006.

27) 최현재, 「20세기 전반기 잡가의 변모양상과 그 의미－잡가집과 유성기음반 수록 <난봉가>계 작품을 중심으로」, 『한국문학논총』 46, 한국문학회, 2007.

체를 통해 향유된 잡가의 실상을 종합적으로 검토하지는 않았다.

이 글은 대중매체에 산재해 있는 잡가의 실상을 종합적으로 검토하고, 20세기 전반기 대중매체를 통해 향유된 잡가의 특징을 살피고자 한다. 이를 위해 세 가지 방면으로 잡가의 실상에 접근하고자 한다.

첫째, 잡가의 매체별 향유방식에 대해 종합적으로 살필 것이다. 지금까지의 연구가 특정 매체에 국한해 부분적이고 산발적으로 이루어졌으므로, 전체 매체를 대상으로 한 전면적인 연구가 필요하다. 먼저 1910년대부터 대량으로 출판되기 시작한 노래책과, 1929년 전기녹음 방식을 기점으로 대량 유통되기 시작한 유성기음반, 1926년 경성방송국 개국을 시작으로 1945년 광복까지 이어지는 라디오방송 등 세 매체에 수록된 잡가에 대한 객관적인 정리 검토 작업이 선행되어야 할 것이다. 이를 통해 20세기 잡가가 어떠한 방식으로 유통되었으며, 매체별로 향유된 잡가가 어떠한 유사성과 변별성을 지니는지 종합적인 검토가 가능해 질 것이다.

둘째, 대중매체에 수록된 20세기 전반기 잡가의 특징을 구명할 것이다. 20세기 전반기 노래문화는 시와 가(歌)의 분리, 대중매체를 통한 소통·향유방식의 획기적인 전환 등 기존의 패러다임이 새로운 국면으로 전환되는 시기이다. 가곡·시조·가사 등 전통적인 노래 갈래가 전반적으로 쇠퇴하는 데 반해, 잡가는 노래판의 헤게모니가 외래양식으로 전환되는 과정에서도 전통 노래 양식의 위용과 굳건함을 보여준다. 이는 여타의 전통적 노래 갈래와 달리 잡가가 변화하는 소통·향유 환경에 적극적으로 적응해 갔기 때문일 것이다. 매체별로 수록된 잡가 레퍼토리와 사설을 살펴봄으로써 변화된 환경에 잡가가 어떠한 방식으로 대응해 갔는지 그 실상을 파악할 수 있다.

셋째, 20세기 전반기 잡가의 변모 과정을 구명할 것이다. 잡가는 18세기 후반부터 향유되기 시작하여, 20세기 전반기에는 노래문화의 중심으로 자리잡는다. 이 과정에서 흥행 레퍼토리가 변모하기도 하고, 새로운 사설이 창작되거나 기존 사설이 개작되기도 한다. 이 글은 매체별로 수록된 잡가의 사설을 살피고, 이를 19세기 잡가의 사설과 비교하여 잡가의 변모 과정을 구명할 것이다. 또한 20세기 전반기 내에서도 시기와 매체에 따라 잡가가 어떠한 변모를 겪게 되는지 그 세부적인 과정을 살필 것이다. 이를 통해 궁극적으로 잡가의 전개 과정을 파악할 수 있을 것이다.

근대 대중매체에 산재해 있는 잡가의 실상을 살필 때, 반드시 짚고 넘어가야 할 문제는 어디까지를 잡가로 볼 것인가라는 점이다.

잡가의 범주에 대해서는 연구자마다 편차가 있지만, 일반적으로 문학계와 음악계의 경우로 크게 나누어 볼 수 있다. 문학계에서는 잡가의 범주를 십이잡가, 휘모리잡가, 경·서도잡가 일부, 선소리를 포괄하여 설정하고 있다. 논자에 따라서는 판소리 단가나 가창가사, 십이가사를 추가하기도 한다.[28] 반면 음악계에서는 잡가를 광의의 잡가와 협의의 잡가 두 가지로 나누고 있다. 광의의 잡가는 전라도의 화초사거리와 보렴, 경기지방의 산타령, 십이잡가, 휘모리잡가, 서도지방의 초한가와 공명가 등 긴 노래와 각 지방의 민요까지를 포함한다. 협의의 잡가는 전문적인 소리꾼들이 불렀던 화초사거리와 산타령, 십이잡

28) 박애경, 「잡가의 개념과 범주의 문제」, 『한국시가연구』 13, 한국시가학회, 2003, 288면.

가 등 긴 노래를 포괄하고 각 지방의 민요는 제외한다.[29)]

이렇듯 잡가의 범주에 대해 연구자에 따라, 또는 음악과 문학계에 따라 이견을 보이는 것은 시기별로 잡가로 지칭되는 범주가 달랐지만, 이에 대한 고려가 적었기 때문이다. 즉 19세기의 자료에서 잡가로 지칭되는 범주와 20세기의 자료에서 잡가로 지칭되는 범주가 차이를 보이는 것이다.[30)] 이러한 입장을 고려하여 이 글에서 사용하는 '20세기 전반기'와 '잡가'라는 용어를 우선 정리해 볼 필요가 있다.

이 글에서는 논의하는 시대 범위는 20세기 전반기이다. 근대식 극장에서 잡가가 공연되었던 1900년대부터 1945년 광복까지를 시기적 대상으로 하며 이를 '20세기 전반기'로 일컫기로 한다. 앞서 언급했듯이 19세기와 20세기의 자료에서 지칭하는 잡가의 범주는 차이를 보인다. 그러므로 이 글에서는 20세기 전반기에 '잡가'로 분류된 노래만을 대상으로 논의를 진행한다.

이 글에서 논의의 대상으로 삼고 있는 '잡가'의 범위는 20세기 전반기 매체에서 공통적으로 잡가로 지칭하고 있는 노래들이다. 노래책과 유성기음반, 라디오방송에서는 '십이잡가, 휘모리잡가, 지역별 소리, 선소리, 통속민요'를 잡가로 일컫고 있다. 당시 잡가집이라고 이름 붙여진 노래책에 가사와 가곡 및 시조, 단가 등 여러 양식의 노래가 수록되어 있었지만, 이는 잡가로 분류되지는 않았다. 노래를 분류할

29) 장사훈, 『국악대사전』, 세광음악출판사, 1984, 633면.

30) 잡가의 개념과 범주에 대해 시기별로 정체를 달리 잡아주어야 한다는 견해는 박애경에 의해 제기되었으며, 이러한 관점에 근거해 박애경과 손태도의 연구가 진행되었다. (박애경, 위의 논문, 287면, 손태도, 「1910~20년대의 잡가에 대한 시각」, 『고전문학과 교육』 2, 청관고전문학회, 2000.)

때 '잡가'라는 노래 양식의 정체성을 인식하고 있었음을 확인할 수 있는 대목이다.

> 우리(我) 죠션(朝鮮)에셔 부르는(唱) 창가(唱歌)의 종류(種類)는 가(歌), 사(詞), 됴(調), 요(謠) 등 ᄉᆞ종(四種)으로 분(分)ᄒᆞ엿는데 그(其) ᄉᆞ종(四種)을 ᄃᆡ강 셜명(說明)ᄒᆞᆯ진ᄃᆡ 가(歌) 혹(或) 가곡(歌曲)이라 ᄒᆞ는 것은 우됴(羽調)와 계면(界面)이라는 것에 이십여종(二十餘種)이 잇고 ᄯᅩ 남창(男唱)과 녀창(女唱)이 잇스며 그(其) 사셜(詞說)은 고상(高尙)ᄒᆞ고 됴(調)가 청아(淸雅), 웅장(雄壯)ᄒᆞ며 잡음(雜音)이 업고 일정(一定)ᄒᆞᆫ 고져(高低)와 장단(長短)이 잇셔 보통(普通)으로 알기 란(難)ᄒᆞᆫ ᄌᆞ(者)는 가곡(歌曲)이요 가사(歌詞)라 ᄒᆞ는 것은 열두가ᄉᆞ(十二歌詞)가 잇는데 황계사(黃鷄詞), 백구사(白鷗詞), 츈면곡(春眠曲)이라 ᄒᆞ는 등(等)십이ᄀᆡ(十二個)요 시됴(詩調)라ᄒᆞ는것은 <판독불가>々날아드니 평ᄉᆞ락안이 엘화안인가 지름이라ᄒᆞ는것인데 이상가곡, 가사에비ᄒᆞ면 보통이된다ᄒᆞᆯ수잇는것이요 요(謠)라 ᄒᆞ는 것은 즉(卽) 잡가(雜歌)이니, 그 종류(種類)가 심다(甚多)ᄒᆞ야 얼마라고 수(數)ᄒᆞ기 어려운 ᄌᆞ(者)요 잡가(雜歌)에도 수천년젼(數千年前)에 된 것도 잇고 수빅년혹수십년젼(數百年或數十年前)에 된 것이 잇스며 각 디방(各地方)과 각 도(各道)에셔 부르는(唱) 잡가(雜歌)가 ᄐᆡ반(太半)은 다른(異) 것이 만(多)토다 ᄎᆞ편(此編)은 순젼(純全)ᄒᆞᆫ 잡가(雜歌)만 수십종(數十種) 만드러 혹(或) 참고(參考)에 공(供)할가ᄒᆞ노라(밑줄-인용자)[31]

위 인용문은 1916년에 발행된 『조선잡가집』의 머리말로서, 당시 잡가에 대한 시각의 일면을 확인할 수 있다. 당시 가창되던 노래를 '가(歌)'·'사(詞)'·'됴(調)'·'요(謠)'로 분류하고, 이 중 '요(謠)'에 해당하

31) 「머리말」, 『조선잡가집』, 1916. 7. 25.(초판 발행)

는 것이 '잡가'임을 밝히고 있다. 가곡과 시조, 가사와 잡가를 당시에 불리는 노래의 네 종류로 동등하게 다루고 있는 것으로 보아, 잡가에 대한 가치 폄하의 시각은 찾아볼 수 없다. 오히려 잡가에 대해서 '① 종류의 다양성, ② 생성시기의 다양성, ③ 뚜렷한 지방색'이라는 세 특징을 제시하면서, 노래책을 통해 지역별로 산재해 있는 잡가의 표준화를 시도했음을 밝히고 있다. 실제로 『조선잡가집』에 수록된 개별 작품[32]을 살펴보면, 몇 편의 십이가사가 수록되어 있긴 하지만 각 지방의 민요와 십이잡가 위주로 편제되어 있음을 확인할 수 있다. 머리말에서 십이가사를 '요(謠)'와 구별되는 '사(詞)'로 분류하고 있는 것으로 보아, 잡가의 범주 속에 십이가사를 포함시키지 않고 있다. 오히려 잡가와 십이가사가 동일한 공간에서 연행되기에, 십이가사 중 유행성을 확보한 몇 작품을 선택해 잡가와 함께 책으로 엮은 것으로 보는 편이 타당할 것이다.

이렇듯 1910년대부터 출판되기 시작한 노래책에는 '잡가'라는 표제하에 십이잡가와 휘모리잡가, 지역별 소리, 선소리, 통속민요를 포함하고 있으며, 이 범주는 유성기음반과 라디오방송에서도 공통적으로 나타난다. 따라서 이 글에서는 이들을 논의의 대상으로 삼으며, 잡가

---

32) <방아타령>, <이팔청춘가>, <양산도>, <서울흥타령>, <긴난봉가>, <자진난봉가>, <신난봉가>, <개성난봉가>, <숙천난봉가>, <양류가>, <긴수심가>, <엮음수심가>, <영변가(혹 지름수심가)>, <배따라기>, <놀량>, <긴산타령>, <자진산타령>, <육자백이>, <홍타령>, <개구리타령>, <개타령>, <몽금포타령>, <도라지타령>, <화포타령>, <아리랑타령>, <장타령>, <길군악>, <걸승타령>, <운자타령>, <넋두리>, <오호타령>, <농부가>, <성주풀이>, <산염불>, <지양>, <진양>, <영산가>, <자진중모리>, <새타령>, <토끼화상>, <적벽가>, <유산가>, <수양산가>, <선유가>, <제비가>, <추풍감별곡>.

집에 수록되어 있는 가사와 시조 등은 필요에 따라 보조자료로 활용할 것이다.

물론 잡가집과 음반, 방송의 표제가 뚜렷한 기준 하에 매체와 시기별로 일관성 있게 사용되었던 것은 아니다. 매체와 시기에 따라 잡가 개념과 범주가 혼효되어 있는 경우도 많다. 그러나 매체와 시기별로 잡가의 범주가 어떻게 달라지고 있는지 그 세밀한 차이를 추적하는 작업 또한 당시 잡가 연행의 토대와 기반을 밝히는 데 반드시 필요한 작업이 될 것이다.

이 글에서 연구의 대상으로 삼고 있는 잡가의 레퍼토리와 노랫말은 당대 출판된 잡가집과 유성기음반 가사지, 신문 자료에 따른다. 1914년부터 출판되기 시작한 잡가집은 그 출판 목록과 노랫말을 확인할 수 있는 정재호의 『한국속가전집』의 자료를 대상으로 한다.[33] 유성기음반의 경우에는 음반 발매 목록을 통해 전체적인 발매 상황과 레퍼토리를 확인할 수 있다.[34] 또한 음반 발매 당시 함께 제공되었던 가사지를 통해 노랫말을 확인할 수 있으므로 이를 연구의 대상으로 삼는다.[35] 라디오방송은 실제 방송된 노래를 확인할 수는 없지만, 당시 신문지면의 라디오방송 소개란을 통해 당일의 방송 목록을 확인할 수 있다.[36] 신문에 소개된 곡목과 실제 방송된 곡목에 차이가 있었을 수도 있지만, 대체적으로 소개된 곡목이 방송되었을 것이라고 추정할 수

33) 모두 26종의 잡가집을 엮은 자료이다.(정재호, 『한국속가전집』 1~6, 다운샘, 2002.)
34) 한국정신문화연구원 편, 『한국 유성기음반 총목록』, 민속원, 1998.
35) 한국고음반연구회, 『유성기음반가사집』 1~6, 민속원, 1990~2003.
36) 한국정신문화연구원 편, 『경성방송국 국악방송곡 목록』, 민속원, 2000.

있기에 이 자료를 활용하도록 하겠다. 단 신문지면에서는 방송 곡목만 확인할 수 있고 노랫말은 확인할 수가 없으므로, 라디오방송의 경우에는 레퍼토리 중심으로 논의를 진행할 수밖에 없는 한계가 있다. 당시 라디오방송에서는 가수들이 직접 스튜디오에 나와 공연을 진행하기도 했지만, 유성기음반을 방송하는 경우도 많았다. 그러므로 동일 곡목의 경우 음반과 라디오방송에서의 노랫말이 동일하거나 유사했을 것으로 추정할 수는 있다.

제2장
근대식 극장과 노래책을 통한 잡가의 향유

1. 근대식 극장의 등장과 노래책의 유통

1) 극장 공연 레퍼토리로서의 잡가의 흥행

17·18세기에 등장한 여항의 시정문화는 종래 상·하층의 이원적 문화체계에 균열을 가져왔다. 가곡창의 변주곡이 생기고 시조창과 가사창이 새롭게 부상하는 등, 상층의 전유물이었던 고급음악이 시정인의 취향에 맞게 변화했다. 19세기 후반에 들어오면 이러한 흐름은 더욱 가속화되어 도시를 중심으로 '도시문화'의 새로운 기류가 형성되었다.[37)]

20세기로 넘어오면 이러한 노래문화의 특징은 더욱 두드러진다. 고급음악의 대중화뿐만 아니라 근대매체가 등장하면서 기존의 신분에

37) 김학성, 앞의 글, 250~264면 참고.

따른 차별적 음악 향유의 토대 자체가 붕괴된다. 이러한 특징을 가장 잘 보여주는 것이 바로 근대식 극장이다. 근대식 극장 '협률사'가 설립되면서 신분에 따른 문화 향유의 배제와 제약이 비로소 해소되었다. 즉 근대식 극장은 누구에게나 열려 있는 '공공성(open)'을 기반으로 하므로 바야흐로 신분의 제약 없이 누구나 공연을 관람할 수 있는 진정한 의미의 '대중예술'의 시대가 도래한 것이다.

근대식 극장은 누구에게나 열려 있는 공간이다. 물론 입장료를 지불한 사람에 한해 공연 관람의 기회가 주어지긴 하였다. 그러나 공연 입장료가 '상층문화의 표상'으로 간주될 만큼 고가의 금액으로 책정된 것은 아니었다.

협률사 공연 입장료[38]	
1층	1원
2층	60전
3층	40전
4층	20전

창부가채(唱夫歌債)[39]	
1등 창부	20원
2등 창부	14원
3등 창부	10원

〈표 1〉 협률사 입장료와 창부가채

<표 1>은 협률사 입장료와 창부의 소리 값을 정리한 것이다. 19세기까지만 해도 광대를 집으로 초청해 음악을 향유하던 방식이 일반적이었으므로, 이러한 방식에 따라 20세기 초에 음악을 향유한다면 1등 창부의 경우 20원의 관람료를 지불해야만 했다. 그러나 근대식 극장

38) 『대한매일신보』 1906. 3. 16.

39) 창부의 소리 값은 아침부터 저녁까지 또는 저녁부터 새벽까지를 기준으로 제시한 것이다.(『황성신문』 1902. 10. 31.)

이 설립됨으로써 기존 금액의 1/10의 비용으로 당대 최고 명창의 공연을 관람할 수 있게 되었다. 당시 쇠고기(중급) 한 근의 가격이 38전[40]이었음을 감안한다면, 공연을 관람할 수 있는 대중의 폭이 이전에 비해 확대되었음은 분명한 사실일 것이다.

근대식 극장의 설립과 함께 신분과 지위에 따른 공연 관람의 제약은 비로소 해소되었다. 즉 근대식 극장의 설립을 계기로 노래와 춤은 대중의 오락물로서의 지위를 획득하게 된 것이다.

근대식 극장은 이윤 창출을 위해 대중의 취향과 요구를 반영하여 공연 종목을 선정할 수밖에 없다. 당시 극장 공연의 방식과 공연 종목을 살펴봄으로써 대중에게 유행성을 획득하고 있었던 예술 장르를 확인할 수 있다. 당시 근대식 극장 공연이 어떠한 내용으로 구성되고 진행되었는지는 잡지 기사를 통해 확인할 수 있다.

> (전략) 一夜ᄂᆞᆫ 月色을 乘ᄒᆞ야 街頭에 散步ᄒᆞ다가 忽然히 鎖吶洋鼓소ᄅᆡ가 耳邊을 來打ᄒᆞᄂᆞᆫ지라. 同行友人을 向ᄒᆞ야 물은즉 所謂 演興社라 ᄒᆞᄂᆞᆫ 演劇場에서 노ᄂᆞᆫ 音樂소ᄅᆡ라 ᄒᆞ거ᄂᆞᆯ 一次 觀覽ᄒᆞᆯ 想覺이 潑ᄒᆞ야 友人으로 더부러 買券入場ᄒᆞᆫ즉 時가 임의 下午 八時頃이 지ᄂᆞᆫ지라 무ᄉᆞᆷ 열어 가지 동당거리ᄂᆞᆫ 소ᄅᆡ에 귀ᄂᆞᆫ 쏘고 아모 演戱도 ᄒᆞᄂᆞᆫ 것을 볼 슈 업더니 一時頃을 지나서 小鼓 잡은 者ㅣ 三四名이 突出ᄒᆞ더니 다리ᄅᆞᆯ 들고 도라가면서 두 손으로 小鼓ᄅᆞᆯ 놉푸락 나즈락 ᄒᆞᄂᆞᆫ 貌樣이 可笑치도 안코 可責ᄒᆞᆯ 것도 업ᄂᆞᆫ 中에 무ᄉᆞᆷ 노ᄅᆡ라고도 ᄒᆞᄂᆞᆫ 貌樣인ᄃᆡ ᄒᆞᆫ참 들고 아ᄂᆡ면서 지지괴ᄂᆞᆫ 가운ᄃᆡ 노ᄅᆡ 曲調ᄅᆞᆯ 알아들을 수 업서 겻테 안즌 友人다려 무른즉 曰 鸞鳳歌 曰 四巨里 曰 방에 打令 曰 膽破菰打令이

40) 통계청, 『통계로 본 개화기의 경제 · 사회상』, 1994, 90면.

> 라 ᄒᆞ는ᄃᆡ 其 中에 大槪들은 曲調ᄅᆞᆯ 略記ᄒᆞᆫ즉 (에라 노하라 나 못노킷다 열네 반 죽어도 나 못노킷다) (물길 나간다고 강짜말고 살궁장 알ᄋᆡ 박움물 파라) ᄒᆞ는 소ᄅᆡ 等屬인ᄃᆡ 참 머리 압픈 光景을 볼 수 업서 나오자 ᄒᆞᆫ즉 同行ᄒᆞᆫ 友人의 말이 좀더 귀경ᄒᆞ면 實地로 滋味스러운 演戲가 잇다고 좀더 보기ᄅᆞᆯ 懇請ᄒᆞ거ᄂᆞᆯ 不得已ᄒᆞ야 良久히 안즌즉 웬 妓生 一名이 ᄯᅩᄒᆞᆫ 雜打令으로 倡夫ᄅᆞᆯ 比肩進退ᄒᆞ는 淫戲ᄲᅮᆫ이오. ᄯᅩ 좀 잇다가 ᄒᆞ는 놀음은 春香이과 李道令이 서로 作別ᄒᆞ는 ᄯᅢ에 ᄒᆞ는 貌様 참 男女觀光者의 誨淫ᄒᆞᆯ 資料가 될 ᄲᅮᆫ이라(밑줄－인용자)[41]

소고춤과 노래, 판소리로 공연이 구성되고 있는 인용문의 예에서 알 수 있듯이, 근대식 극장이 성행하던 1900년대와 1910년대의 공연 방식은 춤과 노래, 연극이 어우러진 '종합적 연행물(variety show)'[42]의 형태였다.

먼저 기생들의 춤으로 시작해, 어수선한 장내 분위기를 정돈하고 무대 위로 시선을 집중시켰다. 이후 정돈된 분위기 속에서 소리 종목으로 관객의 반응을 극대화시킨 후, 주 종목이던 구극이 공연되었다. 모든 공연이 이러한 순서로 진행된 것은 아니지만, 대체로 '무(舞) → 가(歌) → 희(戲)/극(劇)'의 순서로 진행되었다.[43] 즉 당시의 공연방식은 전반부의 노래와 후반부의 극으로 고정화되었다고 할 수 있다. 실제로 박동실의 증언에 따르면, 무용 종목인 '승무', '검무'가 끝난 뒤 명창

41) 達觀生, 「演劇場主人에게」, 『서북학회월보』 16호, 1909. 10. 1.

42) 김재석, 「개화기 연극에서 고전극 배우의 위상 변화와 그 의미」, 『어문론총』 35, 경북어문학회, 2001, 25면.

43) 공연순서는 정충권의 논의 참고.(정충권, 「1900~1910년대 극장무대 전통 공연물의 공연양상 연구」, 『전통 구비문학과 근대 공연예술』 I, 서울대학교출판부, 2006, 70~71면.)

들의 토막소리가 이어지면서 앞과장이 끝나고, 뒷과장에서는 본격적으로 창극이 공연되었다고 한다.[44)]

이렇게 고정화된 방식의 '종합적 연행물'은 신파극이 첫 공연을 한 1912년 이후에도 관객들의 전폭적인 지지 속에 신파극보다 공연상의 우위에 서 있었으며, 1913~14년은 이들의 전성기였다.[45)] 이후 '종합적 연행물'로서의 공연방식은 계속되는 연극개량의 사회적 담론과 새로운 공연종목 발굴에 실패한 탓에 1914년 이후 급속도로 쇠퇴하게 된다.

주목할 것은 '종합적 연행물' 공연방식의 전성기(1913~14년)와 잡가집 출판 붐(1914~16년) 사이에 접점이 존재한다는 것이다.

1910년대		1920년대		1930년대		1940년대 이후	
1914	3종	1921	1종	1931	1종	1946	1종
1915	5종	1922	4종	1932	2종	1958	1종
1916	5종	1923	2종	1935	9종		
1917	3종	1924	2종	1936	1종		
1918	1종	1925	2종				
		1926	2종				
		1928	1종				
		1929	4종				
		1930	1종				
합계	17종	합계	19종	합계	13종	합계	2종

〈표 2〉 잡가집 출판 연도와 횟수

44) 이진원, 「박동실 증언 "창극이 걸어온 길을 더듬어"를 통해 본 창극의 초기 양상」, 『판소리 연구』 18, 판소리학회, 2004, 180면.

45) 1913년 2월경부터 광무대와 장안사는 거의 전통적 공연방식만을 취하고 있었고, 1914년 1월경부터 7월경까지 단성사도 마찬가지였다. 연흥사만이 신파극을 공연하고 있었으나, 그마저 1914년 6월에는 전통적 방식의 공연이 이루어졌다.(정충권, 앞의 글, 79~80면 참고.)

1910년대 중반 잡가집이 활발하게 간행된 이유에 대해 지금까지는 일제 강점이라는 사회적 배경과의 관련성 속에서 논의되었다. 일본의 경제적 수탈로 젊은이들이 치국평천하의 길로 나아갈 꿈이 사라지자 놀이의 장으로 나아가게 되었고, 일본은 이를 정책으로 방조했다는 것이다.[46] 당시의 시대 상황과 잡가집 간행 붐을 연결시킨 이 논의는 일견 타당하지만, 1914년을 기점으로 간행이 시작된 데에 대해서는 명확한 답을 제시하지 못한다.

오히려 1910년대 중반 잡가집이 활발하게 간행된 것은 극장 공연방식의 안착과 잡가의 흥행에 따른 결과로 보인다. 1900년대와 10년대 초반 극장 공연은 '전반부의 노래+후반부의 극'이라는 방식이 안정적으로 구축되어 가는 과정이었다. 특히 1913~14년은 이러한 공연방식의 전성기였다. 그리고 공연에서 잡가는 노래 양식 중 가장 인기 있는 종목이었다. 공연에서 불리던 잡가 레퍼토리의 흥행이 입증된 셈이다. 새로운 출판대상을 모색하던 출판계는 공연에서 불리던 잡가의 흥행성에 주목해 이들을 묶어 한 권의 책으로 엮은 것이라고 할 수 있다. 공연에서 불리던 모든 노래들을 묶다 보니 잡가가 중심이 되고, 가사·가곡·시조·단가 등 서로 다른 장르의 노래가 섞일 수밖에 없었을 것이다.[47]

이렇듯 '종합적 연행물' 형태의 공연방식이 전성기(1913~1914년)를

46) 정재호, 앞의 책 6, 199~200면.

47) 그러나 잡가집 내 노래 분류시에는 '좌·입창 잡가부', '가사부', '단가부', '시조부' 등의 용어를 사용하는 경우가 많다. 그러므로 가창자들이 잡가집에 실린 모든 노래를 '잡가'로 인식했던 것은 아니다.

이룬 후, 출판계는 공연에서 연행된 장르를 중심으로 노래책(잡가집)을 엮어 본격적으로 판매하기 시작했다. 그 결과 '종합적 연행물' 형태의 공연방식의 전성기와 잡가집 출판이 붐을 이루는 시기가 이어지기도 했다. 그러나 '종합적 연행물'의 근대식 극장 공연방식이 1914년 이후 급속히 쇠퇴하고, 그 자리는 신파극 또는 신극으로 대체되었다.

근대식 극장의 공연 방식이 신파극이나 신극 위주로 대체되고, 종합적 연행물 방식의 공연이 쇠퇴한 이후, 잡가집은 누구에 의해 소비되었을까?

새로운 공연 방식이 도입된 이후에도, 전통적 방식의 공연을 즐기고자 했던 소비자들은 여전히 존재할 수밖에 없으며, 이들은 잡가집의 주요한 소비층이 되었다. 또한 공연 자체에 대한 접근성이 떨어지는 지방 소비자들 역시 잡가집의 주요한 소비층이었다.

> 연극구경ᄒᆞᄂᆞᆫ것도 취미가사ᄅᆞᆷ마다ᄀᆞᆽ지안아홀듸다 엇져녁에 ᄉᆞ동연홍샤압흐로 지나노라닛가 그ᄯᅢ맛츰연극이파ᄒᆞ야 구경ᄭᅮᆫ이 헤여져나오ᄂᆞᆫᄃᆡ 졔각기한마듸식은 다짓거리ᄂᆞᆫᄃᆡ 혹은신연극의취미가 풍속ᄀᆡ량이 ᄆᆡ오되겟다고 칭찬도ᄒᆞ고 혹은기ᄉᆡᆼ광ᄃᆡ가 소리도ᄒᆞ고 츔도츄어야지 심심ᄒᆞ게 그계다무엇이냐ᄒᆞᄂᆞᆫᄃᆡ 엇던쳠ᄌᆞᄂᆞᆫ ᄉᆞᄅᆞᆷ멧々은 연극구경을ᄒᆞᄌᆞ면 구연극보다 신연극이상업지를안이ᄒᆞ야(밑줄—인용자)48)

예시문에서는 근대식 극장 공연이 점차 신연극 위주로 편성되자, 이에 대해 불만을 토로하는 소비자들의 심리를 읽을 수 있다. 근대식

48) 傍聽者, 「四面八方」, 『매일신보』 1912. 9. 20.

극장 공연이 신연극 위주로 편성된 이후, 기생이나 광대의 소리를 즐겼던 향유자들은 잡가집의 주 소비층으로 전환되었을 가능성이 크다. 이들과 함께 지방 소비자 또한 잡가집의 주요한 구매자였다. 서울과 달리 지방의 경우 애초에 이름 있는 기생이나 광대의 공연을 볼 기회가 적을 수밖에 없어, 이들에게 잡가집은 음성이 제거된 형태이긴 하지만 공연에 접근할 수 있는 주요한 수단이었다.

'동아서림'은 당시 최고의 인기 소리꾼이었던 박춘재가 가창했던 잡가를 모아 대대적인 광고와 함께 잡가집 『신구현행잡가』(1918)를 발간했다.

> <謹告> 時下 僉體淸穆ᄒᆞ심을 仰祝이오며 弊書館은開業以來로 地方諸位의 愛顧ᄒᆞ심을 多蒙ᄒᆞ와 業務가 日就擴張되얏ᄉᆞᆸ기 僉位의 厚恩을 報酬키爲ᄒᆞ와 朝鮮名唱 朴春載君에 前無後無ᄒᆞᆫ 雜歌를聚集ᄒᆞ야 新舊現行雜歌라 稱ᄒᆞ옵고 如是히 都賣散賣에 迅速提供ᄒᆞᆯ터이오니 多小不拘ᄒᆞ시고 一次求覽ᄒᆞ심을 伏望ᄒᆞᆷ(但 地方代金引換ᄒᆞᆷ)[49]

『신구현행잡가』의 머리말에서는 박춘재 공연 그대로의 잡가를 수록했다고 광고하고 있다. 비록 음성이 제거된 활자상태이지만, 소리 공연을 자주 접할 수 없는 독자들에게 '박춘재'의 소리를 그대로 전달하는 것이 소비자의 구입 의사를 배가시키는 요소로 작용했음을 짐작할 수 있다. 또한 이 책의 머리말에서는 여러 지방의 소비자들의 성원에 보답한다는 내용이 담겨 있어, 지방 소비자들을 특별히 의식하고 있음

49) 『신구현행잡가』, 동아서림(경성), 1918. 4. 23.

을 확인할 수 있다. 이렇게 근대식 극장 공연을 통해 잡가에 대한 요구가 높아진 소비자들과 지방의 소비자들을 대상으로 잡가집 판매가 활발하게 이루어졌다. 그 결과 7판까지 발행될[50] 정도로 잡가집은 당시 흥행성 있는 출판물이었다.

잡가집이 이렇게 소비자들에게 광범위한 호응을 얻고, 많은 사람들이 쉽게 접할 수 있었던 데에는 책정된 가격의 영향도 크다. 가격이 높게 책정되면 접근할 수 있는 소비자 자체가 제한될 수 있기 때문이다. 당시 잡가집은 대략 한 권당 30전 정도의 가격이었다.

직업별 일당 및 생필품 가격 \ 연도		1908	1909	1910
직업별 노동 임금[51] (조선인 기준)[52]	인력거꾼	1.105	0.723	0.580
	목수	0.820	0.778	0.792
	미장이	0.660	-	-
	톱질인부	0.774	0.785	0.898
	석수장이	0.700	0.874	0.920
주요 생필품 가격	쌀(精米, 中品, 1石)	1.623	1.487	12.730
	콩(上, 1石)	0.610	5.520	7.315
	소금(精製, 1근)	0.070	-	1.200
	쇠고기(中, 1근)	0.380	0.250	0.350
	조선종이(上, 20매 1권)	0.480	1.000	1.100
	조선종이(下, 20매 1권)	0.400	0.400	0.550

〈표 3〉 1900년대 후반 주요 직업별 일당과 생필품 가격[53]

50) 박춘재 구술, 『증보 신구시힝잡가』, 1914 초판 발행, 1916 증보 초판 발행, 1920 증보 7판 발행.

51) 하루 일당을 기준으로 한 것이며, 단위는 원(圓)이다.

52) 동일 노동의 경우 일본인은 조선인에 비해 평균 2배 정도 높은 임금을 받았다.

53) 이 표는 통계청의 자료를 바탕으로 작성하였다.(통계청, 『통계로 본 개화기의 경제 ·

앞의 도표를 기준으로 볼 때, 30전은 당시 중급의 쇠고기 한 근 정도를 살 수 있는 가격이다. 또한 기술을 가진 노동자의 하루 임금의 절반 정도에 해당하는 금액임을 확인할 수 있다.[54] 30전이라는 가격은 하루 임금의 절반에 해당하므로, 결코 싼 가격이라고 할 수는 없다. 그러나 당시 노래를 향유할 수 있었던 또 다른 매체인 유성기의 경우에는 한 대의 최저 가격이 20원이었고, 음반 한 장이 1원 50전으로 소수의 부유층만을 대상으로 소비되고 있었다.[55] 유성기가 고가의 제품으로 소수의 특권층이나 부유층만을 대상으로 소비되고 있었다면, 잡가집은 일반적인 중산층 정도가 구입할 수 있었을 것으로 보인다. 이들이 근대식 극장 공연의 주 관객층이었고, 또한 잡가집의 주 소비층이기도 했을 것이다.

이후 1930년대까지 간행되던 대부분의 잡가집은 40~70전 정도로 가격이 책정되었다.[56] 1936년 당시 서울의 생필품 가격을 보면, 백미(白米) 2등품 1말이 3원 50전, 보리쌀 2등품 1말이 85전, 소금 1되의 가격이 6전, 여자용 검은색 고무신 1켤레는 56전이었다. 같은 해 조선인 페인트공의 일당은 1원 85전, 구두 제조공은 1원 41전, 양복 재봉

사회상』, 1994. 7.)

54) 이 표는 1910년을 기준으로 작성된 것이므로 이후 물가의 상승폭이 정확하게 드러나지는 않지만, 당시의 경제규모 속에서 책 값 '30전'이 가지는 가치가 대략 어느 정도인지를 판단하기에는 무리가 없을 것으로 보인다.

55) 유성기 가격은 『매일신보』 유성기 광고를 통해 확인할 수 있으며, 자세한 가격과 광고 내용은 제3장에서 서술할 것이므로 본 장에서는 생략하겠다.

56) 각 연도별로 잡가집의 가격을 소개하면 대략 다음과 같다.
1914년 : 25~35전, 1915년 : 30~35전, 1916년 : 25~40전, 1917년 : 30전, 1918년 : 25전, 1922년 : 35전, 1923년 : 25전, 1925년 : 40전, 1928년 : 1원, 1929년 : 75전, 1931년 : 50전, 1946년 : 30원.

공은 1원 43전 가량이었다.[57] 1910년대까지만 해도 서울의 노동자 하루 임금의 절반 정도에 해당하던 가격이었던 잡가집은 30년대에 이르면 하루 임금의 1/3 수준 정도로 구입할 수 있게 되었다. 하루 임금의 1/3 수준이라고 하여 일반적인 소비자들이 쉽게 구매할 수 있었을 것이라고 단정할 수는 없다. 그러나 가격의 하락이 잡가집 소비를 확대하는 하나의 요인으로 작용했을 것으로 추측할 수는 있다.

일반 대중들과 함께 잡가의 연행을 담당했던 기생들 또한 잡가집의 주요한 소비층이었다. 20세기 초는 관기 제도가 폐지되는 한편, 각 지방 기생들이 대규모로 상경하 시기이다. 일제 강점 이후 교방이 해체되자, 경제적 기반이 사라진 기생들은 서울로 진출하기 시작했다. 기생 수의 증가와 기생 조합의 생성 등 기생계의 대대적인 개편은 서울 내에서의 기생 수요 증가와 연관성을 지닌다. 서울을 중심으로 근대식 극장이 들어선 후, 근대식 극장 공연이 성행하면서 공연을 담당할 인적 자원이 필요해졌다.

> <妓司新規> 傳說을 聞ᄒᆞᆫ 則 近日 協律司에셔 各色 娼妓를 組織ᄒᆞᄂᆞᆫ ᄃᆡ 太醫院所屬 醫女의 尙衣司 針線婢 等을 移屬ᄒᆞ야 名曰官妓라 ᄒᆞ고 無名色 三牌等을 幷付ᄒᆞ야 名曰 藝妓라 ᄒᆞ고 新音律을 敎習ᄒᆞᄂᆞᆫᄃᆡ(후략) (밑줄－인용자)[58]

인용문에서 알 수 있듯이, 근대식 극장인 협률사는 관기뿐만 아니

57) 1936년 당시의 생필품 가격과 노동자 임금은 통계청 자료 참고.(통계청, 『통계로 다시 보는 광복 이전의 경제・사회상』, 1995. 8.)

58) 『황성신문』 1902. 8. 25.

라 삼패 기생과 지방에서 상경한 기생까지 모집해 그들을 대상으로 교육을 실시했다. 또한 기생들에게는 기존의 전통 양식과 변별되는 '신음률'을 교육했음을 확인할 수 있다.

> <正樂의 分敎室> 정악젼습소분교실에서 / 무부기일동을열심교슈
>
> 됴션정악젼습소분교실(朝鮮正樂傳習所分敎室)에셔ᄂᆞᆫ, 무부기(無夫妓) 련심(蓮心) 등 십ᄉᆞ명을, 열심 교슈ᄒᆞᄂᆞᆫ 즁인ᄃᆡ, 그 과정은, 가ᄉᆞ, 국어, 슈신시됴, 잡가, 범무, 승무, 검은고, 가야금, 양금, 성황, 단소, 습ᄌᆞ, 도화, ᄂᆡ디츔, 사미션 등인ᄃᆡ 교ᄉᆞ 졔씨도 열심ᄒᆞ려니와, 무부기들도, 불쳘쥬야ᄒᆞ고 부즈러니 공부를 ᄒᆞᆫ다더라(밑줄－인용자)[59)]

기생들은 각종 악기와 전통춤, 새로운 형태의 일본 내지춤, 사미센, 각종 성악곡 등을 교육받았다. 이는 당시 극장 공연의 주요 레퍼토리이자, 대중들에게 인기 있는 공연 종목이었을 것이다. 공연에서의 인기에 힘입어 잡가가 가사나 시조와 동등하게 교육 종목으로서 자리 잡았음을 확인할 수 있다.

공연 매체가 발전함에 따라 1910년대부터 기생 수요가 꾸준히 증가하자, 1920~30년대에는 기생을 양성하고 교육하는 전문 기생학교가 성행했다.[60)] 잡가집은 이들 기생을 대상으로 한 교육에 활용되었다.

59) 『매일신보』 1912. 8. 29.

60) <妓生學校近況> 平壤府廳에셔 妓生學校를 監督ᄒᆞ기 爲ᄒᆞ야 最近妓生學校와 敎習妓生數ᄅᆞᆯ 調査ᄒᆞᆫ즉 新倉里 二四番地 金恩惠學校 十名 同里 二十七番地 金海史學校 七人 同里 五十九番地 朴明河學校 二十七名 同里 金仁鎬學校 十名 共計 五十四名인ᄃᆡ 授業料ᄂᆞᆫ 一個月 一人 五十錢式이라더라(『매일신보』 1915. 2. 5.)

학년	교육내용
1년급	가곡, 사군자, 한문운자, 조선어, 산술
2년급	가사, 관현악(생황, 피리, 양금, 거문고 등)
3년급	잡가, 춤(승무, 검무)
비정규 교육	신식 댄스

〈표 4〉 기생학교 학년별 교육내용

제시한 표는 평양기생학교의 학년별 교육내용을 정리한 것이다.[61] 과거에는 '색주가에서나 부르는 소리'로 천대받던[62] 잡가가 손님들의 요구로 기생학교의 정규 교육 과목으로 편성된 것이다.

이렇게 잡가를 비롯해 가곡과 시조, 가사를 체계적으로 교육하기 위해 기생학교에서는 '노래 교과서'를 제작했다.[63] 실제로 『가곡보감』[64]은 권번에서 발행한 잡가집[65]으로, 잡가집이 일반 대중의 오락뿐만 아니라 기생학교나 권번의 교재로도 사용되었음을 뒷받침해 준다. 특히 『가곡보감』의 머리말에는 발행 목적에 대해 '將來風流人士에 娛樂機關을 引導'하고자 함이라고 밝히고 있다. 풍류객들을 즐겁게 하기 위해 노래 담당자(기생)들에게 다양한 음악을 교육하고자 제작되었음을 짐작할 수 있는 대목이다. 또한 출판 이유에 대해 '現行一切의 正音正樂方式을 蒐集하야 指南에 針으로 此寶鑑을 發刊'한다고 제시하

61) 표의 내용은 『삼천리』에 게재된 기사를 바탕으로 작성한 것이다.(草士, 「西道一色이 모힌 平壤妓生學校」, 『삼천리』, 1930. 7.)

62) 草士, 「西道一色이 모힌 平壤妓生學校」, 『삼천리』, 1930. 7, 38면.

63) 草士, 「西道一色이 모힌 平壤妓生學校」, 『삼천리』, 1930. 7, 38면.

64) 평양 기성권번 발행, 『가곡보감』, 1928. 3. 28.

65) 『가곡보감』이라는 명칭을 사용하고는 있지만, 가곡・시조・가사에 비해 잡가의 비중이 높게 다루어지고 있어 사실상 잡가 중심의 노래책이라고 할 수 있다.

고 있다. 이는 표준적인 연주법이나 노랫말 안내가 부족한 상태에서 개인에 따라 마음대로 공연하는 것을 방지하고, 연주법과 가사의 표준을 마련한다는 의미로 읽을 수 있겠다. 이렇듯 일반 대중뿐만 아니라 기생 교육을 위해서도 잡가집이 간행되어 활용되고 있었다.

그렇다면 권번에서 발행된 『가곡보감』에는 어떠한 노래들이 수록되어 있는지를 살펴보자. 이를 통해 당시 대중들의 노래 취향을 짐작해 볼 수 있다.

분류	개별 작품
가곡	〈긴우조〉〈우조들머리〉〈드는우조〉〈우조세재치〉〈우조쇠는거〉〈뒤집는우조〉〈계면(긴노래)〉〈계면들머리〉〈계면드는것〉〈계면세재치〉〈계면쇠는것〉〈롱〉〈뒤집는롱〉〈평우락〉〈뒤집는우락〉〈계락(락시조)〉〈편〉〈태평가〉
가사	〈장진주〉〈권주가〉〈어부사〉〈춘면곡〉〈길군악〉〈황계사〉〈백구사〉〈상사별곡〉〈처사가〉〈양양가〉〈죽지사〉〈관산융마〉〈편락〉
시조	〈평시조〉〈시조(여청지름)〉〈시조(남청지름)〉〈사설시조〉〈파연곡〉
서도잡가	〈산천초목〉〈사거리〉〈중거리〉〈경사거리〉〈긴방아타령〉〈자진방아타령〉〈양산도〉〈긴난봉가〉〈자진난봉가〉〈사설난봉가〉〈경복궁타령〉〈개성난봉가〉〈간지타령〉〈배따라기〉〈자진배따라기〉〈도라지타령〉〈수심가〉〈수심가엮음〉〈공명가〉〈영변가〉
남도잡가	〈육자백이〉〈성주풀이〉〈새타령〉〈소상팔경〉〈단가〉〈토끼화상〉
경성잡가	〈노래가락〉〈유산가〉〈적벽가〉〈제비가〉
영산회상	〈양금조〉〈산영산가락〉〈상영산〉〈중영산〉〈잔영산〉〈삼현〉〈상현〉〈도도리〉〈하현〉〈염불〉〈타령〉〈군악〉〈계면〉〈양청도도리〉〈우조〉

〈표 5〉『가곡보감』(1928, 기성권번 발행)에 수록된 작품 목록

『가곡보감』에는 가곡과 시조, 가사, 잡가 등의 성악곡과 영산회상 연주 방법[66]까지 당시 공연에서 연행되던 모든 장르가 두루 수록되어

66) 『가곡보감』은 노랫말을 수록한 후, 영산회상의 장단치는 법을 곡목별로 자세하게 소

있다. 특히 영산회상의 연주 방법을 수록하고 있다는 사실은 일반 대중들의 오락물이라기보다는 기생들의 교재로 사용되었을 가능성을 뒷받침해주는 증거라 할 수 있겠다. 잡가는 '서도잡가'와 '남도잡가', '경성잡가'로 세분한 후 다른 장르에 비해 비중 높게 수록하고 있다.[67] 특히 남도잡가나 경기잡가에 비해 서도잡가를 높은 비중으로 다루고 있다. 이는 『가곡보감』이 평양의 권번에서 발행되었기 때문이기도 하겠지만, 한편으로는 서도잡가가 남도나 경기잡가에 비해 유행성을 획득하고 있었다는 반증이기도 하다.

2) 일제의 통제와 출판계에서의 노래책 성행

1910년을 전후로 하여 서적에 대한 일제의 통제는 교과서와 일반 서적에 걸쳐 광범위하게 적용되었다.

> 此를 營하는 자는 風俗의 指針을 是擇하고 문화의 引線을 是導하야 雖 소설, 雜著 등이라도 십분 주의를 加할지며 況次 교과서는 장래의 爲文爲野의 매개를 作할 자이니 어찌 審愼치 아니하리오. (중략)
> 然則 著書者와 賣書者가 각기 時機의 변천과 인심의 향배를 深察치

개하고 있다.
"이 녕산회상은 고릐로 누뎐하여 오는 우리나라에 순젼한 음악으로 잘 보젼하기 위하여 이갓치 당단치는 법과 멧 박자가 한 당단이라는 것과 양금에 「안당」 「박갓둥」(안징)(박갓찡)에 구별하여 여러분에 보기 용의하도록 만드럿사오며 ᄯᅩ 이 악보는 원가락으로 된 것이니 가야금, 양금, 거문고에도 다 될 수 잇습니다"(『가곡보감』 1928. 3. 28.)

67) 장르별로 할애된 페이지 수를 살펴보면 가곡 23면, 가사 12면, 시조 24면, 서도잡가 51면, 남도잡가 16면, 경성잡가 7면으로 잡가 위주로 편성되어 있음을 확인할 수 있다.

> 아니하고 일시적 시기를 이용하거나 인심에 영합하야 폭리를 탐하거나 장래 국가사회에 악영향이 及케 하면 現時의 당국자가 次를 금지할 뿐 아니라 他日의 具眼者가 次를 조소할지라.(밑줄-인용자)[68]

'장래 국가사회에 미치는 악영향'이라는 서적 통제의 방침은 지극히 추상적이지만, 이를 실제로 적용해 발매 금지된 도서[69]를 살펴보면 궁극적으로 '민족적 계몽활동'에 대한 통제임을 확인할 수 있다.[70] 1907년의 신문지법, 1909년의 출판법을 거치면서 일제의 통제가 교과서와 일반 서적에 걸쳐 광범위하게 진행되자 출판계는 이러한 위기의 타개책으로 신소설과 고전소설의 출판에 매진하게 된다. 실제로 신소설은 1912년부터 14년까지 집중적으로 출판된다.[71]

그러나 시장과 소비자로서의 대중이 한정되어 있어 출판계 내부의 경쟁은 치열해질 수밖에 없었다.

> 뎡ᄉᆞ가금이 잇는ᄃᆡ, 올음 ᄂᆡ림이 업슬 듯 십지만은, 할인을 만히 ᄒᆞ야쥬면, ᄎᆡᆨ이 잘 팔니닛가, ᄀᆞ량 뎡ᄉᆞ가 일환이면, 의례히, ᄉᆞ십젼은 할인을 ᄒᆞ야쥬ᄂᆞᆫᄃᆡ, 그즁에, 야심가ᄂᆞᆫ ᄀᆞ량 오십젼 밧아, 샹당ᄒᆞᆯ ᄎᆡᆨ이면, 미리 일원이샹, 뎡ᄉᆞ가를 ᄇᆡᆨ이어, 륙할이 칠할이를 ᄒᆞ야쥬니, 각 쳐분매

---

68) 「저술가 급 서포 영업자에게 경고함」, 『매일신보』 1910. 11. 21.

69) 1912년 동양서원 발행의 <출판도서총목록> 중 발매금지 도서 83종은 『초등대한역사』 『미국독립사』 『을지문덕』 『신소설 애국부인전』 『금수회의록』 『국민자유진보론』 『남녀평등론』 『국가사상학』 『청년입지편』 『독립정신정치원론』 『독립정신』 『애국정신』 등 역사와 사상, 전기 등이 다수 포함되어 있다.(하동호, 『근대서지고습집』, 탑출판사, 1986, 8~10면 참고.)

70) 한기형, 『한국 근대소설사의 시각』, 소명출판, 1999, 227면.

71) 한기형, 같은 책, 232면.

> 샹들은, 할인 싼 맛에, 닷토아 그 ᄎᆡᆨ을 사다가, 낫권으로 팔기ᄂᆞᆫ, 혹 뎡ㅅ가ᄃᆡ로, 다 밧기도 ᄒᆞ고, 혹 들 밧기도 ᄒᆞᄂᆞᆫ 폐단으로, ᄎᆡᆨ갑이 그 모양으로, 불규칙ᄒᆞ여졋다.[72]

신소설이 1910년대 중반까지 경쟁적으로 출파되며서, 영세한 자본 규모였던 출판계는 과도한 할인 경쟁까지 가세해 공멸의 길을 가고 있었다.[73] 게다가 신소설이 1914년까지 집중적으로 출판되는 과정에서 흥행성을 획득했던 대다수의 신소설 작품들은 이미 출판이 완료된 상황이었다. 이러한 상황을 해결하기 위해 출판계는 대중들의 기호에 맞는 새로운 출판 대상을 모색해야만 했다. 또한 출판 대상은 일제의 검열망을 쉽게 통과할 수 있는 종류의 서적이어야만 했다. 지도, 선교 관련 서적, 족보 등이 이 시기에 왕성하게 출판되었던 것 또한 이와 같은 맥락에서 이해할 수 있다.

이러한 위기를 타개하기 위한 수단의 하나로 출판계가 노래책에 주목하였을 가능성이 크다. 노래책이 집중적으로 간행되기 시작하는 1914년은 신소설의 출판 붐이 끝나는 시점과 겹친다. 신소설 출판에 주력하던 출판계가 새로운 작품 발굴에 한계를 느끼고, 과잉 경쟁 중이던 출판계에서 주도권을 장악하기 위해 대중의 관심을 얻을 만한 새로운 양식을 모색하는 과정에서 당시 공연 문화의 주도권을 잡고 있었던 잡가를 선택하였을 가능성이 크다. 출판계가 잡가를 출판물의

72) <사면팔방>, 『매일신보』 1912. 10. 1.

73) 출판계의 과잉 경쟁은 신소설의 쇠퇴를 재촉하는 하나의 요인으로 작용했다.(김종현, 「1910년대 신소설 쇠퇴의 대중문화적 요인」, 『어문학』 100, 한국어문학회, 2008 참조.)

대상으로 선정한 이유는 몇 가지로 추론해 볼 수 있다.

첫째, 잡가는 이미 근대식 극장의 핵심 공연 레퍼토리로서 유행성을 획득하고 있었으므로, 비교적 흥행이 검증된 노래 양식이었다. 영세한 자본에 바탕을 둔 당시의 출판계는 예술이나 학술적 차원의 출판을 통해 사회에 기여할 수 있는 상황이 아니었다. 그나마 서적상들의 수가 증가하면서 과잉 경쟁에 내몰리기까지 하는 열악한 상황이었기 때문에 경쟁력을 가지기 위해서는 흥행이 검증된 책들을 출판해야만 했다. 1900년대부터 근대식 극장 공연의 주요 레퍼토리로 흥행이 검증된 노래들을 책으로 묶어 출판함으로써 극장 관객들이 출판된 서적의 독자로 이어질 수 있었을 것이다. 이러한 노력의 일환으로 '광무대 소리'나 '박춘재 구술', '홍도 · 강진 구술' 등 부제를 내세워 당시 공연의 흥행을 출판으로 이어지게 하고자 했다.[74]

둘째, 잡가는 일제의 출판 통제로부터 비교적 자유로울 수 있었다. 앞서 논의했듯이 1905년의 을사늑약부터 문화계에 대한 통제가 시작되어 신문지법(1907년)과 출판법(1909년)을 거치면서 그 강도는 더욱 거세졌다. 당시 출판된 서적의 목록을 살펴보면, 역사전기의 비중은 줄어들고 소설의 비중이 눈에 띄게 늘어났음을 확인할 수 있다.[75] 소설 발행이 증가한 것은 신소설보다 검열에서 자유로운 고전소설의 출판

74) 1914년 10월 9일 발행된 신구서림의 『신구시행잡가』는 '박춘재 소리', 1915년 10월 13일 오성서관에서 발행한 『무쌍신구잡가』는 '광무대 소리', 1915년 12월 18일에 세창서관에서 발행한 『신구유행잡가』는 '홍도 · 강진 구술'이라는 부제가 붙어 출판되었다.

75) 당시 서적발매 목록은 이주영의 책 참고.(이주영, 『구활자본 고전소설 연구』, 월인, 1998.)

이 1912년부터 본격적으로 시작되었기 때문이다.[76] 이렇듯 강도 높은 검열망을 피하기 위해 출판계는 실생활과 관련된 서적이나 일제에 의해 개편된 교육제도를 위한 교과서 출판에 집중하게 된다. 또한 1908년의 출판 목록에서는 보이지 않던 노래책들이 1914년의 목록에서 나타나기 시작한다.

특히 당시 기생들의 공연 레퍼토리였던 잡가는 대중의 오락물로서 '민족적 계몽활동'이라는 통제의 잣대를 피해갈 수 있었을 것이다. 물론 잡가집이 신소설의 출판을 대신할 유일한 대체물로서의 지위를 가지거나, 신소설과 동등한 경쟁 구도를 형성할 만큼 잡가집의 인기가 높았다고 주장하는 것은 아니다. 다만 출판계가 신소설 출판 붐 이후 경영난과 일제의 출판 통제에 부딪치면서 새로운 출판 대상을 모색하는 과정에서 잡가 또한 하나의 대안으로 선택되었다는 것이다. 아래의 도표는 1920년대 주제별 출판 허가 건수를 제시한 것이다.

연도 / 종별	1920	1921	1922	1923	1924	1925	1926	1927	1928	1929
정치(政治)	0	0	0	0	1	0	0	0	2	0
경제(經濟)	1	1	5	7	8	13	8	5	14	24
법률(法律)	2	6	8	5	12	7	10	8	3	8
사상(思想)	7	5	6	17	49	68	72	79	83	82
철학(哲學)	6	10	16	15	24	20	32	28	9	13

76) 이주영, 같은 책, 44면.

종별＼연도	1920	1921	1922	1923	1924	1925	1926	1927	1928	1929
윤리(倫理)	10	20	21	20	15	27	17	15	18	17
수양(修養)	15	17	20	19	20	18	20	21	23	19
교육(教育)	21	35	37	41	50	71	59	30	81	79
종교(宗教)	20	27	28	30	19	21	39	27	49	55
경서(經書)	33	24	41	26	37	19	22	25	25	37
지리(地理)	5	7	25	25	10	18	15	14	17	15
역사(歷史)	7	20	29	7	29	18	35	27	23	26
수학(數學)	8	7	15	7	15	15	25	19	15	7
이과(理科)	0	0	7	3	18	13	29	25	21	5
의약 위생	7	10	15	23	24	30	35	34	37	52
농업(農業)	5	7	18	19	8	17	29	16	18	26
공업(工業)	0	5	5	7	9	7	20	5	15	13
상업(商業)	3	8	11	8	27	33	48	50	54	38
아동 讀物	10	15	37	40	52	63	72	79	88	91
구소설	**37**	**57**	**55**	**49**	**56**	**52**	**65**	**58**	**54**	**46**
신소설	**47**	**89**	**72**	**95**	**100**	**110**	**119**	**99**	**122**	**106**
시가(詩歌)	**3**	**17**	**27**	**32**	**40**	**39**	**50**	**58**	**54**	**45**
문예(文藝)	7	23	30	35	29	37	58	60	63	85
동화(童話)	5	10	15	17	24	25	28	29	18	20

종별＼연도	1920	1921	1922	1923	1924	1925	1926	1927	1928	1929
동요(童謠)	0	3	5	8	14	10	24	23	15	19
음악(音樂)	**0**	**5**	**7**	**3**	**25**	**19**	**22**	**21**	**27**	**12**
문집(文集)	35	36	50	60	68	70	68	58	51	50
유고(遺稿)	30	55	72	58	80	85	79	78	90	81
서식(書式)	3	8	5	6	8	5	19	20	5	11
자전(字典)	1	5	2	15	17	29	30	20	11	5
어학(語學)	2	6	10	15	15	17	29	27	9	20
족보(族譜)	63	70	87	120	135	174	180	162	189	178
연극(演劇)	0	2	7	0	3	7	9	8	5	2
영업(營業) 여행(旅行) 안내(案內)	0	6	12	15	21	35	30	29	33	43
팔괘(八卦)	10	7	6	3	15	9	16	18	18	15
잡(雜)	5	20	27	34	37	48	53	53	66	97
합계	409	625	854	884	1,116	1,240	1,466	1,328	1,425	1,425

〈표 6〉 조선문출판물허가건수표(朝鮮文出版物許可件數表)[77]

77) 이여성, 『數字朝鮮硏究』, 세광사, 1931, 134~136면.
이 표는 당시의 '출판허가건수'를 토대로 1931년에 작성된 것이다. '시가', '음악' 등으로 분류된 항목의 정확한 범주를 파악할 수는 없으나, 잡가집도 이 범주에 포함되었을 것으로 추측할 수 있다. 따라서 잡가집의 정확한 출판 규모는 알 수는 없지만, 1920년대 출판물의 전반적인 규모와 그 속에서의 노래 관련 서적이 차지하는 위치는 앞의 도표는 1920년대 출판물 허가 건수를 나타낸 것으로, 이 도표를 통해 실제 발행 부수를 정확하게 파악하는 것은 불가능하다. 족보의 허가 및 출판 건수가 가장 많지만, 실제 발행 및 판매 부수 또한 족보가 최대치일 리는 만무하다. 도표에서 신소설에 비해 시가 및 음악 관련 서적의 출판 비중이 현저하게 떨어지는 것은 분명하다. 하지만 구소설과는 비슷한 비중으로 출판되고 있을 정도로 시가 및 음악 관련 서적은 출판계의 주요한 출판 목록이었음을 확인할 수 있다.

셋째, 출판계가 새로운 출판 대상으로 잡가를 주목한 것은 잡가가 저작권의 문제에서도 다른 양식에 비해 자유로울 수 있었기 때문이다.

> 近來 書籍界를 見하면 所謂 판권을 幾十圓幾百圓으로 凡他物貨와 如히 賣買ᄒᆞ니 著者의 希望이 果然 幾十圓幾百圓物에 止ᄒᆞᆯᄉᆡ[78]

20세기 초 당시의 저작권은 지금과 같이 저작권과 판권이 분리된 개념이 아니었다. 원저자가 저작물에 대한 일체의 권리를 양도하는 경우를 '영매(永買)'라고 하는데, 당시에는 이러한 현상이 매우 일반적이었다. 판권을 매입한 측은 서적에 대한 출판권을 보장받게 됨은 물론 '저작 겸 발행자' 혹은 '편집 겸 발행자'로 저작물에 성명을 표시하여 권리를 주장할 수 있었다. 즉 지금과 달리 원저자는 일체의 모든 권리를 양도했고, 오직 서적상의 권리만이 존재했다고 할 수 있다.

파악할 수 있다. 또한 1920년대의 출판 현황만을 다루고 있어, 1910년대까지 결과를 소급시켜 적용하기에는 무리가 있다. 하지만 1920년대의 대략적인 추이를 통해 1910년대의 상황을 유추할 수 있다고 판단되므로 자료로 활용하도록 한다.

78) 「告著書家」, 『매일신보』, 1914. 3. 12.

> 부모의 덕에 글ᄌᆞ나 비올 일업ᄂᆞᆫ 사ᄅᆞᆷ들은 판권이나 팔아먹고져 귀둥ᄃᆡ동 신소셜이니 구소셜이니 수업시 지어ᄂᆡᄂᆞᆫ ᄭᆞ닭에 쇼셜의 판권갑은 졈졈 ᄯᅥ러지며 판권갑이 헐ᄒᆞ야지ᄂᆞᆫ ᄭᆞ닭에 죠고마ᄒᆞᆫ ᄌᆞ본으로 쇼위 소셜이라는 원고 몇 종류를 살 수가 잇고[79)]

예시문을 통해 알 수 있듯이, 소설의 판권만을 노리고 작품의 질에 대한 보장 없이 수많은 작품들이 쏟아지고 있었다. 당시의 출판계는 판권 지불이라는 경제적 부담과 소설의 질적 하락이라는 이중고를 겪고 있었다. 이러한 이유로 신소설에 비해 판권 지불에서 자유로운 양식인 고전소설 출판으로 관심을 돌렸던 것이다.[80)] 잡가 또한 저작권의 문제에 있어서는 고전소설과 유사한 상황이었다. 특정 작가가 존재하지 않은 채 구비 전승되던 잡가를 출판의 대상으로 삼음으로써 판권 문제에서 비교적 자유로울 수 있었을 것으로 예상된다.

1900년대 후반부터 1910년대까지 출판된 신소설은 대략 100면 내외의 분량으로 평균 25전 내외였다. 신소설보다 분량이 많았던 당시의 잡가집은 대략 30전 내외로 가격이 책정되었다. 예를 들어 1914년 출판된『신구잡가』는 147면으로 30전에 판매되었다. 30전 내외가 평균적인 가격이라고 보았을 때, 눈에 띄는 것은 부제가 붙은 잡가집의 면수와 가격이다. '박춘재 소리'라는 부제가 붙은 신구서림의『신구시행잡가』(1914)는 93면 25전, '박춘재 구술'이라는 부제가 붙은 신구서

---

79)「書籍界의 毒魔」,『매일신보』1915. 4. 13.

80) 고전소설의 경우 이미 방각본과 필사본의 형태로 광범위하게 유통되고 있었고, 특정한 작가가 존재하지 않았기 때문에 판권 지불 문제에서 비교적 자유로울 수 있었을 것으로 예상된다.

림의 『정선조선가곡』(1914)은 118면 35전, '광무대 소리'라는 부제가 붙은 오성서관의 『무쌍신구잡가』(1915)는 128면 35전, '절대 명창 홍도 · 강진 구술'이라는 부제가 붙은 세창서관의 『신구유행잡가』(1915)는 76면 25전으로 다른 잡가집에 비해 적은 면수이지만 상대적으로 가격은 높게 책정되었음을 확인할 수 있다.81)

처음에는 판권에 대한 권리 없이 구비 전승되던 노래를 묶어 일반적인 가격을 책정하여 판매를 시작하였을 것이다. 그러다가 잡가집에 대한 소비자들의 요구가 높아지자, 잡가집 출판에 있어서도 출판사 간의 경쟁이 심화되었을 것이다. 잡가 출판은 소설과 달리 새로운 작품의 창작을 통해 경쟁력을 확보할 수는 없다. 따라서 한 서적상이 인기 가수를 구술자로 내세워서 다른 서적상과의 차별성을 부각시키는 판매 전략을 내세우자, 이러한 방식을 다른 서적상들도 따라 하기 시작한 것으로 보인다. 그들은 일반적인 잡가집과 내용은 대동소이할 지라도 인기 가수를 내세우면서 가격을 상대적으로 높게 책정해 그 차이를 부각시키는 전략을 내세웠다. 높은 가격이 책정된 데에는 당시의 출판계 정황을 고려해 볼 때, 구술자의 저작권 때문으로 유추해 볼 수 있다.

그러나 구술자를 명기한 후 높은 가격을 책정한 잡가집은 소수이고, 대다수의 잡가집은 상대적으로 낮은 가격에 판매되고 있어 전반적으로 잡가집이 저작권으로부터 자유로운 종목이었음을 알 수 있다.

81) 1915년 동명서관의 『고금잡가편』은 213면 30전이며, 1915년 광문책사의 『정정증보 신구잡가』는 192면 30전이다. 1914년 박문서관의 『증보신구잡가』는 172면 30전이므로, 비슷한 시기에 출판된 다른 책에 비해 구술자를 전면에 내세우고 출판된 책은 가격이 높게 책정되어 있음을 확인할 수 있다.

2. 노래책의 잡가 수록 방식과 특징

1) 노래책[82] 수록 잡가의 현황

노래책이 1910년대와 20년대에 주로 출판되었음을 감안할 때, 노래책은 20세기 초반에 대중들의 지지를 받았던 노래를 확인할 수 있는 매체라고 할 수 있다. 먼저 이들 노래책에 수록되어 있는 개별 노래들의 객관적인 현황을 살펴보자.

곡목	횟수	곡목	횟수	곡목	횟수	곡목	횟수	곡목	횟수
육자백이	24	자진산타령	15	엮음수심가	12	상사회답가	10	긴방아타령	7
방아타령	22	회심곡	15	자진방물가	12	장진주	10	노래가락	7
아리랑	21	곰보타령	14	과부가	11	죽지사	10	도라지타령	7
적벽가	21	산염불	14	노처녀가	11	청루원별곡	10	상사 진정몽가	7
배따라기	20	선유가	14	뒷산타령	11	경복궁타령	9	숙천난봉가	7
새타령	20	영변가	14	봉황곡	11	수양산가	9	악양루가	7
성주풀이	20	자진난봉가	14	석춘사	11	안빈낙도가	9	자진담바귀 타령	7
화류사	19	집장가	14	앞산타령	11	원부사	9	평양수심가	7
추풍감별곡	18	길군악	13	어부사	11	자운가	9	거사가	6
춘면곡	18	난봉가	13	이팔청춘가	11	중거리	9	공명가	6
양산도	17	놀량	13	처사가	11	판염불	9	날개타령	6
유산가	17	십장가	13	파연곡	11	향산록	9	육자동고리	6
제비가	17	형장가	13	강호별곡	10	개성난봉가	8	진정편	6

82) 노래책이란 명칭은 노래를 수록한 책이라는 일반적인 명칭으로 사용하였으며, 이 책에서는 1910~20년대까지 주로 출판된 '잡가집'과 동일한 의미로 사용한다. '잡가' 이외에 다른 노래 양식도 수록하고 있으므로, 절의 제목으로 '노래책'이라는 용어를 사용하고자 한다.

곡목	횟수	곡목	횟수	곡목	횟수	곡목	횟수	곡목	횟수
초한가	17	황계사	13	관산융마	10	사거리	8	강원도 아리랑	5
토끼화상	17	권주가	12	규수상사곡	10	사친가	8	고상사곡	5
흥타령	17	맹인덕담경	12	단장사	10	신난봉가	8	고상사별곡	5
농부가	16	바위타령	12	맹꽁이타령	10	양양가	8	넋두리	5
상사별곡	16	백구사	12	몽유가	10	자진 방아타령	8	소군탄	5
소상팔경	15	사미인곡	12	사설난봉가	10	진정부	8	신제청춘가	5
수심가	15	소춘향가	12	사시풍경가	10	경발님	7	오호타령	5
장한몽가	5	긴난봉가	3	신식아리랑 타령	2	행진가	2	금강산 유람가	1
제전	5	대받침	3	신제 이팔청춘	2	향산곡	2	꾀꼬리	1
카츄사가	5	몽금포타령	3	어화청춘	2	각설이푸념	1	나팔절	1
탄금가	5	무녀 노래가락	3	역금가	2	간지타령	1	낙화유수	1
닐늬리타령	4	병신난봉가	3	왕소군원탄	2	강강술래	1	달거리	1
사랑가	4	신고산타령	3	유랑의노래	2	강촌별조	1	달거리 창부가	1
수심가별조	4	장타령	3	유산가별조	2	강호청가	1	담바귀타령	1
신제농부가	4	개타령	2	이별가	2	걸승타령	1	대관강산	1
신제 도화타령	4	긴산타령	2	자진영변가	2	경사거리	1	도도리	1
신제산염불	4	등산가	2	제비가별조	2	고고천변	1	동원도리	1
양류가	4	만고강산	2	죽장망혜	2	고국생각	1	등악양루탄 관산융마	1
엮음	4	망향가	2	천자풀이	2	고독한몸	1	때마침 만추로다	1
영산가	4	반도강산가	2	청개구리 타령	2	관동팔경	1	라인강	1
자진개타령	4	별적벽가	2	청년가	2	군노사령	1	마의태자	1
자진 배따라기	4	별제난봉가	2	청춘가	2	군불견 동원도리	1	매화가	1
자진 육자백이	4	사친가별조	2	탕자자탄가	2	군악	1	메리의노래	1

곡목	횟수	곡목	횟수	곡목	횟수	곡목	횟수	곡목	횟수
화포타령	4	산타령	2	태평가	2	귀뚜라미	1	몽금이타령	1
개구리타령	3	소군원	2	토끼타령	2	규원탄	1	몽중가	1
개넋두리	3	소춘향가 별조	2	평양가	2	그대그립다	1	몽중유람	1
구사리 원난봉가	3	신방아타령	2	학도가	2	그리운 강남	1	무당덕담	1
박명탄	1	상사미인곡	1	운자타령	1	천안삼거리	1	봄노래	1
밤엿타령	1	서상추사	1	월하몽	1	청년경계가	1	부활	1
방랑가	1	세동무	1	일장춘몽	1	청춘과부곡	1	불수빈	1
방물가	1	세월이 무정터라	1	임의 동동생각	1	추월강산	1	비행기	1
배뱅이굿	1	소춘향곡	1	자진사랑가	1	춘당시과	1	사발가	1
백구타령	1	신노래가락	1	장기타령	1	춘몽가	1	사설	1
뱃노래	1	신조 어랑타령	1	장부한	1	춘향이별가	1	사친사	1
범벅타령	1	신창부타령	1	재담난봉가	1	충효곡	1	산천초목	1
베니스의 노래	1	신춘사	1	적성가	1	쾌지나 칭칭나네	1	삼고초려	1
베틀가	1	실연	1	젊은이의 노래	1	타령	1	항장무	1
별수심가	1	심황후 사친가	1	정찰회답가	1	태평성대	1	향화곡	1
암로	1	옥인상사곡	1	종로행진곡	1	투전뒤풀이	1	풍운아노래	1
약산동대	1	옥중가	1	중타령	1	팔도강산	1	한강수타령	1
염불	1	운가	1	진국명산	1	패수의 애상곡	1	한글뒤풀이	1
영산홍록	1	형용가	1	진정록	1	편시춘	1	화초가	1
오동나무	1	제석거리	1	창랑곡	1	평양경개가	1	휘모리엮음	1
오동동추야	1	조어환주	1	창부타령	1	풍년가	1	흰구림	1
호남가	1	천리강산	1	호접몽	1	화용도	1		

〈표 7〉 잡가집 소재 노래 현황[83]

83) 이 표는 정재호의 『한국속가전집』 1~6권을 대상으로 정리한 것이다. 수록된 작품 중

잡가집 소재 잡가의 현황을 살펴본 결과 비교적 뚜렷한 기준 하에 잡가의 범위가 제시되고 있음을 확인할 수 있다. 위의 도표를 토대로 당시 잡가집에 수록된 잡가의 범주를 제시하면, 그 범주 안에 십이잡가, 휘모리잡가, 경·서도 잡가, 산타령, 각 지방의 민요 및 통속민요 등이 포함된다. 물론 가창가사나 시조도 포괄하여 수록하고 있지만, 당시 잡가집의 담당자들이 잡가와 이들을 혼동했던 것은 아니다. 당시 연행되는 노래 양식을 '가(歌)-가곡, 사(詞)-가사, 조(調)-시조, 요(謠)-잡가'로 나눈 후,[84] 이들을 변별하여 수록하고 있어 잡가와 가사의 경계가 모호했던 19세기적 관습은 사라졌다고 할 수 있다.[85]

잡가집에 수록된 노래의 목록을 살펴보면 지역에 기반을 두고 향유되던 잡가가 지역적 범위를 벗어나 향유되고 있음을 확인할 수 있다. <육자백이>, <배따라기>, <수심가> 등은 거의 모든 잡가집에 수록

가곡과 시조 및 단가, 가사로 지칭된 작품은 목록에서 제외하였다. 또한 개별 노래 중 잡가집 한 권에 두 번 이상 수록된 경우도 수록된 횟수만큼 추가하여 정리하였다. <표 8>은 동일한 책에 같은 노래가 두 번 이상 수록될 경우 1회로 정리하였으므로, 그 결과에서 부분적인 차이가 있을 수 있다.

84) 「머리말」, 『조선잡가집』, 1916. 7. 25.

85) 19세기 '잡가' 관련 문헌의 수록 특징을 살펴보면 다음과 같다.(박애경, 「잡가의 개념과 범주의 문제」, 『한국시가연구』 13, 한국시가학회, 2003 참고.)

① 『남훈태평가』 : 현행 십이가사 중 <매화가>와 <백구사>를 잡가편에, <춘면곡>, <상사별곡>, <처사가>, <어부가>를 가사편에 수록.

② 『잡가』(1821) : <고공가>, <답가>, <지로가>, <관동별곡>, <관서별곡>, <성산별곡>, <면앙정가>, <목동가>, <답가>, <낙빈가>, <귀전가>, <어부사>, <장진주사>, <과송강묘>, <권주가>, <맹상군가>, <은사가>, <처사가>, <춘저가>, <호남곡>, <재송여승가-일부> 등 사대부 가사 중심으로 수록.

③ 『교방가요』 : 시조·가곡·정재무와 함께 잡가를 독립항목으로 설정하고, <춘면곡>, <처사가>, <관동별곡> 수록.

④ 『관우희』, 『금옥총부』 : 판소리를 잡가로 지칭.

될 정도로 유행성을 획득한 노래였다.[86] 이 세 노래의 공통점은 지역에 기반을 두고 향유되었다는 점이다. 당시 잡가의 지역성은 다른 노래 양식과 변별되는 잡가의 고유한 특질로 인식되고 있었다.[87] 20세기에 들어와 근대식 극장이 성행하고, 각 지방에서 상경한 기생들의 레퍼토리가 공유되면서 잡가는 지역적 범위를 초월해 향유될 수 있었다.

또한 잡가집에는 <신제산염불>, <신제청춘가> 등 기존의 노래에 변화를 준 '신제~'류의 잡가가 수록되어 있다. '신제~'류의 잡가는 당시 새롭게 창작되거나, 기존의 노래를 개작한 것이다. '신제~'류 잡가의 사설에는 당시 잡가 담당층(연행자 및 서적 출판업계)의 개작 의도 및 가치관이 반영되어 있을 것이므로, 이에 대한 면밀한 검토가 필요하다.

2) 지역 레퍼토리의 진출과 흥행

잡가집을 살펴보면, '잡가'라는 범주와 경계의 모호함을 어느 정도 극복하고, 십이잡가와 휘모리잡가, 지역별 소리, 산타령, 통속민요 등의 통칭으로 '잡가'라는 용어가 사용되고 있음을 확인할 수 있다. 또한 대중들의 지지를 받는 잡가는 여러 잡가집에 동시에 수록되었다. 수록의 빈도는 결국 당시의 흥행성과 직결된다. 잡가집에 수록된 노래

86) 이 글의 <표 8> 참고.

87) 잡가(雜歌)에도 수쳔년젼(數千年前)에 된 것도 잇고 수빅년 혹 수십년젼(數百年或數十年前)에 된 것이잇스며 각 디방(各地方)과 각 도(各道)에셔 부르는(唱) 잡가(雜歌)가 티반(太半)은 다른(異) 것이 만(多)토다(「머리말」, 『조선잡가집』, 1916. 7. 25.)

의 양상과 특징을 살펴봄으로써, 어떠한 노래들이 당시 대중들의 지지를 받고 있었는지 판단할 수 있다. 먼저 15종 이상의 잡가집에 수록된 노래들의 현황을 살펴보면 다음 도표와 같다.

	잡가집 \ 노래 제목[88]	육자백이	적벽가	배따라기	새타령	성주풀이	제비가	추풍감별곡	춘면곡	방아타령	유산가	토끼화상	초한가	아리랑	수심가	상사별곡	농부가	양산도
1	신구잡가 (14)[89]	○						○	○	○			○		○	○	○	○
2	신구시행잡가 (14)	○	○	○	○	○	○			○	○	○	○	○	○			
3	정선조선가곡 (14)								○							○		
4	정정증보신구잡가(15)	○	○	○	○	○		○	○	○		○	○		○	○	○	○
5	증보신구잡가 (15)	○	○	○	○	○	○		○	○	○	○	○	○	○	○	○	○
6	고금잡가편 (15)	○	○	○	○	○	○	○	○	○		○	○	○	○	○		○
7	무쌍신구잡가 (15)	○		○	○	○	○	○	○	○	○	○	○	○	○	○	○	
8	신구유행잡가 (15)	○	○	○	○	○	○	○	○	○	○	○	○	○	○	○	○	○
9	신찬고금잡가 (16)	○	○	○	○	○	○	○	○	○	○	○	○	○	○	○	○	○
10	특별대증보신구잡가(16)	○	○	○	○	○	○	○	○	○	○	○	○	○	○	○	○	○
11	증보신구시행잡가(16)	○	○	○	○	○	○	○		○	○	○	○	○	○			

88) 도표는 잡가집에 수록된 노래의 현황을 살피는 것이므로, 잡가로 볼 수 없는 작품(<추풍감별곡>, <춘면곡>, <상사별곡> 등)도 수록 빈도가 높을 경우 도표에 함께 기재했음을 밝힌다.

잡가집 \ 노래 제목		육자백이	적벽가	배따라기	새타령	성주풀이	제비가	추풍감별곡	춘면곡	방아타령	유산가	토끼화상	초한가	아리랑	수심가	상사별곡	농부가	양산도
12	조선잡가집(16)	○	○	○	○	○	○	○		○	○	○		○			○	○
13	현행일선잡가(16)	○			○	○	○	○	○	○	○	○		○	○			
14	시행증보해동잡가(17)	○	○	○	○	○	○	○	○	○	○	○	○	○	○			
15	신구현행잡가(18)	○	○	○	○		○	○	○	○		○	○	○		○	○	○
16	조선신구잡가(21)	○	○	○	○	○	○	○		○	○	○		○			○	○
17	신정증보신구잡가(22)	○	○	○		○		○	○			○	○		○	○	○	○
18	남녀병창유행창가(23)		○	○	○	○	○	○			○				○		○	
19	신구유행창가(23)		○					○			○						○	
20	대증보무쌍유행신구잡가(25)	○	○	○	○	○	○	○	○	○	○	○	○	○	○	○	○	○
21	가곡보감(28)	○	○	○	○	○	○		○		○	○			○	○		○
22	조선속곡집(29)	○				○				○				○				○
23	정선조선가요선집(31)	○	○	○	○		○		○		○		○	○		○		
24	조선고전가사집(46)		○				○		○		○		○			○		
25	대증보무쌍유행신구잡가부가곡선(58)	○	○	○	○	○	○	○	○	○	○	○	○	○	○	○	○	○

〈표 8〉 15회 이상 잡가집에 수록된 곡 목록과 횟수[90]

89) 괄호 안의 숫자는 간행연도를 표시한 것이다.

90) 이 노래들 뒤를 이어 <토끼화상>, <소상팔경>, <자진산타령>, <회심곡>, <곰보

앞의 표를 살펴보면, <육자백이>, <배따라기>, <성주풀이>, <새타령>, <수심가> 등 각 지역별 소리가 잡가집에서 높은 비중을 차지하고 있음을 확인할 수 있다. 이를 통해 서울의 소리판이 1910년대에 오면 경기소리보다는 각 지역별 소리 중심으로 재편되었음을 확인할 수 있다. 실제로 기생들이 지나치게 <수심가>나 <육자백이>만 부르고, 정작 서울에서 발생한 '안진소릭'를 부르지 않는 것을 비난하는 목소리가 있을 만큼 당시 지역별 소리는 노래문화의 중심으로 자리 잡았다.[91] 19세기까지만 해도 노래문화는 지역별 성격을 강하게 띠고 있었다. 그러다가 지역 소리꾼들의 서울 진출이 이어지면서, 노래가 지역성을 벗어나 향유되기 시작했다. 근대식 극장이라는 안정적인 공연 환경이 구축되고 대중들의 기호에 따라 공연 종목을 조직하는 과정에서 지역에 기반을 둔 노래의 진출이 더욱 가속화되었을 것이다.

이전까지 잡가는 구술매체에 의존해 구비 전승되었다. 구비 전승은 공간의 제약을 받기 때문에 지역에 기반을 두고 향유된다. 그러나 구술매체에서 잡가집이라는 인쇄매체로 전환되면서 탈지역적 성격을 갖게 된다. 즉 지역별 전승의 한계를 문자 매체를 통해 극복하게 된 것이다. 문자 매체에 기반을 둔 잡가집의 출판으로, 잡가는 더 이상 지역적 구비 전승이 아니라 탈지역적 기록 전승의 시대로 들어오게 된 것이다. 이는 잡가가 지닌 근대적 면모의 하나로 특징지을 수 있을 것이다.

타령>, <산염불>, <선유가>, <영변가>, <자진난봉가>, <집장가> 등이 많이 수록되었다.

91) 『매일신보』 1916. 6. 15.

3) 개량의 요구에 따른 사설의 개작과 창작

당시 잡가의 소통·향유방식의 하나였던 근대식 극장 공연은 그 인기에 비례해 끊임없는 비판의 대상이기도 했다.

> 新門內 圓覺社ᄂᆞᆫ 新演劇을 設行ᄒᆞ야 風俗을 改良ᄒᆞ고 民智를 發達케 ᄒᆞᆫ다고 各報에 廣布ᄒᆞ더니 近日에 春香曲 沈淸歌로 蕩子淫婦의 耳目을 眩惑케 ᄒᆞ야 多數 金錢을 奪入ᄒᆞ는대 該錢은 何處에 盡用하ᄂᆞᆫ지 不知ᄒᆞ거니와 幾千圓의 損害ᄅᆞᆯ 被ᄒᆞ야 不遠間 廢止가 될터이라더라(밑줄-인용자)[92]

> 近日 各演劇場의 情況을 聞ᄒᆞᆫ즉 其經營者等이 口로ᄂᆞᆫ 改良ᄒᆞᆫ다 稱ᄒᆞ고 實은 一毫의 改善이 無ᄒᆞ야 淫婦蕩子의 娛樂場에 不過ᄒᆞ니 風俗關係上으로 言ᄒᆞ야도 寒心홈을 不勝ᄒᆞᆯ 것이어니(후략)[93]

공연방식으로서의 종합적 연행물이 안착되어 가는 시기, 문예에 대한 개량담론 또한 확산되고 있었다. 예시문과 같이 개화기 연극계에 대한 개량의 요구가 가장 많았지만,[94] 연극뿐만 아니라 문예 전반에 대한 '문란함'이 비판의 대상이 되었다.

> <쇼셜과 연희가 풍쇽에 샹관되ᄂᆞᆫ 것>
> 일국의 풍쇽을 ᄀᆡ량코져 할진ᄃᆡ 쇼셜과 연희를 반ᄃᆞ시 몬져 ᄀᆡ량ᄒᆞᆯ

92) 「圓覺不圓」, 『대한매일신보』 1909. 3. 13.
93) 「演劇嚴禁의 必要」, 『매일신보』 1911. 3. 29.
94) 김재석, 「개화기 연극에서 고전극 배우의 위상 변화와 그 의미」, 『어문론총』 35, 경북어문학회, 2009, 29~32면 참고.

> 거시니(중략) 쇼셜과 연희ᄂᆞᆫ 심샹ᄒᆞᆫ 부인녀자와 시졍무식비의 뎨일 감동ᄒᆞ기 쉽고 뎨일 즐겨ᄒᆞᄂᆞᆫ바-라. 그 힘이 능히 샤ᄅᆞᆷ으로 ᄒᆞ여곰 그 셩졍을 ᄯᆞ러셔 변ᄒᆞ게 ᄒᆞ고 능히 셰쇽으로 ᄒᆞ여곰 그 풍쇽을 ᄯᆞ러셔 변ᄒᆞ게 ᄒᆞᄂᆞᆫ쟈-라 ᄒᆞᆯ만ᄒᆞ도다 (중략) 우리 한국은 쇼셜과 연희의 ᄌᆡ료를 볼진ᄃᆡ ᄒᆞᆫ 가지도 긔샹이 활발ᄒᆞ여 사ᄅᆞᆷ이로 ᄒᆞ여곰 긔운이 발ᄉᆡᆼ케 ᄒᆞᆯ 거ᄉᆞᆫ 업고 다만 음란ᄒᆞ고 괴패ᄒᆞᆫ 습관만 자라게 ᄒᆞ니 인심의 효박ᄒᆞᆷ과 민ᄉᆡᆼ의 곤난ᄒᆞᆷ이 모다 이를 인ᄒᆞ여 되ᄂᆞᆫ 거시 아니라 ᄒᆞᆯ 수 업스니 풍쇽을 ᄀᆡ량코져 ᄒᆞᆯ진ᄃᆡ 반ᄃᆞ시 쇼셜과 연희를 몬져 ᄀᆡ량ᄒᆞᆷ이 가ᄒᆞ다ᄒᆞ노라[95]

인용문에는 소설과 연희가 부녀자들이 가장 많이 즐기는 양식임과 동시에 가장 감동을 받는 양식이기에 풍속에 미치는 영향 또한 지대함을 서술하고 있다. 이러한 사회적 시선은 공연 담당층에게는 부담으로 작용했을 것이다. 당시 요구되던 문예의 사회적 기준은 '국가안위와 인민교육'[96] 등 계몽의 이념에 입각해 있었다. 이러한 개량담론의 사회적 확산 속에서 잡가 공연의 담당자들은 어떠한 방식을 취함으로써, 비판을 피해가고자 했는지 주목해 볼 필요가 있다.[97] 이에 대해서는 잡가집에 수록된 새로운 노랫말과 잡가의 연행을 담당했던 기생들의 행보와 관련지어 살피도록 하겠다.

---

95) 『대한매일신보』 1910. 7. 26.

96) 『뎨국신문』 1902. 12. 16.

97) '근대계몽기(1905~1910년)'에 간행된 신문과 잡지에는 당시 유행하던 잡가를 개량의 대상으로 제시했다. 이에 대해서는 충분한 연구 성과가 제출되었다.(홍성애, 「통속민요의 성격과 전개 양상 연구」, 강릉대 석사학위논문, 1999. 최은숙, 「20세기 초 신문·잡지의 민요 담론 연구」, 경북대 박사학위논문, 2004.) 이 글의 관심은 가곡 개량에 대한 당대의 담론이 출판된 잡가집에 어떠한 방식으로 반영되었는지를 살펴보는 것이다.

① 가마귀도반포ᄒᆞ고소도역시지독커던사천년례의지방에 부지징셩어
인일고심의라 인이무치면금슈만도 – 신작[98]

② ᄅᆡ년을ᄃᆡ치마라ᄅᆡ년니ᄅᆡ무진이오 금일을만타마라금일이불부환이
라 ᄎᆞ홉다년일이불유인ᄒᆞ니그를앗게 – 신작권학[99]

③ 삭발양복실쥭경에요랑방ᄌᆞ쳐조년아 실디사업어이안코일숨나니쥬
식인가 그즁에안하무인네의힝투더욱가통 – 신작[100]

위에서 제시한 시조 작품은 기존의 가집에서는 찾아볼 수 없고, 잡가집에 새롭게 수록된 작품들 중 일부이다.[101] ‘신작’으로 표시한 것으로 보아 당시에 새롭게 창작된 작품으로 보인다. 주목할 것은 이들 작품이 보여주는 주제의식이다. ①에서의 ‘효’, ②에서의 ‘권학’, ③에서의 ‘근면’은 모두 교훈적 기능에 충실한 것이다. ‘내용의 문란함’이 개량의 대상으로 지탄받자, 새로운 작품의 창작을 통해 부분적으로나마 이를 시정하려는 노력의 자세를 보여준 것이라 하겠다. 새로운 작품의 창작을 통해 교훈적 내용을 투영시키기도 했지만, 한편으로는 기존의 작품을 개작하기도 했다.

---

98) 수록 잡가집 – 『무쌍신구잡가』, 『현행일선잡가』, 『대증보무쌍유행신구잡가』, 『대증보무쌍유행잡가부가곡선』

99) 수록 잡가집 – 『무쌍신구잡가』, 『현행일선잡가』, 『대증보무쌍유행신구잡가』, 『대증보무쌍유행잡가부가곡선』

100) 수록 잡가집 – 『무쌍신구잡가』, 『현행일선잡가』

101) 잡가집에 수록되어 있긴 하지만 이 작품들은 잡가가 아닌 시조이다. 그러나 잡가집에 새롭게 등장한 작품들로서 개량담론에 대한 담당층들의 전략을 파악하기에 용이하므로 참고 자료로 활용하도록 하겠다.

<신졔산념불>

무정광음이나를위ᄒᆡ지테홀리가만무로다 건곤은불로월장ᄌᆡ이나인ᄉᆡᆼ은부득항소년이라 작일청춘이금일ᄇᆡᆨ발이니 후회막급을ᄉᆡᆼ각ᄒᆞ오 근ᄌᆞ셩심학문을ᄇᆡ와문명의지식을확충ᄒᆞ세일보이보삼ᄉᆞ보라도말지안으면만리가네 정신일정일르는곳엔금셕이라도가투로다 학문지식이부고명ᄒᆞ면만리전정이무궁일셰 우리가청춘에랑도를말어야ᄇᆡᆨ슈당년쾌락일셰 ᄇᆡᆨ슈쾌락은제ᄒᆞᆫ몸이니장ᄅᆡ청춘을지도ᄒᆞ오 우리가살면천ᄇᆡᆨ년사나살아ᄉᆡᆼ젼에허송을마셰 유지ᄒᆞ야공유젹이면명젼쳔츄에광명이라 무정광음이약류파는 우리을위ᄒᆞ야지테안네 ᄂᆡ나누나요ᄂᆞᆫ이ᄂᆞᆫ실나요ᄂᆡ나ᄌᆡ에루산에올ᄂᆞ102)

<신졔농부가>

ᄊᆡ깅ᄆᆡᆨ킹텡킹ᄆᆡᆨ킹얼널々々々상ᄉᆞ지야 텬ᄉᆡᆼ길디우리됴션편々옥토가이아니냐 놉흔ᄃᆡ갈면는밧치되고 나즌ᄃᆡ갈며는논니되네 셰계에유명ᄒᆞᆫ농산국일셰얼널々々상ᄉᆞ지라

문명ᄒᆞᆫ나라의농리ᄃᆡ로종ᄌᆞ와농긔를ᄀᆡ량ᄒᆞ야 심으은법ᄃᆡ로심은후에거두는법ᄃᆡ로거두며는 십ᄇᆡ와이십ᄇᆡ가될지로다얼널々々상ᄉᆞ지라

(중략)

아들ᄯᆞᆯ나커든학교에보ᄂᆡ신학문공부을식혀보셰 우리는농부가되얏지만 아들은상등인이되야보셰 부모의직ᄲᅮᆫ은이ᄲᅮᆫ이지얼널々々상ᄉᆞ지라

신법률들을강논키는부랑ᄑᆡ류을예방이라 졀도와강도가드러오면일심ᄒᆞ야셔막아보셰 환란ᄉᆞᆼ구는ᄒᆞ야될걸얼널々々상ᄉᆞ지라

먹고셔남는것져츅ᄒᆞ야밧도사고논도사셔 ᄇᆡᆨ셩이요족히살고보면우리반도가부강일셰 일등국민이되겟스니얼시구ᄂᆞ좃타얼널々々상ᄉᆞ지라 ᄊᆡ깅ᄆᆡᆨ킹청킹ᄆᆡᆨ킹 얼널々々상ᄉᆞ지나103)

---

102) 수록 잡가집－『무쌍신구잡가』, 『신구시행잡가』, 『현행일선잡가』, 『시행증보해동잡가』
103) 수록 잡가집－『무쌍신구잡가』, 『신구시행잡가』, 『현행일선잡가』

인용문에서 제시한 <신제산염불>은 다시 오지 않는 청춘시절을 의미 없이 보내지 말고, 문명의 지식을 익히라는 주제의식을 담고 있다. <신제농부가>는 후렴을 지닌 분절형식인 까닭에 독립된 사설들이 각각의 의미를 지니고 있다. '근면', '부국', '농사법의 개량', '신학문', '신법률', '저축' 등에 대한 제안이 중심내용을 이루고 있다. 기존의 <산염불>과 <농부가>와는 전혀 다른 사설인 이 작품들을 '신제~'라는 제목으로 잡가집에 수록함으로써 개량을 요구하는 이들의 비판을 부분적으로나마 피해갔을 것이다.

<신제청춘가>

이팔은 청츈의 쇼년몸 되어셔 문명의 학문을 닥거를 봅시다 셰월이 ᄀᆞ기ᄂᆞᆫ 흐르ᄂᆞᆫ 물갓고 ᄉᆞᄅᆞᆷ이 늙기ᄂᆞᆫ 바ᄅᆞᆷ결 갓고나 진나라 진황도 막을슈 업셧고 ᄒᆞᆫ나라 무젠들 엇절슈 잇셧ᄂᆞ 쳔금을 쥬어도 셰월은 못ᄉᆞ네 못ᄉᆞᄂᆞᆫ 셰월을 허숑을 헐ᄀᆞᄂᆞ 노지를 마러라 노지를마러요 졂머셔 청츈에 노지을마러라 우리ᄀᆞ 졂머셔 노지을 마러야 늙어셔 힝복이 자연히 이르네 청츈의 ᄒᆞᆯ일이 무엇이 업셔셔 쥬ᄉᆞ와 청루로 종사를 ᄒᆞᄂᆞᆫ냐 바ᄅᆞᆷ이 ᄆᆞᆰ어셔 정신이 쾌커든 됴흔글 보며는 지식이 늘고요 월식이 명랑ᄒᆡ 회포가 일거든 녯일을 공부코 식일을 비호소 근근코 자자히 공부를 ᄒᆞ면은 덕윤신 ᄒᆞ고요 부윤옥 ᄒᆞ리라 우리가 살면은 몃ᄇᆡᆨ년사ᄂᆞ냐 살어셔 싱젼에 ᄉᆞ업을 일우세 정신을 ᄭᆡ치고 마음을 경계ᄒᆡ 이팔의 청츈을 허송치마러라[104)]

104) 수록 잡가집-『신구시행잡가』, 『무쌍신구잡가』, 『신구유행잡가』, 『신찬고금잡가』, 『증보신구시행잡가』, 『현행일선잡가』, 『시행증보해동잡가』, 『신구현행잡가』, 『남녀병창류행창가』, 『이십세기신구유행창가』, 『대증보무쌍유행신구잡가』

<청년가>

청년들아 쳥년들아 장니유망 쳥년들아 희망도를 일치말고 광명션의 입지하라 쳥년시디 허송하면 늘거용진 못하나니 소년할쩍 너의일을 아니ᄒᆞ고 엇지하랴 아세아쥬 조선쳥년 그디들이 분명컷만 엇지하야 너히일을 네가싱각 못하는냐 이십셰기 싱존경쟁 너의귀외 안들이나 정신한번 가다드며 사일셩취 하여보셰[105]

<신제청춘가>와 <청년가>는 조선의 청년들이 문명의 학문을 닦기를 희망하는 내용으로 구성되어 있다. <신제청춘가>와 <청년가>는 잡가라기보다는 개화가사나 창가에 속하므로 잡가의 범주에는 포함되지 않는다. 그러나 잡가집에 이들 노래를 함께 수록하고 있어, 당시 잡가집의 새로운 작품 창작 방향을 짐작할 수 있게 한다. 이렇듯 잡가집을 제작할 당시, 문예 전반에 대한 개량 담론을 피해가기 위해 계몽의 의도를 내포한 교훈적인 내용의 작품을 창작하거나 개작해 함께 수록했음을 확인할 수 있다.

사설에 대한 개작과 새로운 작품의 발굴 외에도 개량 담론을 피해가기 위해 공연 담당층인 기생들은 고아원 방문이나 자선연주회 개최 등 자선행사에 나서기도 했다.[106]

---

105) 수록 잡가집–『남녀병창류행창가』, 『이십세기신구유행창가』

106) 『대한매일신보』 1907. 12. 4. / 12. 24. / 1908. 7. 11.(고아원 자선연주회) / 7. 15.(고아원 자선연주회) / 1909. 4. 1.(문천군 기근을 위한 구휼연주) / 1909. 9. 14.(기생의 학교 기부) / 1910. 4. 9. / 4. 14.(고아원 경비 보조) / 『황성신문』 1907. 12. 21.(기생들의 자선 공연을 허가해줄 것을 요구) / 1908. 1. 11. / 6. 28.(고아원 기금 마련 자선연주회) 등 많은 기사에서 확인할 수 있다.

① 문천 긔근을 위ᄒᆞ여 한셩기ᄉᆡᆼ조합소에셔 양력 사월 초일일위시ᄒᆞ여 한 십일 연주ᄒᆞ와 다쇼간 긔부ᄒᆞ올ᄃᆡ 원각샤 셩의를 더욱 감샤ᄒᆞ와 ᄌᆞ에 공포－한셩기ᄉᆡᆼ조합소 ᄇᆡᆨ107)

② <구휼연쥬> 한셩ᄂᆡ 모든 기ᄉᆡᆼ들이 문천군 긔민의 ᄃᆡᄒᆞ야 구휼금을 모집ᄒᆞᆯ 계획으로 금일브터 원각샤를 빌어셔 십일위한ᄒᆞ고 연주회를 ᄒᆞᆫ다더라108)

③ <기ᄉᆡᆼ의무> 한셩ᄂᆡ 모든 기ᄉᆡᆼ들이 문천군 긔근에 ᄃᆡ하야 구휼ᄒᆞᆯ 목뎍으로 원각샤에셔 ᄌᆞ션연주회를 ᄒᆞᆫ다는 말은 이믜 보도ᄒᆞ엿거니와 리익금 이ᄇᆡᆨ원을 그 고을로 보ᄂᆡᆺ다더라109)

권번 소속의 기생들은 고아원 지원이나 재난 구제 등 공익사업을 벌였고, 이는 신문을 통해 대대적으로 보도되었다.110) 음란하고 통속적이며 비교육적이라는 이유로 지탄의 대상이 된 잡가의 연행 담당자들이 공익사업에 앞장선 의도를 순수한 목적으로만 파악하기에는 석연치

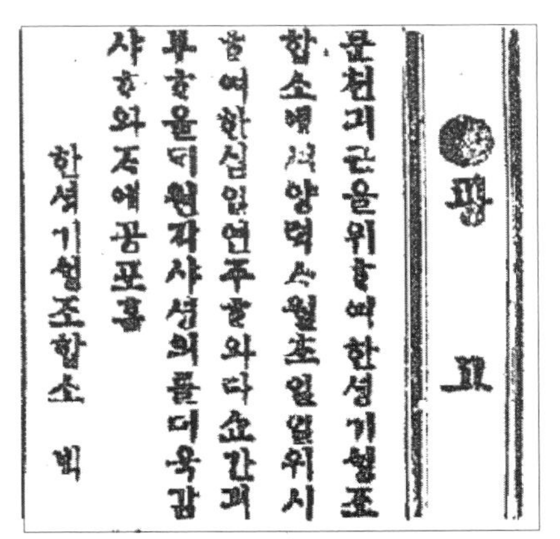
광고
문천긔근을위ᄒᆞ여한셩기ᄉᆡᆼ조합소에셔양력ᄉᆞ월초일일위시ᄒᆞ여한십일연주ᄒᆞ와다쇼간긔부ᄒᆞ올ᄃᆡ원각샤셩의를더욱감샤ᄒᆞ와ᄌᆞ에공포ᄒᆞᆷ
한셩기ᄉᆡᆼ조합소 ᄇᆡᆨ

기생들의 자선연주회 광고
(『대한매일신보』 1909.3.31.)

107) 『대한매일신보』 1909. 3. 31.
108) 『대한매일신보』 1909. 4. 1.
109) 『대한매일신보』 1909. 4. 17.
110) 인용문에서 제시한 '문천군 구휼을 위한 연주회'의 경우 『대한매일신보』와 『황성신문』이 며칠에 걸쳐 기사화했다.

않은 점이 눈에 띈다. 첫째, 기생들은 개인적으로 공익사업에 참여한 것이 아니라, 기생조합을 통해 조직적으로 참여했다. 둘째, 이들의 선행은 신문지면을 통해 대대적으로 보도되었다. 며칠씩 동일한 주제의 연속 기사를 읽다 보면 이들의 선행을 보도하고 있다기보다는 홍보하고 있다는 인상을 강하게 받게 된다.

결국 잡가의 연행 담당자였던 기생들은 잡가의 내용이 지닌 통속성으로 말미암아 지탄의 대상이 되자, 대사회적 선행으로 이를 상쇄시키고자 했던 것이다. 그러나 이러한 기생들의 노력이 언제나 환영받기만 한 것은 아니다.

> 기ᄉᆡᆼ광ᄃᆡᄂᆞᆫ불긴 고ᄋᆞ원에셔 ᄀᆡ셩군에 ᄂᆞ려가셔 연쥬회를ᄒᆞᆫ다ᄂᆞᆫᄃᆡ 기ᄉᆡᆼ 여ᄃᆞᆲ과 광ᄃᆡ들을 다리고 간다ᄒᆞᄂᆞᆫ고로 ᄀᆡ셩군에 여러 사ᄅᆞᆷ들이 말ᄒᆞ기를 이거슨 교육샹에 부당ᄒᆞ고 쳥년학도의 심지를 방탕케 ᄒᆞᄂᆞᆫ거시니 만일 기ᄉᆡᆼ과 광ᄃᆡ를 ᄃᆞ리고 오면 ᄃᆡ경에 드러오지 못ᄒᆞ게ᄒᆞᆫ다더라[111]

인용문에서처럼 고아원 행사에 기생이 참여한다는 것 자체가 교육적으로 부당하다는 비난의 시선은 여전히 존재했다. 하지만 지속적으로 공익사업을 벌이고 자선행사를 개최한 것으로 보아 이는 잡가의 개량담론을 피해가기 위한 연행 담당자 나름의 전략이었다고 볼 수 있다.

111) 『대한매일신보』 1907. 11. 26.

제3장

유성기음반을 통한 잡가의 향유

1. 유성기음반의 발매와 향유 환경의 변화

1) 유성기의 도입과 사적 향유 환경의 구축

1877년 에디슨이 축음기를 발명한 후 20여 년이 지나면 우리나라에도 유성기를 이용하여 음반이 취입되기 시작한다.

<만고절창> 외부에셔 일젼에 류성긔를 사셔 각항 노ᄅᆡ 곡죠를 불너 류성긔 속에다 넛코 ᄒᆡ부대신 이하 졔관인이 츈경을 구경 ᄒᆞ랴고 삼쳥동 감은뎡에다 존치를 비셜 ᄒᆞ고 셔양 사ᄅᆞᆷ의 모든 긔계를 운젼 ᄒᆞ야 쓰는ᄃᆡ 몬져 명창 광ᄃᆡ의 츈향가를 넛코 그 다음에 기싱 화용과 밋 금랑 가사를 넛코 말경에 긴고기ᄑᆡ 계집 산홍과 밋 사나히 학봉등의 잡가를 너엇는ᄃᆡ 긔관되ᄂᆞᆫ 작은 긔계를 밧고아 쑵이면 몬져 너엇던 각항 곡죠와 ᄀᆞᆺ치 그 속에셔 완연히 나오ᄂᆞᆫ지라 보고 듯ᄂᆞᆫ이들이 구름 ᄀᆞᆺ치 모

혀 모도 긔이 ᄒᆞ다고 칭찬ᄒᆞ며 죵일토록 노라다더라[112]

인용문에서는 서양에서 전래된 작은 기계 앞에 모인 관인(官人)들과 구경꾼들이 소리를 녹음한 후, 그 자리에서 똑같이 재생되는 새로운 기술 앞에 경이로움을 느끼고 있다. 이전까지는 연행자와의 대면 상태에서만 소리를 청취할 수 있었다. 가집이나 잡가집 등의 인쇄매체에서 부호를 사용해 연행자의 가창 환경을 최대한 복원하려 했지만 음성이 제거된 활자만으로는 완전한 연행의 재현이 불가능했다. 그러다가 유성기음반의 도입으로 비로소 전기 테크놀로지 장치에 의해 원형을 보전할 수 있게 된 것이다. 원형의 보존에서 나아가 원하기만 한다면 마음껏 재생할 수도 있는 새로운 매체의 시대가 시작된 것이다.

유성기의 등장에 따른 향유와 전승 방식의 변화는 음악 향유의 패러다임을 획기적으로 바꾸었다. 획기적인 변화를 경험한 이들은 유성기에 경이로움을 느꼈다. 그러한 이유로 초기의 유성기는 음악 향유의 기계라기보다는 근대화를 선취한 서양에서 전래된 '현대'의 표상이자, 경이로운 발명품에 가까웠다.[113]

112) 『독립신문』 1899. 4. 20.

113) 에디슨이 축음기를 발명한 후 이 장치로 가능한 10가지 이용법(편지 쓰기와 모든 종류의 속기를 대체하는 수단, 시각장애인을 위한 소리 책, 말하기 교수(敎授) 장치, 음악 재생 기구, 가족의 추억이나 유언의 기록, 장난감, 시보(時報), 다양한 언어의 보존 장치, 교사의 설명을 재생하는 교육 기구, 전화 대화 녹음기)을 제안한 것처럼, 초기의 유성기는 '음악 재생을 위한 장치'로서의 기능보다는 '구술의 기록과 재생'을 위한 기능이 강조되었다.(요시미 슌야 지음/송태욱 역, 『소리의 자본주의—전화, 라디오, 축음기의 사회사』, 이매진, 2005, 105면.) 우리나라 또한 유성기 도입 초기에는 '구술과 기록의 재생' 기능에 초점을 두었다.

"英國쁘라이돈 地의 人쇼드 氏가 這頃에 發明ᄒᆞᆫ 蓄音機ᄂᆞᆫ 人이 此에 向ᄒᆞ야 細語ᄒᆞ

1907년 대한악공 한인오와 관기 최홍매 등이 일본에 건너가 취입한 음반이 우리나라 최초의 상업 음반이었지만, 이 시기에 본격적인 상업 음반 시장이 형성되었던 것은 아니었다.[114] 소비자를 대상으로 본격적인 유성기 광고 및 판매가 이루어지는 시기는 1911년경이다.[115]

> 世界 中 音樂을 耆好ᄒᆞᄂᆞᆫ 人士의 家庭에 對ᄒᆞ야 唯一의 良機
> 一臺의 蓄音機를 家庭에 備置ᄒᆞ면 國歌樂隊 오-게스도 以外 薩摩 琵琶 謠曲 琴 三昧 線義太夫 長唄 其他 一切 俗曲 流行節에 至ᄒᆞ기ᄭᆞ지 名士의 妙音 美聲의 原音을 直接으로 聽ᄒᆞᆷ과 如ᄒᆞᆫ 感이 有ᄒᆞᆷ
> 蓄音機ᄂᆞᆫ 諸君의 所欲의 愛賞ᄒᆞᄂᆞᆫ 音樂을 幾回이던지 奏演케 ᄒᆞᆷ을 得ᄒᆞᆷ
> (何品을 不拘ᄒᆞ고 便利에 依ᄒᆞ야 買收코저 ᄒᆞ시ᄂᆞᆫ 바에 一切需應ᄒᆞ오며 定價票及音譜目錄은 通知가 有ᄒᆞ면 卽時 進呈ᄒᆞ겟삽(밑줄－인용자)[116]

한 대의 유성기를 가정에 비치하게 되면 오케스트라부터 악기 연주곡, 당시 유행성을 획득했던 일체의 노래들을 언제든 재생해서 들을 수 있는 기회가 생긴다는 위 광고는 음악 애호가의 환심을 사기에 충분했을 것이다. 이 한 대의 유성기를 구비함으로써 소비자는 '世界 中

면 非常ᄒᆞᆫ 大聲을 發ᄒᆞ야 十哩距離에 明聞케ᄒᆞᄂᆞᆫ지라 其機의 外觀은 普通의 蓄音機와 不異ᄒᆞ고 長은 四尺餘오 發音管口ᄂᆞᆫ 呼笛과 類ᄒᆞ고 又言語를 記ᄒᆞᄂᆞᆫ 銀管이 有ᄒᆞ니 此機ᄂᆞᆫ 低聲人이 屋外에셔 多數公衆에 演說ᄒᆞ던지 或說教ᄒᆞᄂᆞᆫ 境遇와 又遠距離의 人을 向ᄒᆞ야 談話ᄒᆞᆯ 時와 羣集喧躁中에 在ᄒᆞᆫ 人에게 談話를 傳ᄒᆞ라면 至極히 便利ᄒᆞ며라"(『황성신문』 1898. 3. 8.)

114) 『만세보』 1907. 3. 19.

115) 1910년 8월 30일에 발행된 조선총독부 기관지 『매일신보』의 유성기 광고는 1911년 6월 7일에 처음으로 게재된다. 이후 간헐적으로 유성기 판매 광고가 보이다가, 1911년 10월경부터는 하루가 멀다 하고 여러 상점의 유성기 광고가 게재된다.

116) 1911년 한 해 동안 동일한 광고가 8번 게재.(『매일신보』 1911. 6. 7. / 6. 17. / 8. 12. / 8. 23. / 9. 13. / 9. 28. / 10. 13. / 10. 22.)

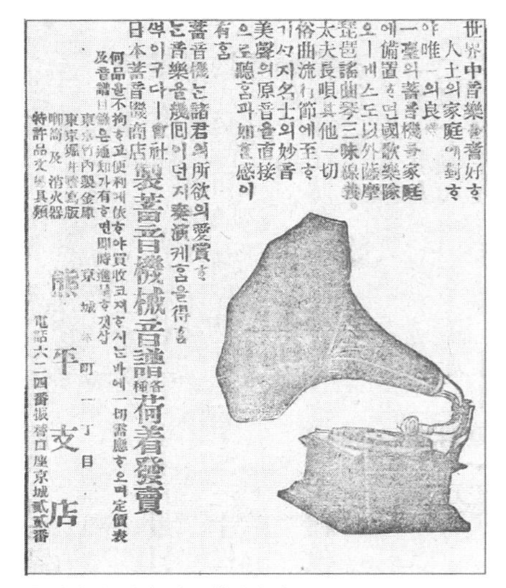

초기의 유성기 광고(『매일신보』 1911.6.7.)

音樂을 耆好[嗜好의 오타로 보임] ᄒᆞᆫ 人士'의 지위를 갖게 된다. 즉 유성기 한 대를 구비함으로써 그 자체로 동경의 대상이었던 서양 사람들과 비견될 만한 '세계인'이자 '모던'한 존재와 등가의 지위를 획득하게 되는 것처럼 광고하고 있다. 또한 초기 유성기 광고는 유성기 가격을 공개하지 않았다. 매수의 의도가 있는 사람에게만 정보를 제공한다는 판매자의 광고는 일반인은 접근할 수조차 없다는 인식을 주며, '일반인'과 '유성기를 가진 사람=소수의 특권층'을 구별 짓는 행위로 보인다.[117] 당시 유성기 판매상들은 유성기 하나만을 취급하는 것이 아니라 고가의 수입품목이나, 장식품, 자전거·시계·사

117) 유성기 가격에 대한 정보를 제공하는 최초의 광고는 『매일신보』 1911년 9월 12일자에서 확인할 수 있다. 당시 유성기의 가격은 25원이었으며, 음보는 1원 50전에 판매되고 있었다.(1911년 한 해 동안 이 광고는 3번 게재되었다.―『매일신보』 1911. 9. 12./9. 13./9. 14.) 이외 다른 광고에서도 '일본축음기상회'에서 발매하는 유성기에 한해 25원에 판매한다고 게재되어 있다.(『매일신보』 1911. 12. 13./12. 17.) 유성기 기계 자체가 아니라 음반과 연주자에 대한 광고는 1911년 10월 14일에 발매된 『매일신보』에서 확인할 수 있다. 당시의 광고는 일본축음기상회의 광고로, 연주자 '류명갑(柳明甲)·박춘재(朴春載)·김홍도(金紅桃)·문영수(文詠洙)·심정순(沈正順)'을 내세우고 그들의 사진을 싣고 있다.(1911년 한 해 동안 동일한 광고는 9번 게재되었다.―『매일신보』 1911. 10. 14./10. 15./10. 17./10. 19./10. 20./10. 21./11. 9./11. 12./11. 15.)

진기 · 금은 세공품 등의 제품과 함께 유성기를 판매하고 있었다.[118] 구미의 수입품이나 금은 세공품 등을 향유할 수 있을 정도의 소수의 특권층에게, 매수를 원할 경우 그 목록과 가격 정보를 특별 제공하는 일련의 과정을 거치며 유성기 판매가 진행되었다. 이런 과정을 거쳐 구매한 유성기 소비자는 오케스트라의 연주를 방안으로 옮겨놓음으로써, 근대화를 선취한 동경의 대상인 서양인들과 동등한 '세계인'의 지위를 획득한다고 느끼게 되었다.

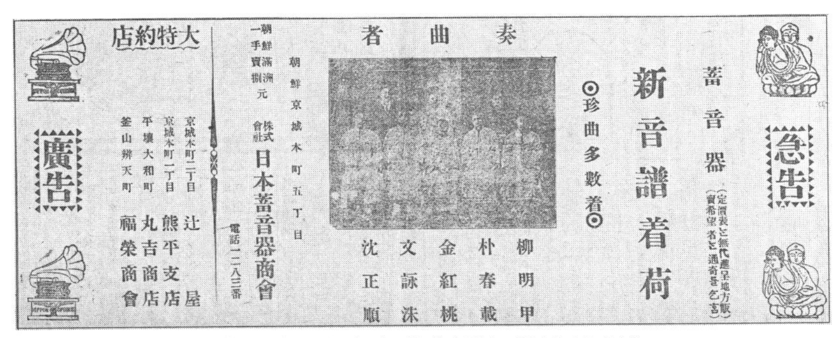

연주자를 내세운 최초의 『매일신보』 음반 광고(『매일신보』 1911.10.14.)

유성기 가격 정보가 처음으로 공개된 광고에서 그 금액은 25원으로

118) 실제로 1911년 한 해 동안 가장 많이 게재된 유성기 광고는 유성기를 다양한 품목과 함께 취급하는 상점의 광고였다. 이곳은 각종 사진기계 및 재료약품, 시계 · 귀금속제품, 귀부인용장신구, 각종의 구미각국 자전차, 각종의 은제품과 함께 유성기를 파는 곳이었다.(1911년 한 해 동안 동일한 광고가 30번 게재되었다.—『매일신보』 1911. 7. 12./7. 23./7. 25./7. 27./7. 29./8. 6./8. 10./8. 13./8. 17./8. 26./9. 6./9. 9./9. 15./9. 21./9. 27./10. 7./10. 11./10. 20./10. 22./10. 31./11. 5./ 11. 9./11. 16./11. 19./11. 26./12. 8./12. 13./12. 19./12. 24./12. 28. 같은 상점의 광고는 아니지만, 마찬가지로 시계나 사진기계, 자전차, 금은세공물과 함께 유성기를 판매하는 광고가 8월 29일에도 게재되었다.)

책정되어 있다. 금액을 강조하면서 광고하는 것으로 보아, 25원이라는 판매 가격이 경쟁에서 승부를 걸 수 있을 정도로 상대적으로 저렴한 가격이었음을 짐작할 수 있다.[119] 실제로 1913년 서울에서 일했던 조선인 토목노동자의 일급이 40전, 부두노동자의 일급이 43전, 철도공장 노동자의 월급이 12원 44전[120]이었음을 감안할 때, 당시의 유성기는 일반적인 중산층이 두 달 임금을 하나도 쓰지 않고 모아도 살 수 없는 소수 특권층만을 위한 고가의 품목이었음을 알 수 있다. 이렇듯 초기의 유성기는 소수 특권층만의 전유물이었다.

그러나 1930년대에 오면 소수 특권층의 전유물이었던 유성기 소비층의 저변이 확대되기 시작한다. 1929년을 기점으로 전기 녹음방식을 채택하면서 유성기음반의 음질이 개선되는 한편, 대량 생산 체제까지 갖추기 시작한다. 유성기 기계가 개선되고 그 가격도 하락하면서 1930년대부터는 유성기 대중화의 시대가 시작되었다.

> 조선에는 축음긔가 二十四五年전에 미국으로부터 일본을 거처 처음 들어왓습니다. 그 시절에 가장 싼 것이 한 대에 二十여원씀으로 최근 것에 비하면 겨우 四五원짜리박게 아니 됩니다. 하여간 지금의 八十여원짜리가 처음 서슬의 것에 비하면 三백여원짜리나 됩니다. 대체로 가격도 매우 싸젓지만 날로 기게가 훨신 나하저갑니다.[121]

119) 실제로 당시 유성기 한 대의 가격은 25원, 30원, 60원, 90원 등으로 가격대 별로 다양한 유성기가 출시되었으며, 25원이면 다른 유성기에 비해서는 상대적으로 낮은 가격이었다.(당시 유성기의 가격에 대해서는 이상길의 논의 참고.－이상길, 「유성기의 활용과 사적 영역의 형성」, 『언론과 사회』 9권 4호, 성곡언론문화재단, 2001. 가을, 62면.)

120) 강만길, 『한국현대사』, 창작과 비평사, 1984, 44면.

특권층의 전유물이었던 유성기는 1930년대 초반에 오면 4~5원 정도로도 구입할 수 있는 일상적인 물건이 되었다.

> 최근 레코-드 음악의 보급은 吾人의 耳目을 놀라게 할 만큼 급속도적으로 街頭에서 가정으로 더욱이나 아동교육의 문화적 지위에까지 진출하였습니다. 레코-드 음악은 대중적 가치에서 특수한 사명이 있다고 봅니다. 근래 중류 이상의 가정에는 한 대씩의 축음기를 구비하였음을 발견할 수 있으니, 레코-드 음악의 사명이 크고도 남음이 있음을 여실히 증명하는 것이외다. (중략) 조선내에만 축음기 소유자가 삼십만 이상이 多大한 수자를 보이고 있으니 앞으로도 농촌의 빈약한 경제상태이나 개척할 여지가 충분하다고 관찰하며, 우수회사의 旣發 레코드의 종류를 열거하여 판매매수를 조사하여도 엄청나게 놀랄만한 數字임이 확실합니다.(밑줄-인용자)[122]

1930년대 중반에 오면 유성기는 중산층 이상의 가정에서 흔히 볼 수 있을 정도의 품목이 되었고, 보급률 또한 삼십만 대에 달했다. 이렇듯 유성기의 가격이 하락하고 음반의 품질이 개선되면서, 1929년을 기점으로 유성기를 통한 음악 향유가 본격화되었다. 이후 1930년대 중반에 이르면 중산층 이상의 가정에서 유성기를 구비할 정도로 유성기를 통한 음악 향유가 대중화되었다.

잡가는 19세기까지만 해도 풍류방이나 술자리에서 창자와 청자가 대면한 상황에서 유흥을 극대화하기 위해 불리던 노래였다. 그러나 유

121) 「발명五十五주년을 마지하는 축음긔의 원리와 변천」, 『동아일보』 1932. 7. 2.
122) 『음악』 1935. 12.

성기음반의 도입은 이러한 향유방식을 변화시켰다. 음반은 폐쇄된 공간에서 홀로, 또는 일방적으로 듣게 된다. 즉 타인과 함께 하는 공적인 공간에서 잡가를 향유하던 방식이 유성기음반의 향유와 함께 혼자만의 사적인 공간에서 향유하는 방식으로 전환된 것이다.

사적인 공간에서는 누구나 자신이 경험했을 법한 이별과 사랑 등 개인적인 경험과 정서를 표출하게 된다. 그러므로 인생이나 사회상보다는 사랑과 이별, 애상, 그리움과 같은 사적인 정서를 선호하는 경향이 강하다. 1930년대 들어 유성기음반에서 가장 인기를 끌었던 것이 유행가였던 것 또한 음반이 지니고 있는 본질적인 향유 환경과 무관하지 않을 것이다. 유행가는 사적인 정서를 가장 극명하게 드러내는 노래 양식이었기에 사적 체험이 주를 이루는 음반의 향유방식과 결합해 30년대부터 노래판을 장악할 수 있었을 것이다.

라디오가 도입되어 음악 향유 환경의 폭이 넓어졌을 때에도 유성기 판매량이 줄지 않고 오히려 증가했다는 것은 유성기의 사적인 성격에 기인한 것으로 보인다.

> 라디오가 생긴 이후로 축음긔가 한 풀 꺽기엇스리라고 생각하는 사람이 업지 안흔 모양이나 실상은 라디오편이 성왕해가면 갈스록 축음긔가 긔세를 엇게됩니다 —시적이고 또 자긔의 원하지 안는 것까지 듯게되는 라디오를 듯고나면 자연히 자긔의 취미대로 택해서 듯고시픈대로 몟 번이라도 들을 수 잇는 레코드를 생각하게 되는 까닭인가 합니다.[123]

라디오의 경우 자신이 원하는 음악을 선택해서 들을 수는 없다. 즉

123) 『동아일보』 1932. 7. 2.

소비자와의 소통이라는 측면에서 본다면 라디오는 일정 부분 한계를 지닐 수밖에 없는 매체이다. 소비자의 요구보다는 라디오의 프로그램을 기획하는 담당층의 의지가 많은 영향을 미칠 수밖에 없다. 또한 라디오의 특성상 일정부분 관영성을 담보할 수밖에 없어, 국가 목소리의 전달자 역할이 주축을 이룬다. 유성기는 라디오의 한계를 보완하기에 효과적인 매체이다. 위의 인용문에서도 확인할 수 있듯이 라디오가 대중화된 이후에도 유성기음반은 그 기세가 약화되지 않는다. 오히려 라디오가 대중화되면 될수록 음반의 판매량이 증가한다. 라디오를 통해 자신이 선호하는 노래를 마음껏 들을 수 없을 경우, 소비자들은 음반으로 관심을 돌리게 되기 때문이다.

자기만의 공간에서 자신이 선택한 노래를 들을 수 있기에, 음반은 사적인 영역 속에 존재한다. 이러한 특징이 음반에 수록된 잡가의 레퍼토리와 그 내용에도 영향을 미치게 된다.

2) 음반의 메커니즘과 노래 갈래의 변모

히라바야시는 1928년의 논문 「문학과 예술의 기술적 혁명」에서 '문학과 예술을 변화시키는 것은 경제적 기초의 변화에 의한 상부구조, 소위 이데올로기의 변화만이 아니라 기사(技師)의 손으로 만들어지는 기계가 직접 예술의 양식, 형태, 종류에 커다란 변화를 불러일으키는 것임'을 강조했다.[124] 예술의 내용이나 형식은 이데올로기나 상부 구

124) 平林初之輔, 『平林初之輔文芸評論全集』 上卷, 文泉堂, 1975.(요시미 슌야 지음/송태욱 역, 앞의 책, 316면 재인용.)

조에 의해서 규정된다는 입장이 일반적이다. 그러나 히라바야시는 기계나 기술적 혁명이 문학과 예술의 양식에 변화를 줄 수 있다는 견해를 피력했다. 이러한 견해가 현재에는 일상적으로 통용되고 있을지라도 발표 당시인 1928년에는 예술에 대한 새로운 관점이었다.

히라바야시의 견해처럼 예술이란 상부구조에 의해서도 그 내용이나 형식이 규정될 수 있지만, 기계가 직접 예술의 양식이나 형태, 종류에도 변화를 일으킬 수 있다. 가장 대표적인 경우가 유성기음반에 수록된 음악 장르이다.

> 最近 蓄音機 界에 一大 革新을 지은 電氣吹込法은 從來의 吹込(喇叭使用)과는 全然 달나 如何히 强烈한 高音을 勿論하고 極히 銳敏한 作用을 하는 「마이크로폰」을 通하야 自由自在로 吹込할 수 잇슴으로 此方法에 依한 「레코-드」는 實演을 그대로 發音하야 器械를 使用한다는 感로이 업는 것은 임의 發賣되야 잇는 콜럼비아 「레코-드」로써 世界的으로 宣傳된 바임니다. (중략) 吹込方法은 電氣吹込 中에도 最新한 「바이바토넬」로 되엿슴으로 今般의 新發賣 「레코-드」는 斯界에 큰 「쎈세-쓴」을 이르킬 것입니다. 더욱 今般 「레코-드」는 弊社 獨特의 「뉴-푸로쎄스(新製法)」로 製作됨으로 在來와 갓흔 雜音은 絶對로 업슴니다. 右 新레코-드는 二月부터 發賣하오니 각지 特約店으로 目錄을 請求하야 쥬십시오[125]

유성기음반이 초기의 나팔통식 방식에서 1929년 2월을 기점으로 전기 녹음 방식으로 전환되면서 새로운 형태의 음반이 제작·판매되었다. 전기 녹음 방식은 기존의 잡음을 제거하고, 보다 나은 음질에서

125) 『朝鮮 레코-드 總目錄』, 株式會社 日本蓄音機商會, 1928. 8.(배연형, 「콜럼비아 레코드의 한국 음반 연구」, 『한국음반학』 5, 한국고음반연구회, 1995. 재인용.)

의 음반 향유를 가능케 했다.

그러나 이 시기 음반의 메커니즘 중 노래문화에 가장 많은 영향을 준 것은 바로 음반이 가지고 있던 시간상의 제약이었다. 당시 유성기음반은 앞·뒷면을 합해 6분~6분 30초 정도의 시간 동안만 녹음할 수 있었다. 이로 인해 보통 8~14분여가 소요되는 잡가뿐만 아니라 당시까지 인기를 끌고 있던 대다수의 노래들이 시간상의 제약으로 음반 취입에 어려움을 겪게 되었다. 이러한 시간상의 제약으로 한 곡을 전창하기에는 많은 어려움이 따를 수밖에 없었다. 그러나 변화된 매체적 환경에 적응하는 방법은 매체가 가진 환경(시간)에 맞게 노래 자체를 변모시키는 방법뿐이다. 제한된 시간이라는 음반의 특징은 노래 문화에도 영향을 미치게 된다.

2. 유성기음반에서의 잡가 향유 방식과 특징

1) 유성기음반으로 발매된 잡가의 현황

유성기음반이 발매될 때에는 노랫말을 적은 '가사지'가 함께 제공되었다. 물론 '가사지'가 최초의 음반이 발매될 당시부터 제공되었던 것은 아니었다.

> 우리, 조션에 「류성긔소리판」이싱겨는제가, 발셔십유여년이가되엿습니다마는 「소리판」에드러잇는사셜을쓰는일이업셔々, 한산유감이싱각ᄒᆞ여, 져음로金秋月氏에게부탁ᄒᆞ여소리사셜을인새하얏사오니, 우리 「일축죠

션소리판」을사랑ᄒᆞ시고, 잘보시기물바라나이다－<륙자빅이(六字白)>[126]

처음에는 음반만 판매하다가, 음반회사에서 가사지를 함께 제공함으로써 다른 회사와의 차별성을 부각시키는 하나의 판매 전략으로 사용되었던 것으로 보인다. 기존의 노래 향유방식이 듣기만 했던 데 반해, 음반과 함께 가사지가 제공되었다는 것은 소비자가 노래를 따라 부르거나 익히기 위한 수단으로도 음반을 활용했음을 의미한다. 이는 듣기 위주의 향유방식에서 듣기와 부르기가 함께 이루어지는 향유방식으로의 전환을 의미하는 것이며, 적극적 향유로 이해할 수 있다. 즉 구입을 통한 향유라는 측면에서 유성기음반의 향유방식을 적극적 향유라 규정할 수 있으며, 더불어 가사지를 통해 노랫말을 보고 정확하게 부를 수 있다는 점에서도 유성기음반의 적극적 향유의 일면을 확인할 수 있다.

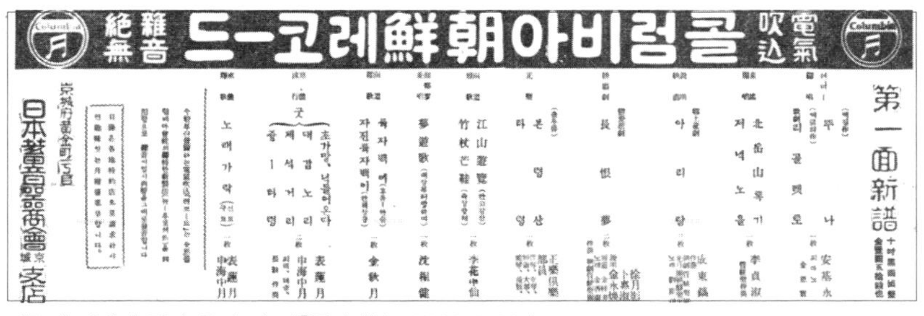

신문에 게재된 잡가 음반 광고(『동아일보』 1929.2.22.)

126) <륙자빅이>, 『유성기음반가사집 1』, 5면.(일츅죠선소리판 K505-A.B, 김추월. 박경화, 1925. 8.)

음반과 함께 제공되었던 '가사지'를 모은 『유성기음반가사집』[127]을 살펴보면, '잡가'라는 표제를 걸고 취입된 횟수는 235회이다.[128] 그 목록을 살펴보면 다음 도표와 같다.

곡명	횟수	곡명	횟수	곡명	횟수	곡명	횟수
간지타령	1	매화타령	2	새애기타령	1	자진육자백이	4
개고리타령	1	명암대회	1	색시타령	1	의주산타령	1
개성난봉가	6	무정세월아	1	선유가	2	이팔가	1
신개성난봉가	1	밀양아리랑	1	성주푸리	3	이팔청춘가	1
개타령	2	박연폭포	4	수심가	15	자진염불	1
경발님	2	반갑도다	1	장수심가	1	장긔타령	1
경복궁타령	4	방물가	1	역금수심가	12	장대장타령	1
신경복궁타령	1	방아타령	2	자진수심가	1	적벽가	1
곰보타령	2	신방아타령	2	신고산타령	2	적수단신	1
공명가	5	자진방아타령	2	십대왕	1	전쟁가	1
기성팔경	1	배꽃타령	1	십장가	1	제비가	5
난봉가	2	배뱅이굿	1	아리랑	1	제전	1

127) 이 글의 통계는 당시의 모든 음반 자료를 대상으로 한 것이 아니라, 『유성기음반가사집』을 토대로 작성된 것이므로 실제 음반 현황과는 분명 차이가 있을 것이다. 그러나 누락된 자료가 있을지라도, 유성기음반 잡가의 전체적인 경향이나 흐름을 파악하기에는 무리가 없다고 판단하므로 이 자료만을 대상으로 삼았다. 이 글이 가진 한계를 보완하기 위해 유성기음반에 수록된 전체 곡목과 그 수에 대해서는 김점도의 『유성기음반총람자료집』을 정리한 장유정의 통계를 참고한다.(장유정, 「대중매체의 출현과 전통가요 텍스트의 변화 양상 고찰—<수심가>를 중심으로」, 『고전문학연구』 30, 한국고전문학회, 2006, 45~46면.)

128) 음반의 표제로 '잡가'라는 명칭이 사용된 것만을 대상으로 삼았다. 단 '빈빈시절가'라는 명칭은 휘모리잡가를 일컫는 명칭으로 볼 수 있으므로 '잡가'의 대상에 포함시켰다. 동일한 노래가 '잡가'라는 표제 대신 '잡곡'이라는 표제로 사용되고 있어, 이들도 사설 확인 후 '잡가'에 포함시켰다. 확인 후 2. <제비가>, 67. <회심곡>, 163. <사립일배>, 164. <곰보타령>, 170. <신조각인무당노래가락>, 171. <창부승타령> 등 네 곡이 잡가에 포함되었다. 노래를 지칭하는 일련번호는 이 글의 <부록—유성기음반 소재 잡가 목록>에 따른 것이다.

곡명	횟수	곡명	횟수	곡명	횟수	곡명	횟수
긴난봉가	2	배따라기	4	구아리랑	1	집장가	1
원난봉가	1	긴배따라기	1	긴아리랑	3	창부승타령	1
사설난봉가	1	자진배따라기	5	경아리랑 타령	1	창부타령	2
자진난봉가	6	백오동풍	1	신조아리랑	1	청산 자부송아	1
병신난봉가	5	범벅타령	1	악양루가	1	청천강수	1
날찾네날찾네	1	변강수타령	3	애원성	1	청춘가	1
노들강변	1	보렴	1	양산도	4	신청춘가	1
노래가락	4	사립일배	1	언문푸리	1	축원경	2
무녀신노래가락	1	신사발가	1	에루화타령	1	타령	1
신조각인무당 노래가락	1	산염불	3	영감타령	1	토끼화상	1
놀양	2	개성산염불	2	영변가	6	평양가	1
농부가	4	평양산염불	1	신영변가	1	풋고초	1
자진농부가	2	해주산염불	1	영천수	2	한강수타령	2
도라지타령	1	황해도산염불	1	오돌독	1	화초사거리	1
둔가타령	1	압산타령	2	유산가	2	회심곡	2
둥둥타령	1	뒷산타령	4	육자백이	8	흥타령	5
						경흥타령	2
						합계	235

〈표 9〉 가사지를 토대로 작성된 잡가의 곡목별 음반 취입 횟수[129]

도표로 제시한 유성기음반 소재 잡가의 현황을 살펴보면 다른 매체와 변별되는 몇 가지 특징을 추출할 수 있다. 지역별 소리의 분포와 가창자, 음반으로 취입되면서 새롭게 도입된 방식 등으로 나누어 살피도록 하겠다.

129) 졸고, 「유성기음반 소재 잡가의 현황과 레퍼토리의 양상」, 『어문학』 99, 한국어문학회, 2008, 145~146면 재인용.

먼저 지역별 소리의 분포 현황을 살피도록 하겠다. 취입된 잡가 중 개별 노래의 취입 빈도를 살펴보면 <수심가>가 가장 많고, <난봉가>, <육자백이>, <배따라기>, <산염불> 등이 그 뒤를 잇고 있다.[130] 십이잡가 등 서울 지역을 중심으로 전통적으로 연행되던 잡가가 쇠퇴하고 서도잡가 중심으로 잡가의 흥행 판도가 변화했음을 알 수 있다.

표제	횟수	표제	횟수	표제	횟수
잡가	79	서도잡가	67	경기잡가	39
남도잡가	28	십이잡가	6	평양잡가	6
유행잡가	3	개성잡가	2	빈빈시절가	2
개성난봉가	1	평명잡가	1	표제없음	1

〈표 10〉 유성기음반 지역별 잡가의 취입 횟수

지역별 잡가	횟수	지역별 잡가	횟수	지역별 잡가	횟수
서도잡가	96(41%)	경기잡가	67(28%)	남도잡가	32(14%)
휘모리잡가	3(1%)	지역분류 없음	37(16%)	합계	235(100%)

〈표 11〉 유성기음반 지역별 잡가의 취입 횟수 및 비율

위의 두 표를 살펴보면 유성기음반의 잡가 취입이 서도잡가 중심이었으며, 그 뒤를 이어 경기잡가와 남도잡가의 순서였음을 확인할 수 있다. 서도잡가 중 <수심가>는 <장수심가>와 <역금수심가>를 포함해 모두 29편으로 음반에 취입된 서도잡가의 30%를 차지할 정도로

130) 김점도의 『유성기음반총람자료집』에 따라 전체 유성기음반에 수록된 횟수를 살펴보면 <난봉가>는 185회, <수심가>는 173회, <양산도>는 107회, <육자백이>는 56회, <배따라기>는 41회 등이다.(장유정, 앞의 글, 45~46면.)

인기가 많은 곡목이었다.[131]

잡가집이 출판될 당시만 해도 가장 인기 있던 레퍼토리였던 <육자백이>가 유성기음반으로 취입될 당시에는 <수심가>의 1/3 정도 수준에 불과하다. 또한 19세기까지만 해도 노래판에서 잡가의 인기를 견인했던 십이잡가는 쇠퇴의 길을 걷게 된다. 그리고 <난봉가>나 <수심가>가 음반 취입의 흥행 레퍼토리로 부상하게 된다.

둘째, 유성기음반 취입에 참여한 가창자의 분포를 살펴, 잡가의 연행을 담당했던 주체에 대해 살피도록 하겠다.

이름	취입곡 수	이름	취입곡 수	이름	취입곡 수	이름	취입곡 수
고일심	2	김태운	7	신옥도	2	장일타홍	5
길진홍	6	김하연	3	신해중월	6	장학선	10
김갑자	3	김향란	2	오비취	4	정금도	3
김금화	2	김홍도	1	오태석	4	정남희	2
김류앵	2	류개동	5	이금옥	3	조농옥	2
김부용	4	문명옥	5	이난향	2	조목단	9
김산월	4	문영수	3	이면옥	1	조앵무	2
김소향	3	민형식	2	이소홍	1	조진영	1
김소희	2	박명화	7	**이영산홍**	**16**	진숙	1
김연옥	2	박부용	10	이옥화	2	최명선	8
김옥선	5	박산월	1	이중선	4	최섬홍	2
김옥엽	**24**	박월정	2	**이진봉**	**22**	최소옥	2
김옥희	2	박춘재	10	이화중선	2	최순경	4
김주호	11	백목단	1	임명옥	2	표연월	5

131) <수심가>의 흥행에 대해 최은숙은 세 가지의 요인을 제시하고 있다. ① 서도 출신 예인들의 경성 진출과 소리판 장악, ② 도시 대중의 감성적 특성과 소리의 수용, ③ '맺힘과 풀림'의 사설 운용 방식이 그것이다.－최은숙, 「20세기 초 <수심가>의 흥행 양상과 요인」, 『어문학』 90, 한국어문학회, 2005, 322~337면 참고.

이름	취입곡 수	이름	취입곡 수	이름	취입곡 수	이름	취입곡 수
김죽엽	5	백운선	2	임명월	2	하농주	3
김창환	1	서원준	1	임방울	2	한경심	9
김추월	9	설중매	2	임소향	2	한성기	2
김춘홍	3	손진홍	2	장경순	1	함동정월	2
김칠성	**18**	신금홍	2	장금화	5	홍소월	4

〈표 12〉 유성기음반 잡가의 가창자 현황

음반으로 취입된 잡가 중 독창은 146곡이고, 둘 이상의 가창자가 함께 부른 곡은 89곡이다. 이들 가창자를 모두 종합해 본 결과, 기생들을 중심으로 음반이 취입되고 있었음을 확인할 수 있다. 김옥엽이 24곡을 불러 가장 많은 음반을 취입했으며, 이진봉, 김칠성, 이영산홍 등이 그 뒤를 잇고 있다.

金玉葉, 이름 조흔 玉葉이요 얼골 잘난 玉葉이다. 美人의 고을 平壤에서 자라난 金玉葉은 어려서 平壤妓生學校를 단엿섯다. (중략) 이러한 金玉葉이 平壤에서 자최를 감최이고 봄바람에 불여 서울 長安에 날너들자 西道소리 잘하기로 金玉葉의 일홈이 단번에 쫙 펴지고 말엇다. (중략) 「玉葉의 愁心歌」라면 오늘날 장안의 풍유객들의 귀를 기우리게하는 名唱이다.

李眞鳳, 그의 나이 三十八에 妓籍에 나선지가 十年이 갓가웁다. 玉葉과 갓치 平壤胎生으로 西道소리 잘하기로는 玉葉과 갓치친다. (중략) 조선소리로 한달잡고 그중 많이 불니우는 妓生이 누구냐하면 玉葉이 아니면 眞鳳이다.[132]

132) 「名技榮華史」, 『삼천리』 1936. 8.

당시 인기 있던 김옥엽·이진봉 등의 기생들은 고향과 경력, 좋아하는 남성상까지 기사화될 정도로 대중의 관심을 받았다.[133] 이들 기생들은 근대식 극장과 유성기음반, 라디오방송을 넘나들며 왕성하게 활동했다.

> 名唱은 늙는다
> 그들의 예술은 다시 들을 긔회가 업슬 것이 아니냐
> 特別演奏會와 讀者優待
> 조선 사람의 것은 모든 것이 쇠퇴하여 간다. 음악과 가곡인들 그 운수를 버서날 길이 잇스랴. 녯날의 명창들은 한 사람 두 사람 늙어가고 새로히 나타나지는 못하게 된다. 만인의 억개춤을 자어내는 가객이 지금 몃 사람이나 잇슬 것이냐? 마츰 일동축음긔 주식회사 조선총대리뎜인 조선축음긔상회는— 슬어저가는 명창들의 예술을 영원히 보전하기 위하야 지금 종래에 명창으로 뎡평잇는 가객 송만갑, 김창환, 김창룡, 김해김록주, 박록주, 심상건, 한성준, 김화중선 등 십여명을 경성에 모아노코 레코드에 집어늣는 중인 바 이 기회를 리용하야 명창 총출의 연주회를 열어보는 것은 매우 의미잇는 일이 될 것이라 하야 오는 십일밤에 조선극장에서 특별연주회를 개최하게 되엿스며 본사에서 이를 후원하는 동시에 본보 애독자를 위하야 좌긔와 가티 할인을 하게 되엿슴니다. 이는 전조선 명창의 소리를 하로밤에 다 들을 수 잇는 뎜으로나 늙어져가는 명창의 소리를 앗가운 생각으로 들어보는 뎜으로나 다시 엇기 어려운 절호의 긔회가 될 줄로 밋슴니다.
> 보통입장료 본보독자
> 일등 이원 일원오십전 / 이등 일원반 일원 / 삼등 일원 칠십전

133) 김옥엽의 출신지와 나이, 기생이 된 동기, 좋아하는 남성상 등이 『매일신보』의 「藝壇一百人」에서 상세하게 다루어지고 있다.(「藝壇一百人」, 『매일신보』 1914. 2. 22.)

그리고 본보 독자를 위하여서는 구일 신문 란의에 독자증을 인쇄하겟습니다.(밑줄–인용자)[134]

위의 인용문은 당시의 극장 공연과 유성기음반이 서로 교호하며 이익을 창출했음을 보여준다. 음반의 판촉을 위해 음반 회사가 공연을 기획하고, 또 공연에서 불린 노래가 대중성을 획득하면 음반화되었다. 기생들은 음반과 공연·라디오방송을 넘나들며 왕성하게 활동했고, 이는 기생들의 수입과 직결되었으므로 공연 명단에 자신의 이름을 올리기 위해 노력하기도 했다.[135] 이러한 상황은 아래의 인용문에서 잘 드러난다.

라디오는 누가 제일 잘하나

134) 『조선일보』 1926. 11. 9.

135) 1926~30년까지의 명창별 라디오 출연 횟수(송방송, 「1920년대 방송된 전통음악의 공연양상–경성방송국의 라디오 프로그램을 중심으로」, 『한국학보』 26, 일지사, 2000, 180~193면 참고.)

이름	출연 횟수	이름	출연 횟수	이름	출연 횟수
서도잡가					
김연화	23	김일타홍	29	신해중월	26
이금옥	96	이영산홍	73	이영숙	22
이진봉	70	표연월	24	백목단	14
남도잡가					
김추월	12	김해선	14	이화중선	21
하농주	13	박록주	34	이옥화	12
경성좌창					
김일타홍	20	이영산홍	17	이진봉	10
길진홍	7	김옥엽	4	김채운	8

(전략) 이 (조선)가곡에 있어서는 소위 광대라는 이들 기생들인데 기생도 이 방송이 자기들 영업에 관계가 큰 모양으로 애써 방송푸로그람에 일홈이 끼랴하는 측도 있는 모양이다.

남도창(南道唱)에는 녀창으로 박록주와 신금홍 오비취 김소희 김여란 등인데 이들은 항간에서 말하다싶이 명창이라하는 측이오,(중략)

남창으로는 풍채 좋은 리동백 김창용 송만갑이라 할 수밖에 없다. 그러나 아모래도 국창이든 리동백옹이 남창의 읏듬일 듯 싶으니 칠십노래에 아즉도 젊은 사람 뺨치게 정정하고 음성이 탁음이 없음이오 멋드러짐도 역시 다시 없을 명인이다.

서도창(西道唱)에는 그 능라도를 휩싸고 도라 흐르는 물결같이 그 물결의 애원성같은 소리에 맛는다 할 수 있는 평양 수심가같은 그 서도창을 잘하는 측도 역시 평양에서 온 기생들이다. 김옥엽 리진봉 최섬홍 조목단 리죽엽 곽산월·곽명월 자매가 일홈이 있으며 장향란이도 유명하다.

경성좌창에 신해중월 손경란인대 경성좌창은 서도창 남도창 사이에 끼여 겨우 잔명을 이여가다가 라듸오 바람에 머리를 다시 든 모양이다.(후략)[136]

이렇듯 19세기까지만 해도 서울 소리판의 중심 레퍼토리였던 경기잡가가 20세기 전반기에 오면 상대적으로 약화되고, 남도잡가와 서도잡가가 지역에서 상경한 기생들을 중심으로 활발하게 연행되고 있었다. 이러한 이유로 음반 취입을 담당한 기생들 또한 서울이 아닌 지역 출신이 많았다.

셋째, 잡가가 음반으로 취입되면서 기존과는 다른 새로운 연행방식

136) 안테나生, 「라디오는 누가 第一 잘하나」, 『조광』 1936. 1.

이 시도되었다. 해마다 규모가 커지는 음반시장에서 우위를 점하기 위해 음반사들은 대중의 기호에 맞는 음반을 생산하기 위해 여러 가지 방법을 강구하였다. 음반을 편곡하거나, 새로운 연주 형태를 도입하는 등 다양한 방법이 시도되기도 하였다. 이들은 작사자를 내세워 기존의 노래를 개사하거나, 기존의 악곡을 편곡하기도 하고 양악 반주를 시도하는 등 새로운 형태의 잡가를 만들어내기 위해 여러 가지 방법을 시도하였다.137)

곡명	가창자	작곡·작사자	반주	음반번호
노래가락	장경순	김운 작사	바이올린 전기현. 대금 김계선. 단소 최수성. 장고 박명화	콜럼비아 40730-A
에루화타령	박명화	김운 작사 류일 편곡	리-갈선양악합주단	리갈 C343-A
新사발가	박명화	김운 작사 김기방 편곡	리-갈선양악합주단	리갈 C343-B

137) 양악 반주로 취입된 잡가 음반 목록으로 모두 29편이며, 이는 음반화된 잡가의 12%에 해당한다. 곡목의 숫자는 이 글 <부록>의 번호이며, ( ) 안의 숫자는 『유성기음반가사집』의 권과 면 정보이다.
<20. 경기잡가 노들강변(3-161)>, <26. 경기잡가 개성난봉가(3-221)>, <27. 경기잡가 개성산염불(3-222)>, <33. 잡가 배꽃타령(3-365)>, <34. 잡가 밀양아리랑(3-366)>, <41. 경기잡가 京興타령(3-401)>, <42. 경기잡가 청춘가(3-402)>, <56. 잡가 개성산염불(3-551)>, <57. 잡가 청천강수(3-552)>, <58. 잡가 노래가락(3-751)>, <97. 잡가 노래가락(5-238)>, <102. 잡가 양산도(5-291)>, <104. 경기잡가 토끼화상(5-349)>, <105. 경기잡가 언문푸리(5-350)>, <106. 경기잡가 매화타령(5-363)>, <107. 잡가 신고산타령(5-364)>, <110. 잡가 애원성(5-379)>, <111. 잡가 이팔청춘가(5-380)>, <112. 경기잡가 창부타령(5-407)>, <113. 경기잡가 아리랑(5-408)>, <118. 잡가 자진난봉가(5-593)>, <124. 잡가 에루화타령(6-691)>, <125. 잡가 新사발가(6-692)>, <130. 잡가 簡紙打鈴(6-729)>, <131. 잡가 개성난봉가(6-730)>, <165. 잡가 무정세월아(6-950)>, <223. 오케－문예부 補詞編曲 잡가 신방아타령(2-641)>, <224. 오케－문예부 보사편곡 잡가 신경복궁타령(2-642)>, <225. 오케－문예부보사편곡 잡가 신청춘가(2-643)>.

곡명	가창자	작곡·작사자	반주	음반번호
簡紙打鈴	박명화	김운 작사 류일 편곡	리-갈선양악합주단	리갈 C357-A
개성난봉가	박명화	김운 작사 김기방 편곡	리-갈선양악합주단	리갈 C357-B
신방아타령	박부용	오케-문예부 補詞編曲	양악반주	오케 1571-A
신경복궁타령	박부용	오케-문예부 補詞編曲	양악반주	오케 1571-B
신청춘가	박부용	오케-문예부 補詞編曲	양악반주	오케 1573-A

〈표 13〉 편곡과정을 거친 잡가 목록

위의 도표는 작사자가 따로 있거나, 편곡 과정을 거친 잡가 목록이다. 특정 작사자를 두거나 아니면 음반회사의 문예부가 가사를 개작 또는 추가한 다음, 양악 반주로 음반을 취합한 후 제목 앞에 '신~'을 붙여 기존 노래와의 차별성을 부각시키고자 하였다. 그러나 작사자에 의해 새롭게 창작된 노래가 기존의 노래와 내용적 측면에서 큰 차이를 보이는 것은 아니었다.

2) 흥행 레퍼토리의 변모와 십이잡가의 쇠퇴

(1) 부분의 활용

유성기음반은 시간의 제약이라는 매체적 한계를 노정하고 있다. 음반의 담당자들은 제한된 시간에 맞추어 음반으로서의 완결성을 갖추기 위해 다양한 방식을 시도하였다. 먼저 전체 잡가의 일부분만을 활용해 음반화한 경우를 살펴보자.

> 적수단신 이내몸이 나래덥힌학이나되여 훨々수루々 갈여마 나의자루워 산이로구나

안월님 벙기지를 진소상무를 덤벅달고 만석단요를 자르々씰며 춘향야 불으는소리 사람의간장을다녹인다 나의지루워 산이로구나
경상도 태백산에 상주 락동강이 둘너잇고 전라도 지리산에 뒤치강이 둘너잇고 충청도 계룡산에 공주 금강이다둘넛다 나의지루워 산이로구나[138]

위 인용문은 <적수단신>이라는 제목으로 발매된 잡가의 노랫말이다. <적수단신>은 잡가집에서는 찾아볼 수 없는 곡목이며, 유성기음반과 라디오방송을 통해서만 확인할 수 있다. 특히 라디오로는 13회나 방송될 정도로 1930년대 이후 널리 통용된 노래임을 확인할 수 있다.[139] 그런데 이 노래는 사실 십이잡가 <달거리>의 일부분이다. <달거리>는 전체가 세 부분으로 구성되는데 '① 달거리 형식에 맞춘 1월・2월・3월까지의 사설(님에 대한 그리움)+② 적수단신+③ 매화타령'이 그것이다.[140] <달거리> 전체를 음반으로 취입한 경우는 그 가사지가 남아 있지 않아, 노랫말을 확인할 수 없다.[141] <적수단신>은 전체 <달거리>의 노랫말 중 ②에 해당하는 사설만을 독립적으로 구성한 작품이다.

<적수단신>의 존재는 음반의 매체적 특징에 따라 십이잡가 전체를

138) <경기잡가 赤手單身>, 『유성기음반가사집 3』, 536면.(콜럼비아 40646-B, 류개동・김태운. 반주 대금 김계선. 세적 고재덕. 장고 민완식, 1935. 11. 20.)

139) <적수단신>의 라디오방송 횟수는 이 글 제4장 참고.

140) <달거리>의 사설은 『한국가창대계』에 따름.(이창배, 『한국가창대계』, 홍인문화사, 1976, 207~208면.)

141) 『한국유성기음반총목록』을 통해, <달거리>라는 제목으로 두 편의 노래가 취입되었음을 확인할 수 있다.(① 닙보노홍 K540-A, 심매향・이초선, 1925. ② 오케 K1673-A.B, 박부용.)

취입할 수 없을 때, 사설의 일부분만을 분리해서 하나의 노래로 불렀음을 보여주는 증거가 될 것이다. 단순히 음반으로 취입한 데서 그친 것이 아니라 라디오로도 방송된 것으로 보아, 이러한 시도가 어느 정도 성공을 거뒀으며 대중들의 지지를 받았음을 짐작할 수 있다.

<적수단신>이 하나의 곡목으로 독립될 수 있었던 것은 <달거리>가 다른 십이잡가에 비해 내용적 유기성이 부족했기 때문이다. <달거리>의 세 부분 ①, ②, ③은 '님에 대한 그리움'이라는 주제적 통일성을 갖추고는 있지만, 완전히 이질적인 세 노래를 엮은 듯하다. ① 부분은 '이 신구 저 신구 잠자리 내 신구 일조낭군이 네가 내 건곤이지'라는 후렴으로 연결된다. ② <적수단신> 부분은 '나하에 지루에 에도 산이로구나'라는 후렴으로 연결된다. ③ <매화타령> 부분은 '좋구나 매화로다 어야 더야 어허야 에-디여라 사랑도 매화로다'라는 후렴으로 연결되며 ③ 부분부터는 장단도 굿거리 장단으로 전환된다.[142] 이렇게 이질적인 세 노래를 엮어 놓은 듯한 <달거리>에서 하나의 부분을 취사선택하여, <적수단신>이나 <매화타령>이라는 독립된 이름을 사용하여 음반으로 취입하였다.

<적수단신>의 경우처럼 노래 전체의 한 부분만을 분리시켜 새롭게 제목을 정하고 음반으로 취입하는 경우도 있지만, 여러 노래의 일부분

142) 잡가집에는 <적수단신>, <매화타령>, <달거리> 세 작품 모두 실려 있지 않다. 『정선조선가요집』에 수록되어 있는 <달거리>는 '남도 단가'로서 십이잡가 <달거리>와는 전혀 다른 노래이며, 『신찬고금잡가』에 수록되어 있는 <매화가> 역시 <매화타령>과는 다른 노래이다. 결국 <달거리>는 1920년대에 가서야 자료에 등장하기 시작하는 것으로 보아 20세기 전반기에 새롭게 만든 노래일 가능성을 생각해 볼 수 있다.

을 분리시켜 하나의 음반으로 만들어낸 경우도 있다.

> 사회 이영산홍시의사발가이올시다
> 석탄백탄타는데 연긔나포불석 나는데 요내가슴타는데 연긔도김도안난다 에에에헤야 에여라난다 듸여라 청춘시절에노라보자 (후락)
> 사회 이번에는 이진봉씨의 京興他鈴이올시다
> 간다〈 네홍 나는간다네홍 쩌덜거리고 나는간다네홍 에루화조타홍 성화가낫고나홍(후락)
> 사회 이번에는김옥엽씨의銀실타령이올시다
> 닭이운다〈 저건너 모시당골닭이운다 은실〈 너늬가난실 지화자조타 (후락)143)

인용문은 연극의 한 장면처럼 이야기를 주고받다가 노래를 부른다든지, 사회자와 출연자가 등장해 공연 형식으로 진행하는 등 새로운 방식으로 시도된 음반이다. 마치 '명창대회'의 한 장면을 옮겨놓은 것처럼, 하나의 음반으로 모두 6명의 노래를 들을 수 있게 기획되었다.144) 인기 있는 가창자들의 인기 레퍼토리를 한 장의 음반에서 골고루 들을 수 있어, 대중들의 지지를 받았을 것으로 짐작된다.

이 음반 또한 <적수단신>과 마찬가지로 비유기적으로 연결되어 있는 분절 형식의 잡가를 대상으로 하여 제작되었다. 음반의 담당자는

---

143) 「레뷰－명창대회」, 『유성기음반가사집 2』, 950면.(시에론 134-B. 1933. 9. 30.)

144) '시에론 134-A/B'음반에는 <흥타령>－박록주, <개구리타령>－김연수, <농부가>－임방울, <사발가>－이영산홍, <경홍타령>－이진봉, <은실타령>－김옥엽 등 모두 6명의 노래가 수록되어 있다.

개별 잡가 사설 중 유행성을 획득한 사설만을 간략하게 연결해 하나의 곡으로 만들었다. 비록 다른 곡목이긴 하지만, 동일한 정서의 사설만을 선별함으로써 일관된 정서를 표출하고 유기성도 획득할 수 있었다.

사설의 일부분을 분리시켜 음반화하는 경우, 개별 노래를 축소해 여러 개의 노래를 하나의 음반으로 만드는 경우와 함께 가창 방식이 다른 두 개의 노래를 묶어 하나의 음반으로 만드는 방법도 시도되었다.

> 요내춘색은 다지내가고 황국단풍이다시도라오누나 지화자조타
> 텬생막민이필수직업이다각긔달나 먹난것은사자밥이요 타고다니느니 칠셩판인데 녯말인줄만알앗더니 이번길에이러천리불녀가니 안개는자옥하여 동서사방이보이지를안누나 연자님아 쇠노아보아라 평양에대동강이어대로붓헛나 지하자조타 망한배는망햇거니와 안망한배돈실너가자 돈돈실너가자 연평바다로돈실너가자 지하자조타 이에………에이야………(밑줄－인용자)[145]

인용문은 <배따라기>의 사설이며 밑줄 친 부분은 <자진배따라기>의 사설이다. 일반적으로 연행 현장에서는 <배따라기>를 부른 후 뒤를 이어 다시 <자진배따라기>를 부른다. 인용문은 <배따라기>와 <자진배따라기>를 따로 부르는 것이 아니라, 이 둘을 결합해 새로운 형태의 사설로 만들었다. <자진배따라기>는 '천지간에 넘쳐나는 돈을 배에 실러 가자'는 내용의 독립된 여러 개의 사설로 구성된다. 이러한 내용은 뱃사람으로서의 고난과 신세한탄이라는 애상과 슬픔의

145) <서도잡가 배다래기>, 『유성기음반가사집 5』, 181면.(리갈 C170-A, 이진봉. 조창 김산월, 1934. 6. 30.)

정서를 주로 드러내는 <배따라기>와는 대립적인 정서를 구현한다. <배따라기>와 <자진배따라기>를 결합함으로써 애상과 슬픔의 정서와 흥겨움이라는 대립되는 정서를 하나의 노래로 결합한 것이다. 이렇게 하나의 음반을 통해 청자로 하여금 <배따라기>와 <자진배따라기> 두 곡의 정서를 동시에 느낄 수 있게 하였다. 이러한 형태의 노래가 실제로 향유되고 전승되고 있는 것으로 보아 대중들에게 어느 정도의 지지를 받았던 것으로 예상할 수 있다.146)

(2) 사설의 축소

유성기음반을 통해 향유된 잡가의 목록을 살펴보면, 십이잡가의 음반 취입이 소홀하였음을 확인할 수 있다.

> (전략) 이 (조선)가곡에 있어서는 소위 광대라는 이들 기생들인데 기생도 이 방송이 자기들 영업에 관계가 큰 모양으로 애써 방송푸로그람에 일홈이 끼라하는 측도 있는 모양이다.(중략)
> 경성좌창에 신해중월 손경란인대 경성좌창은 서도창 남도창 사이에 끼여 겨우 잔명을 이여가다가 라듸오 바람에 머리를 다시 든 모양이다.(밑줄－인용자)(후략)147)

---

146) 윤색은 다지나가고 / 한국단풍은 다시 돌아왔구나 / 지화자~좋다 / 천생만민은 필수죽엄인데 / 사람사람이 생활이달라 / 우리는돌아서 선인이되어 / 먹는밥은 사자밥이요 / 자는잠은 칠성판이라 / 옛날노인 하시는말씀 / 속언속담으로 들었드니 / 금일내게 당도하니 / 속담이 아니로다 / 금년신수 부동하야 / 망헌배는 망했거니와 / 운수좋아 돈잘번배는 / 봉죽을 받았소 / 봉죽을 받았네 / 봉죽을 받았어 / 오만칠천냥 / 봉죽을 받았다 / 에헤 에헤 에헤야~(『한구구비문학대계』 1-7, 998~999면.)

147) 안테나生, 「라디오는 누가 第一 잘하나」, 『조광』 1936. 1.

인용문은 경기잡가가 서도잡가와 남도잡가의 우세 속에서 겨우 명맥을 유지하다가, 라디오방송이 본격화되면서 그 인기가 소폭 상승했다고 설명하고 있다. 실제로 잡가집과 라디오방송에서의 잡가 레퍼토리와 유성기음반에서의 잡가 레퍼토리가 보여주는 가장 큰 차이는 십이잡가의 쇠퇴에서 찾을 수 있다.

서 명		곡 명												
		8잡가								잡잡가				
		유산가	적벽가	제비가	집장가	소춘향가	형장가	선유가	평양가	달거리	십장가	방물가	출인가	가진방물가
신구시행잡가		○	○	○	○	○	○	○			○			○
정정증보신구잡가전			○											
증보신구잡가		○	○	○	○	○	○	○			○			○
고금잡가편			○	○		○								
무쌍신구잡가		○	○	○	○	○	○	○			○			○
신구유행잡가		○	○	○	○	○	○	○			○			
신찬고금잡가		○	○	○	○	○	○	○			○			○
특별대증보신구잡가		○	○	○	○	○	○	○			○	○		
증보신구시행잡가		○	○	○	○	○	○	○			○			○
현행일선잡가	일어판	○	○	○										
	조선어	○	○	○		○								○
시행증보해동잡가		○	○	○	○	○	○	○			○			○
신구현행잡가			○	○	○	○	○				○			○
조선속가		○	○	○				○						
신정증보신구잡가			○											
남녀병창 유행창가	1편	○	○						○					
	2편	○	○	○	○	○	○	○			○			○
20세기신구유행창가		○	○						○					
합계		14	18	14	10	12	10	10	2		10	1		9

〈표 14〉 1910~20년대 출판된 잡가집에 수록된 십이잡가[148)]

위 도표는 1910년대와 20년대에 출판된 잡가집에 수록된 십이잡가의 곡목별 빈도이다. <평양가>, <달거리>, <출인가>를 제외하고 대부분의 십이잡가가 잡가집에 수록되어 있어 그 인기를 짐작할 수 있다. 특히 잡가집에 수록된 빈도를 토대로 봤을 때 <적벽가>는 <육자백이>에 이어 두 번째, <제비가>는 세 번째, <유산가>는 일곱 번째로 많이 수록된 곡목이다.[149] 세 곡 외의 다른 십이잡가 또한 잡가집에 수록된 곡목 중 수록 빈도가 높은 편에 해당한다. 그렇다면 십이잡가의 유성기음반 취입 현황은 어떠한지 살펴보도록 하겠다.

8잡가								잡잡가			
유산가	적벽가	제비가	집장가	소춘향가	형장가	선유가	평양가	달거리	십장가	방물가	출인가
2	1	4	1	×	×	2	1	×	1	×	×

〈표 15〉 십이잡가의 유성기음반 취입 횟수[150]

위의 도표에서 알 수 있듯이 유성기음반 취입에서는 십이잡가의 비중이 확연히 약화되어 있다.[151] 이는 잡가 내부에서의 유행 판도의 변

148) 배인교, 「경기잡가의 형성과 유통」, 『경기잡가』, 경기도국악당, 2006, 135면.

149) 이 글의 <표 8> 참고.

150) 가사지 확인 결과 <제비가>는 모두 5편이지만, 이 중 김추월이 부른 일축조선소리판 K539-B의 <제비가>는 제목은 같을지라도 현행 십이잡가와는 다른 노래이다. 또한 <방물가>가 1편(노래 조목단. 콜럼비아 40516-B) 전해지는데, 사설 확인 결과 현행 십이잡가가 아닌 <가진방물가>의 사설이었다.

151) <표 15>는 『유성기음반가사집』을 토대로 작성된 결과이다. 김점도의 『유성기음반총람자료집』에 따르면 <적벽가> 35회, <제비가> 40회, <소춘향가> 4회, <유산가> 27회 등이다. 이에 반해 <난봉가>는 185회, <수심가>는 173회, <육자백이>는 56회 취입된다. 잡가집에 수록될 당시만 하더라도 비슷한 비중으로 다루어지다가 유성기음반으로 발매되면서 십이잡가의 비중이 얼마나 약화되었는지를 그 수치를 통해 확인할 수 있다.(『유성기음반총람자료집』의 수록 빈도는 장유정의 논의 참

화를 보여주는 것이다. 19세기부터 소리꾼들은 한 자리에 모이면 비교적 격조가 높은 시조나 가사 몇 마디로 판을 돌린 다음에는 그들의 장기인 십이잡가를 즐겼다.[152] 잡가 중 비교적 격조가 높다고 여겨졌던 십이잡가는 19세기와 20세기 초반, 1920년대까지 인기 있는 레퍼토리였다. 그러나 1930년대에 발매된 유성기음반을 살펴보면, 십이잡가의 쇠퇴가 두드러지게 나타난다. 유성기음반에서의 십이잡가 쇠퇴 요인을 구명하기 위해, 십이잡가가 음반화되면서 나타난 변모를 토대로 검토해보고자 한다.

십이잡가를 전창하는 데에는 보통 8~14분의 시간이 소요된다. 그러나 앞·뒷면을 합쳐 6분이라는 음반의 허용 시간에 맞추어 십이잡가를 취입하기 위해서는 기존 사설을 삭제해서 새롭게 편성해야 한다. 이 과정에서 전체 음악과 내용 흐름을 고려하여 일부분을 삭제하면서도 전체적인 흐름에는 큰 지장을 주지 않는 방법을 찾아야만 음반의 완성도를 떨어뜨리지 않을 것이다. 그러나 문제는 당시 십이잡가 음반에서는 이러한 노력의 흔적을 찾을 수 없다는 것이다.

(上)

전라좌도남원군남문밧게 월매딸춘향이가 불상하고가련하다 하나맛고하는말이 일편단심춘향이가 일부종사하잣더니 일각일시락미지액에

고.-장유정, 앞의 논문, 45~46면.)

또한 <표 15>의 빈도와 『유성기음반총람자료집』의 빈도는 절대적인 수치의 차이를 보인다. 하지만 전체 음반 취입 잡가 대비 십이잡가의 비율은 유사한 결과를 보이므로, 이를 토대로 논의를 진행해도 전체적인 결과는 동일할 것으로 판단된다.

152) 장사훈, 『최신 국악 총론』, 세광음악출판사, 1985, 513~514면.

일일칠형이무삼일고 둘을맛고하는말이 이부불경 이내몸이 이군불사본을바다 이수중분백로주갓소 이부지자아니여든 일구이언못하겟소 셋을맛고하는말이 삼한갑족우리랑군 삼종지탁 중한법이 삼십삼천이 감동하사 삼문좌개버리서도 삼춘화시 광한루에 춘향이가 이도령만나 삼배주를 노눈후에 삼생연분배졋기로 분부시행을못하겟소

(下)

넷을맛고하는말이 사면차지 우리사도 사서삼경모르시나 사지를찌져내여 사면으로돌니셔드 사시장장춘루른송죽 풍설이자져도변치안소 사도거행은못하겟소 다섯맛고하는말이 오매불망우리랑군 오륜에제일이오 오날올까래일올까 오관참장관운장갓치 날낸오초 자룡갓치 우리리도령만보고지고 여섯맛고하는말이 륙국달내든소진이라도 이내졀개회절하릿가 사시장춘먹은마음 륙진광포로질근륙리청산에버리셔도 륙례연분못잇겟소.[153]

인용문은 음반으로 취입된 <십장가>의 사설이다. 음반의 취입 시간이 허락하는 만큼인 1~6까지의 사설만 부르고 뒷부분은 모두 생략하고 있다.[154] <십장가>는 1에서부터 10까지의 숫자가 이어질 때마

153) <십장가>, 『유성기음반가사집 3』, 403면.(콜럼비아 40603-A.B, 조목단. 1935. 3. 20.)

154) 생략된 사설은 다음과 같다.
"일곱맛고ᄒᆞᄂᆞᆫ말이 칠리청턱흐르ᄂᆞᆫ물에 풍덩실너으셔도 칠월칠셕오작교에 견우직녀상봉갓치 우리낭군만보고지고 여달맛고ᄒᆞᄂᆞᆫ말이 팔ᄌᆞ도긔박ᄒᆞ다 팔십노모어이허리팔々결이ᄂᆞ틀엿구ᄂᆞ 팔년풍진초한시에 팔진도를푸러너든 와룡션싱이 이에와계신가ᄋᆡ를쓴들무엇ᄒᆞ리 아홉맛고ᄒᆞᄂᆞᆫ말이 구차ᄒᆞᆫ 츈향에게 굽이굽이ᄆᆡ친셔름 구곡지수아니여든 구관ᄌᆞ졔만보고지고 열을맛고ᄒᆞᄂᆞᆫ말이 십약ᄃᆡ죄오눌인가 십싱구사ᄒᆞᆯ지라도 십왕젼에 ᄆᆡ이목숨 십륙셰에 나쥭겟소 비ᄂᆞ이다 비ᄂᆞ이다 ᄒᆞ나님젼비나이다 경셩ᄉᆞ시ᄂᆞᆫ 구관자졔 남원어ᄉᆞ츌도ᄒᆞ야 요ᄂᆡ츈향을살니소셔"(수록 잡가집-『신구시행잡가』, 『증보신구시행잡가』, 『증보신구잡가』, 『무쌍신구잡가』, 『신구유행잡가』, 『신찬고금잡가』, 『특별대증보 신구잡가』, 『시행증보해동잡가』, 『신구현행잡가』, 『남녀병창류

다 숫자와 동일한 음절로 각각의 사설을 시작해 구성함으로써 그 짜임새와 재미를 느끼게 되는 잡가이다. 특히 열 번째 사설에 이어지는 마지막 구절은 춘향이를 불쌍히 여기는 마음을 하느님 전에 비는 형식으로 구성되어 있어 사설 전체의 내용을 마무리 짓는 역할을 한다. 음반 취입 시간에 맞추어 사설을 갑자기 끝맺는 형식으로 노래를 부르게 된다면 음반의 완결성을 떨어뜨리게 되고, 이러한 한계로 인해 소비자들의 취향을 만족시킬 수 없게 될 것이다.[155]

(上)

삼강은수전이오 적벽은오병이라 난데업는화광이충천하니 조조가대패하야 화용도로행할즈음에 응포일성에 일원대장이 음신갑옷에 몽투구빗겨쓰고 적토마빗겨타고 삼각수를거슬읍시고 봉안을부릅쓰시고 팔십근청룡도 눈우에선듯들어 잇다이놈조조야 날다길다하시는소리 정신이산란하야 비나이다 〱 잔명을사르소서 소장의명을 장군전에비나이다 전일을생각하오 상마에천금이요 하마에백금이라 오일에대연하고 삼일에소연할제 한수정후봉한후에 고대광실놉흔집에 미녀충궁하얏스니 그 정신만생각하오

(下)

금일조조가 적벽에대패하야 말은피곤하고 사람은주리워 능히촌보를하못겟스니 장군후덕을입소아지이다

네아모리살녀고하야도 사지못할말듯거라 네정성갑흐랴고 백마강싸홈에 하북명장 안량, 문추를 한칼에선듯베어 네정성갑흔후에 한수정후인병부글너 원문에걸고 독행천리하얏스니 네정성만생각느냐 이놈조조

행창가 2』, 『대증보무쌍유행신구잡가』)

155) 십이잡가가 음반으로 취입될 때 <제비가>와 <집장가>를 제외하고는 모두 사설의 생략 현상이 나타난다.

야 너잡으려여긔올제 군령장두고왓다 네죄상을모르느냐 천명을거역하고 백성을살해하니 만민도탄을생각지안코 너를어이용서하리 간사한말을 말고 짜른목길게느려 청룡도밧으라하시는소리 일촌간장이다녹는다[156]

앞의 인용문은 유성기음반으로 취입된 <적벽가>의 사설이다. <적벽가>는 '유산적벽'이라 일컬어질 정도로 <유산가>와 함께 가장 인기 있는 십이잡가의 레퍼토리였다.[157] 이러한 사실을 반영하듯 <적벽가>는 잡가집에 수록된 잡가 중 <육자백이>에 이어 두 번째로 수록 빈도가 높은 작품이다. 그러나 음반으로 취입되면서 역시 시간상의 제약으로 뒷부분이 생략되었다.

쇼쟝을잡으려고.군령쟝두셔스나.쟝군님명은.하늘에달니시고.쇼쟝의.명은금일쟝군젼에.달녓소.어지신.셩덕을.닙소와.쟝군후덕에살아지이다.관공이드르시고.잔잉이녁이샤.<u>쥬창으로ᄒᆞ여곰.오빅도부슈을</u>.ᄒᆞᆫ편으로.치우치시고.말머리를도로혀시니.죽엇든.조조가.화용도버서나.조인맛나.허도로간다말가.(밑줄－인용자)[158]

위 인용문은 <적벽가>가 음반으로 취입되면서 생략된 뒷부분의 사설이다. 그런데 문제는 <적벽가>에서 가장 까다로운 대목이면서 클

156) <긴잡가 적벽가>, 『한국유성기음반가사집 4』, 823면.(콜럼비아 40763-A.B. 정금도. 세적 고재덕. 해금 이충선.)

157) 이창배, 『한국가창대계』, 홍인문화사, 1976, 188면.

158) 수록 잡가집－『신구시행잡가』, 『증보신구시행잡가』, 『정정증보신구잡가』, 『증보신구잡가』, 『고금잡가편』, 『무쌍신구잡가』, 『신구유행잡가』, 『신찬고금잡가』, 『특별대증보 신구잡가』, 『조선잡가집』, 『현행일선잡가』, 『시행증보해동잡가』, 『신구현행잡가』, 『조선속가』, 『신정증보신구잡가』, 『남녀병창류행창가』, 『남녀병창류행창가 2』, 『이십세기신구유행창가』, 『대증보무쌍유행신구잡가』, 『가곡보감』.

라이맥스로 평가되는 부분이 사설의 뒷부분에 해당하는 인용문의 밑줄 친 부분이라는 것이다.[159] 즉 <적벽가> 특유의 창법이 가장 잘 드러나는 노래의 클라이맥스가 후반부에 있다는 이유만으로 음반에 수록되지 않은 것이다. 이러한 사실은 당대 십이잡가를 음반에 수록했던 담당자들이 음반의 메커니즘과 십이잡가의 접점을 찾으려는 노력이 부족했음을 단적으로 보여주는 것이라고 할 수 있다.[160]

이렇듯 제한된 취입 시간이라는 음반의 메커니즘에 의해 통절형식의 십이잡가는 유기성을 고려하지 않은 채 사설이 일방적으로 삭제되었다. 그 결과 노래의 주요 대목이 삭제되기도 하고, 갑자기 노래가 중지되는 등 완결성이 떨어지는 음반이 제작되었다. 고가의 음반을 구입하던 소비자들은 불완전한 음반에 불만을 가질 수밖에 없었을 것이고, 이는 판매에 영향을 미쳤을 것이다. 결국 십이잡가가 음반의 메커니즘에 적응하지 못한 것이 유성기음반에서의 십이잡가 취입이 전반적으로 쇠퇴하게 된 하나의 요인으로 작용했을 것으로 짐작할 수 있다.

물론 십이잡가 쇠퇴의 요인이 음반의 메커니즘 때문이라고만 단정할 수는 없다. 십이잡가가 보여주는 음악적 유장성 또한 쇠퇴의 요인

159) 배인교, 앞의 글, 140면.

160) 이와 함께 <적벽가>의 쇠퇴는 당대 라디오방송이나 음반 취입을 담당했던 가창자가 여성인 기생 중심이라는 사실과도 무관하지 않을 것이다. 기생들은 권번을 중심으로 체계를 갖추고 교육과 인력 공급이 원활하게 이루어진 반면, 창부는 점차 조직이 축소되는 경향이 나타났다.(창부의 조직 축소는 권도희의 논의 참고－권도희, 앞의 글, 97~104면 참고.) <적벽가>는 아기자기한 맛보다는 씩씩하고 무게 있는 소리로 여자보다는 남자가 불러야 제 맛이 나는 소리이다.(이춘희 · 배연형 · 고상미, 앞의 책, 46면.) 그러므로 공연과 음반, 방송이 기생 중심의 여성 가창자로 이루어지는 과정에서 무게 있는 소리가 어울리는 <적벽가>는 상대적으로 쇠퇴할 수밖에 없었을 것으로 예상된다.

이 되었을 것이다. 십이잡가 중 일부는 19세기부터 가창가사(십이가사)와 동일한 공간에서 연행・향유되었다. 또한 십이잡가와 가창가사는 그 경계가 모호할 정도로 가창 방식 또한 유사하다. 1930년대에는 신가요[161]가 등장해 흥행의 중심으로 자리 잡는 시기이다. 리듬감 있고 곡조의 변화가 심한 노래인 신가요가 흥행성을 획득할 만큼 노래 향유자의 음악적 취향이 변화한 것이다. 이에 비해 십이잡가는 가사와 같은 유장성을 지니며, 통속민요나 신가요에 비해 음악의 변화가 거의 없다. 십이잡가가 가진 이와 같은 '가사조의 유장성' 또한 십이잡가의 쇠퇴를 견인한 요인이 되었을 것이다.

3) 단일 정서의 지속과 개인적 정서의 강화

잡가는 주어진 텍스트 없이 전문 소리꾼이 기존의 여러 사설(선행하는 다른 잡가 텍스트를 비롯하여 시조, 사설시조, 가사, 판소리, 고소설, 판소리단가, 한시 등에 이르기까지 장르를 초월하여) 가운데 유형화된 수사적 표현단위들을 주어진 상황이나 주제소(theme)에 맞게 끌어다 활용하는 방식으로 사설을 엮어나간다.[162] 이러한 이유로 이질적인 정서와 지향을 보이는 사설들이 비유기적으로 연결되어 있다. 이는 잡가의 존재 기반이자 작시 원리로 작용한다.

그러나 음반화와 함께 시간의 제약이 가해지자, 이러한 잡가의 사

161) '신가요'라는 용어는 유행창가, 유행가, 재즈송, 신민요 등 20세기 전반기에 새롭게 등장한 대중가요의 총칭으로 사용하도록 하겠다.

162) 김학성, 앞의 글, 252면.

설 엮음 방식에 변화가 생겼다.

(가)

① 놉세다놉세다졀머만놉세다, 나이만하빅슈가지면못놀니라

② 인싱ᄒᆞᆫ번도라가면만슈장림에운무로다쳥츈홍안을앗기지말고ᄆᆞ음대로놉세다

③ 이몸이변루ᄒᆞ여셜상가상에미화쏫이오무릉도원에범나뷔로구나건건ᄉᆞᄉᆞ로님그려못살갓네

④ 약ᄉᆞ몽혼으로힝유젹이면문젼셕로가반셩ᄉᆞ라창망ᄒᆞᆫ구름밧게님의쇼식이망연이로다

⑤ 우리네두사ᄅᆞᆷ이연분은아니오원슈로구나맛나기어렵고리별이종종ᄌᆞᄌᆞ셔못살갓네

(중략)

⑥ 바람불어셔누은남기악슈빌맛난던들제니러셀이란말가님으로ᄒᆞ여엇은병은빅약이무효라

⑦ 공산야월에우는법곡식야너는무ᄉᆞᆷ회포이서셔슯히우ᄂᆞ냐나도엇그ᄌᆡ님을일코셔슯허ᄒᆞ노라

⑧ 쳥초우거진곳에누엇ᄂᆞ냐잠드럿ᄂᆞ냐향혼은어ᄃᆡ가고빅골만ᄂᆞᆷ앗다만은야잔들고권ᄒᆞ리업스니슯허ᄒᆞ노라

⑨ ᄌᆞ규야울지말아울나거든너혼자울지랑군의잠들날ᄭᆡ우니원슈로구나[163]

인용문은 잡가집에 수록된 <수심가>의 일부분이다. <수심가>는 '인생무상과 삶의 애환'과 '님에 대한 그리움과 외로움'이라는 두 가

163) 수록 잡가집－『정정증보신구잡가』, 『증보신구잡가』, 『신구유행잡가』, 『신찬고금잡가』, 『특별대증보 신구잡가』, 『신정증보신구잡가』, 『대증보무쌍유행신구잡가』, 『가곡보감』

지 정서가 일정한 순서 없이 배열되어 있다. ⑧은 임제의 시조를 그대로 차용해 사설을 엮어나가고 있어, 선행 텍스트를 주어진 상황에 맞게 끌어다 쓰는 잡가의 생성 방식과 사설 구성 방식을 알 수 있게 해준다. 전체 사설을 보면 ①, ②, ⑧은 인생의 무상함을 드러내고, 나머지 사설은 이별의 괴로움과 님에 대한 그리움의 정서를 드러내고 있다. 동일한 곡목이 잡가집에서 음반으로의 매체적 변용 과정을 겪으면 어떠한 특징이 나타나는지 살펴보자.

(나)

① 아………백년을살어야 삼만륙천말못사는걸 그동안몃날에 왜그리 그립든고 생각을하니 님모양간절하여 내가 못살니로구나

아………형산백옥이 진토에무첫스니 어니누구라 옥인줄알니요 나두 언제나 죠흔바람을만나서 잘살아본단말이요

아………날차저라 유심한님아 천리창색은 일편심이로구나 일신단몸이 의지할곳이업서서 불망이로구나

아………세상에 약도만코 드난비수도만컴만은 정이즐약과 정베이는 칼이 업드란말인가[164]

② 세상에약도만코 드난비슈가만컨만은 정배는칼이업고 랑군잇는약이업구나

사랑에겨워서 등밀엇더니 가고영절에날니졋구나 생각을하면 그립고 연々하여서 못살겟구나

약사몽혼으로 행유적이면 문젼식로가 반정사로구나 인々한그사람을

164) <서도잡가 수심가>, 『유성기음반가사집 3』, 457면.(콜럼비아 40619-A, 김옥선 · 김죽엽, 1935. 6. 15.)

맛나마음대로산단말가
사랑자최는 다사라지고 고통슈심이 왼일이든고 생각을하면 보고십푼
마음이일구월심이로구나[165]

인용문 ①, ②는 유성기음반으로 취입된 <수심가>의 사설이다. 병렬적으로 연결된 각각의 사설이 '수심'으로 귀결되는 구조는 잡가집과 동일하다. 주목할 것은 전체 사설의 주제 및 정서의 흐름이다. 잡가집 사설 (가)는 '세월의 무상함'과 '님에 대한 그리움'이 내용의 흐름 없이 함께 섞여 있다. 반면 유성기음반의 사설 (나)는 '님에 대한 그리움과 외로움'이라는 단일한 정서가 지속되고 있다. 물론 음반으로 취입된 모든 <수심가>의 사설이 단일한 정서로만 연결되어 있는 것은 아니다.

(다)
① 노자〻 절머노자 매양이면마음대로노잔다
나희만코백발이되면은 못놀겟구나아……
② 인생이살면은긔오백년사나 한백년못살썰번민이로구나
자나깨나버릴날업서 나어이을사는야……
③ 사랑에자최는사라저버리고 다만나문건번민과고통이로구나
언제나또다시맛나에-잘산단말이냐……
④ 쓸〻한이세상 파도도만코 험악한이사회적해도만코나
생각을하면 버릴날이업서업서 나어이사느냐……[166]

165) <서도잡가 수심가>, 『유성기음반가사집 5』, 47면.(리갈 C117-A, 손진홍 · 김향란, 1934. 6. 30.)
166) <서도잡가 수심가>, 『유성기음반가사집 1』, 429면.(포리도루 19001-A, 이영산홍 · 김옥엽, 장고 이진봉.)

인용문 (다)는 잡가집에 수록된 <수심가>와 마찬가지로 '인생무상'과 '님에 대한 그리움'이라는 두 가지 정서가 혼재되어 있다. 그러나 잡가집에서는 일정한 내용의 흐름 없이 두 정서가 혼재되어 있는 반면, 음반의 경우는 이와 다르다. ①에서 짧은 청춘을 마음대로 놀아보자는 다짐에서 시작한 후 ②에서는 마음과 달리 온통 번민뿐인 자신의 삶에 대한 한탄으로 이어지고, ③에서는 번민과 고통의 원인으로 떠나버린 사랑이 제시된다. 다시 ④에서 슬쓸한 이 세상을 어떻게 살아갈 것인지에 대한 한탄으로 마무리하면서 전체 사설이 '수심'으로 귀결된다. '인생무상'과 '님에 대한 그리움'이라는 두 정서를 드러내고는 있지만, 일정한 흐름을 가지면서 오히려 인생의 무상함이라는 추상적 주제를 정황을 통해 구체화시키고 있다. 따라서 두 가지의 정서가 맥락을 고려하지 않은 채 제시되는 잡가집과 달리 유성기음반의 경우는 두 가지 정서가 하나로 귀결되어 단일 정서로 나타나는 모습을 볼 수 있다.

하지만 두 가지 정서가 하나로 귀결되는 (다)의 경우보다는 (나)와 같이 단일 정서를 드러내는 사설만으로 전체 노래를 구성하는 경우가 더욱 일반적이다. 그리고 '인생무상'과 '님에 대한 그리움' 중 '님에 대한 그리움'의 정서를 드러내는 사설이 대부분을 차지한다. 이는 일반적으로 연행되는 <수심가> 사설 중 '님에 대한 그리움'을 드러내는 사설이 '인생무상'을 드러내는 사설보다 양적으로 풍부하기 때문이기도 하겠지만, 음반의 매체적 특징과도 연관성을 가질 것이다. 사랑과 이별은 대중문화의 가장 큰 주제적 속성이다. 상품으로서의 음반은 대중과의 소통을 통해 이익을 창출해야만 한다. '인생무상'보다는

'님에 대한 그리움'이라는 사랑 노래로 사설을 조직함으로써 대중들의 지지를 받을 수 있었을 것으로 예상된다.

이렇듯 유성기음반에서는 둘 이상의 정서가 혼재 되어 있는 잡가일 경우 단일 정서가 지속되는 형태로 정비하여 대중과 소통하고자 하였다. 더불어 여러 정서가 혼재되어 있을 때에는 주로 '사랑과 이별' 등 개인적 정서를 강화시키는 방향으로 정비되었다. 이는 십이잡가의 경우에도 예외가 아니었다. 십이잡가는 통절 형식인 까닭에 사설의 부분적 취사선택이 어려울 뿐만 아니라, 앞서 살폈듯이 잡가 담당자들은 그러한 노력을 시도조차 하지 않았다. 따라서 매체적 변용에 따른 십이잡가의 개별 사설을 추적하는 작업은 불가능하다. 대신 잡가는 주제적 지향과 정서가 이질적이기 때문에, 음반화되면서 어떤 레퍼토리가 유행성을 획득했는지를 살펴볼 수 있다. 즉 십이잡가 내의 유행 판도 변화를 통해 음반화된 잡가의 특징을 추출해낼 수 있다.

잡가집 출판 당시 십이잡가의 흥행은 <적벽가>, <제비가>, <유산가>의 순서였다. 물론 잡가집 수록 빈도와 흥행이 반드시 직결되는 것은 아니지만, 이윤 창출을 목적으로 한 상업적 출판물이기에 어느 정도는 수록 빈도와 인기가 비례할 것으로 예상할 수 있다. 그러나 음반화되면서 나타나는 두드러진 특징은 <제비가>의 약진이다. <제비가>의 인기에 대해 직접 가창을 담당했던 이들은 <제비가>가 지닌 곡조・리듬의 변화와 멋진 시김새 때문이라고 한다.[167] 그러나 이러한 설명은 <제비가>를 부르는 방식이 갑자기 변화한 것도 아닌데,

167) 이창배, 앞의 책, 190면.

유성기음반에서 유독 <제비가>가 인기 레퍼토리로 부상한 것에 대해서는 해답을 제시해주지 못한다. 따라서 음반의 매체적 특징이 <제비가>의 인기를 견인한 것은 아닌지 집중적으로 검토해 볼 필요가 있다.

(上)
만첩산중늙은범이 살진암캐를 물어다놋코 이리궁글놀닌다
광풍에락엽처럼 벽해둥둥써나간다 일락서산해는쑥써러지고
월출동령에달이솟네 만리장천에 울고가는저기럭이 제비를후리러나간다 〈
복희씨의매진그물을 두리처메고서나간다
망당산으로나간다 우여-에-에-에이고저제비 네어대로 써나는가
백운을박차며흑운을무릅쓰고 반공중에놉히써 우여-에-에-하고서 저제비 네어대로 써나느냐 양류상에 안진꾀꼬리 제비만녁여 후린다

(下)
아하-에헤-에이야 네어대로행하느냐 공산야월달밝은대 슬픈소래 두견성슬픈소래두견제 월도천심야삼경에 어늬낭군이 날차저오리 운림비조뭇새들은 롱춘화답 짝을짓고 쌍거쌍래나라든다
말잘하는 앵무새 춤잘추는 학두루미 문채조흔공작 공긔적다공긔 쑤루룩숙궁접동 수루룩저황새 나러든다
기럭이 훨훨 방울새떨넝 다나라들고 제비만어대로달어낫노(밑줄－인용자)[168]

인용문은 음반으로 취입된 <제비가>의 노랫말이다. <제비가>가

168) <제비가>, 『유성기음반가사집 2』, 663면.(오케 1582-A.B, 박부용・홍소월, 1933. 10. 20.)

음반화되면서 인기를 얻을 수 있었던 요인은 세 가지 측면에서 생각해 볼 수 있다.

먼저 <제비가>가 지닌 음악적 특징이 흥행성을 획득하는 요인으로 작용했을 것이다. <제비가>는 다른 십이잡가에 비해 리듬과 곡조의 변화가 심하다. 일반적으로 십이잡가는 가창가사와의 경계가 모호할 정도로 음악적으로 유장한데 반해, <제비가>는 리듬과 곡조의 변화가 다채로운 편이다. 1930년대 대중들의 취향은 신가요와 통속민요 등 리듬과 곡조가 빠른 곡을 선호하는 방향으로 변화했고, 이러한 이유로 십이잡가 중 <제비가>가 상대적으로 높은 인기를 얻을 수 있었다.

둘째, <제비가>는 전창에 7분여가 소요되는 십이잡가 중 가장 짧은 노래이다. 이런 이유로 <제비가>는 음반 취입 당시 사설의 생략 현상 없이 전창이 가능했다. 다른 십이잡가의 경우 6~7분이라는 음반 취입에 허락된 시간만큼만 노래를 부른 후 사설의 뒷부분은 생략하였다. 이 과정에서 <적벽가>는 노래의 클라이맥스에 해당하는 부분이 삭제되는 등 소비자들이 노래를 온전하게 즐길 수 있는 환경이 마련되지 못했다. 그러나 <제비가>는 짧은 길이 탓에 유성기음반으로 취입된 이후에도 노래의 완결성을 해치지 않으며 온전하게 감상할 수 있었다. 이렇듯 당시의 음반이 가진 시간적 제약으로부터 <제비가>가 비교적 자유로웠기 때문에, 십이잡가 내에서 인기 레퍼토리로 부상할 수 있는 하나의 요인으로 작용했을 것으로 짐작된다.

셋째, <제비가>의 내용적 측면 또한 이 시기 <제비가>의 인기를 견인했을 것으로 보인다. <제비가>는 <달거리>와 함께 십이잡가 중 가장 내용적 일관성이 결여되어 있는 작품으로 평가된다. 즉 <흥보

가>라는 원텍스트를 토대로 만들어졌지만, 원텍스트의 문맥을 완전히 상실한 작품이다.[169] <흥보가>의 원텍스트와 연결되는 '제비를 후리러 나가는 장면'은 <제비가>의 주된 정서와는 아무런 연관관계를 갖지 못한다. <제비가>를 관통하는 정서는 '공산야월 달 밝은데 슬픈 소래 두견성 슬픈 소래 두견제 월도천심야삼경에 그 어느 낭군이 날 찾아오리'에서 드러난다. 즉 달이 떠오르고 기러기와 온갖 새들이 슬피 우는 것이 화자의 정서로 귀결되고, 이는 찾아오지 않는 낭군에 대한 그리움으로 연결된다. 결국 <제비가>의 정서는 '이별의 애상과 그리움'으로 정리할 수 있다. 이러한 맥락에서 봤을 때 반공중에 높이 떠 달아나 버리는 제비에게 '내 집으로 훨훨 다 오너라'라고 부르짖는 화자의 목소리는 떠난 제비를 향한 것이 아니라 떠난 님의 귀환을 바라는 것으로 이해할 수 있다.

<제비가>가 '사랑과 이별, 애상'의 정서를 지향하는 데 반해, 기존에 인기 있었던 십이잡가 <유산가>와 <적벽가>는 이와는 이질적인 정서적 지향을 보인다. <유산가>와 <적벽가>의 정서는 '풍류'와 '호탕한 남성적 기상'에 대한 지향으로 정리할 수 있을 것이다.

유성기음반은 상론했듯이 사적 향유를 기반으로 하며, 그런 이유로 개인적인 정서를 드러내는 작품이 흥행 레퍼토리로 부각되었다. <제비가>는 십이잡가 중 '사랑과 이별, 애상'이라는 개인적인 정서가 잘 드러난 작품이다. <유산가>와 <적벽가>와 비교해봤을 때 이러한 성

169) 김진희, 「경기 십이잡가에 나타난 장르 변동의 양상과 의미」, 『경기잡가』, 경기도국악당, 2006, 553면.

격이 뚜렷이 드러난다. 결국 <제비가>가 음반화되면서 인기 있는 레퍼토리로 부각된 데에는 <제비가>에 내재되어 있는 개인적인 정서가 하나의 동인으로 작용했던 것으로 보인다.

십이잡가 중 <제비가> 외에 사랑과 이별, 애상 등 개인적인 정서가 잘 드러나는 작품은 <춘향가> 계열의 노래[170]일 것이다. 잡가집에서의 인기와 달리 이들 노래는 유성기음반으로 취입될 때에는 큰 인기를 얻지 못한다. 이는 판소리 <춘향가>의 음반 취입과 관련된 것으로 보인다. 판소리 <춘향가>는 창극이나 부분창의 형태로 음반 취입이 활발하게 진행되었다. <춘향가>계열의 잡가는 원텍스트의 의미와 정서를 재현하는 데 치중할 뿐 새로운 의미와 정서를 생성해내지는 않는다.[171] 판소리 음반을 통해서 <춘향가>가 지닌 정서를 충분히 체험할 수 있었기 때문에, 상대적으로 판소리의 정서를 그대로 재현해내는 <춘향가>계열의 잡가는 인기가 낮았을 것으로 보인다.

지금까지 유성기음반으로 취입된 잡가의 특징을 살펴보았다. 음반화된 잡가는 시간의 제약으로 말미암아 사설의 축약과 개편이 불가피하였다. 그러나 이러한 매체적 환경이 오히려 비유기성을 사설 구성방식으로 하는 잡가에 변화를 주었다. 잡가는 여러 개의 선(先) 텍스트를 일정한 기준 없이 차용해서 하나의 노래로 만든다. 이런 이유로 잡가 텍스트에는 이질적인 목소리가 혼재되어 나타날 수밖에 없다. 그러나 음반으로 취입되면서 이질적인 목소리가 단일한 목소리로 정비되고,

170) <춘향가> 계열의 잡가란 판소리 <춘향가>를 원텍스트로 한 <십장가>, <집장가>, <형장가>, <소춘향가> 등을 일컫는다.

171) 김진희, 앞의 글, 537~549면 참고.

이와 함께 노래 전체의 정서가 단일성을 지니게 되었다.

한편 이질적인 정서의 잡가 사설을 정비할 때에는 주로 개인적 정서 위주로 재편되었다. 이는 잡가의 체험 방식이 다양한 사람들이 함께 있는 열린 공간에서의 공적 체험 방식에서 음반화와 함께 폐쇄된 공간에서의 개인의 사적 체험 방식으로 전환되었기 때문이다.

제4장

라디오방송을 통한 잡가의 향유

1. 라디오방송 개국과 안정적인 향유 환경의 구축

1) 안정적인 방송 환경과 노래의 성행

일본에서 최초의 정식 라디오방송은 1925년 3월 22일 시바우라(芝浦)의 도쿄방송국(JOAK)에서 시작되었다. 이어 6월 1일에는 오사카방송국(JOBK), 7월 15일에는 나고야방송국(JOCK)의 순서로 방송을 시작했다. 경성방송국은 JODK 호출부호를 사용하며 1927년 2월 16일 오후 1시부터 본격적으로 방송을 시작했다.[172] 본격적인 방송이 시작되기 이전에도 총독부 체신국이나 신문사 등이 주관하는 시험 방송이 다양하게 이루어지고 있었다.[173] 구미의 라디오방송은 오랜 시간 동

172) 『동아일보』 1927. 2. 16.

시험방송 당시 음악방송 광경(『동아일보』 1925.6.26.)

안 아마추어 무선가들의 다양한 활동과 다양한 사람들의 네트워크를 통한 커뮤니티 공간으로 활용되다가 본격적인 방송 체제를 갖추어 갔다. 반면 일본의 라디오방송은 그 시작 단계부터 국가가 적극적으로 개입했다. 일본이 네 번째 방송 지역으로 경성을 선택했다는 것은 여러 가지 함의를 지닌다. 방송을 통해 식민 지배를 용이하게 하겠다는

173) 1924년까지는 무선전화실험 음악회 등 무선전화실험에 대한 기사가 게재되다가, 1925년부터는 본격적으로 무전방송의 시험방송에 대한 기사가 지속적으로 게재된다.(1925년 한 해 동안 『동아일보』를 통해 라디오 시험 방송을 확인할 수 있는 기사－1925. 4. 8. / 4. 19. / 4. 21. / 4. 23. / 1925. 6. 1. / 6. 11 / 6. 26. / 7. 13. / 10. 26. / 11. 3. / 11. 4 / 11. 6. / 11. 7. / 11. 19. / 11. 30. / 12. 4.)
우리나라는 라디오방송 도입 초기부터 신문의 역할이 컸다. 신문은 본격적인 방송이 시작되기 전부터 라디오에 대한 소개 및 시험 방송 일정, 사람들의 참여 등에 대해 연일 보도했다. 거의 매일 라디오방송 관련 기사가 게재되고, 조선에서의 사람들의 라디오에 대한 열기(『동아일보』 1925. 6. 26.)를 보도함으로써 라디오에 대한 담론을 형성하고, 대중들의 관심을 증대시키는 역할을 수행했다.

의도와 한반도를 발판으로 중국까지 진출하고자 했던 의도까지도 읽을 수 있다. 이렇듯 라디오방송은 그 시작에서부터 관영성[174]을 담보로 한다.

> 1월 30일까지의 경성방송국 청취계약 신입수는 1.115건에 달하여 일본의 3대 방송국의 처음달 신입수인 동경의 1.837건 大阪의 835건 名古屋의 593건에 비하면 썩 성적이 양호한 편이라는 바 이것은 일본의 각 방송국의 개시 당시에 비하여 조선에 라디오가 보급되어 있는 관계라는데 청취자의 소재지는 최다수인 경성부의 584건을 위시하여 최소수인 함북의 21건에 이르기까지 실로 전조선 각도를 망라하였다는 바 가입별은 일본인은 895건이요 조선인은 212건이라더라[175]

인용문에서 알 수 있듯이 경성방송국 개국 당시 신입수는 1,115건에 달하는 수준이며, 이는 오사카나 나고야방송국 개국 당시보다 더 많은 인원이었다. 그러나 경성방송국은 그 출발부터 제국 일본의 방송정책과 무관하지 않았다. 경성방송국이 동경과, 오사카, 나고야에 이어 JODK라는 네 번째 호출부호를 받은 것은 경성방송국이 식민지 본국 방송정책의 연장선상에서 탄생한 것임을 보여준다. 경성방송국의 편성방침 또한 식민지 본국과 동일한 방향을 취하고 있었다.[176] 일본에서의 라디오방송 편성 방침은 '보도, 교양, 위안'이었으며, 이는

174) 국가 기관에 의해 만들어졌고, 철저하게 국가의 통제를 받는다는 의미로 사용한다.
175) 『조선일보』 1927. 2. 3.
176) 경성방송국을 총독부와의 관계 속에서 파악하는 경우가 많지만, 이는 일국(一國)적 사고에 기인한 것이다. 제국 일본의 전파망은 지역적인 것이 아니라 광범위한 식민지 권망으로서 파악해야 한다.(엄현섭, 「제국일본의 문화매체 비교연구－라디오방송을 중심으로」, 『비교한국학』 17, 국제비교한국학회, 2003, 394면.)

경성방송국의 편성 방침이기도 했다.

보도란 아시는 바와 같이 방송국에서 하는 일 중에 가장 중요한 사명을 띄인 것으로 그날 그날의 뉴-쓰 기상 통보 경제 시항 각종 실황방송이 곧 그것입니다. 신문지가 격일 혹은 사흘에 한 번식 도착하는 벽지에 게신 이에게 이 뉴-쓰 방송이 얼마나 반갑고 긴한가는 상상 이상일줄 압니다. 뿐 아니라 갓가온 시골에 게신 분께라도 오후에 보내드리는 4시와 7시 반 뉴-쓰는 그날 석간보다 일씀니다 경제 시항같은 상인에게 분과 초를 닷호으는 보도라든지 항해하는 이와 또는 어업자들에게 그날의 행동을 작정하는 기상 통보라든지 모도가 다ㅡ 이「보도」란 종목 속에 드러있는 것입니다.

다음은 교양입니다. 아시는 바와 같이 강연이 대개 하○에 3번식 드러갑니다. 위생 강연, 취인 강연, 가정 강연, 수양 강화, 과학 해설 등이 다ㅡ 그것입니다. 그 외에 외국말 배호는 시간과 요새는 국어 시간이 드러있어 아즉도 국어를 모르시는 분께 배호실 기회를 드리고 있습니다.

셋재는 위안, 이 위안은 방송국에서 취급하는 종목중에 가장 광범위의 내용과 많은 출연자를 요구하는 관계상 제일 손이 많이 도라가고 제일, 꾀, 까다로운 일일 줄 압니다. (중략) 라듸오 소설 야담, 라듸오 뜨라마 가요곡, 만요 신작 이약이 등은 번번히 새 재료를 구해서 거기에 적당한 예술가를 선정해서 몇 번 연습을 거친 후에 비로소 마이크 앞에 나스게 되는 것입니다. 서도 소리 경기 소리 가사 음율 창극조 같은 종목은 물론 늘 하든 소리를 되푸리 한다고 하시는 분도 게시지만 아시는 바와 같이 가사 즉 노래말과 곡조 즉 그 장단이 꼭 마저 떨어지는 적당한 신 가사를 새로 구하기 전 까지는 하는 수 없이 옛날부터 전해오든 소리를 되푸리 하겠는데 조만간 이 숙제를 해결하고자 목하 연구 중에 있습니다.[177]

라디오는 인용문과 같이 보도와 교양, 위안의 편성지침을 토대로 방송되었다. 이 중 '위안'의 지침에 따라 방송 초기부터 오락 방송이 안정적으로 방송 시간을 확보할 수 있었다. 실제로 일본은 경성방송국의 구체적인 편성 방침으로 '① 내선양어에 의한 균등한 방송 편성, ② 오락 방송 중점 편성'을 주문하였다.[178] 국가 미디어로서의 역할을 수행하기 위해서는 라디오 보급이 우선적으로 이루어져야 하고, 보급을 위해서는 대중들의 기호에 부합하는 프로그램을 만들어야 한다. 이런 이유로 방송 초기부터 오락 중심의 편성이 이루어졌고, 이 과정에서 음악 프로그램이 안정적으로 방송될 수 있었다.

그러나 초기의 방송은 단일 채널 혼합방송이었기에, 오락 중심으로 편성된다 할지라도 조선 음악 방송에는 한계가 있었다. 이러한 한계는 1933년 4월 26일 조선어 제2방송의 시작과 함께 극복되기 시작하였다.[179]

二중방송을 기회로
라디오란을확장
명二十六일부터

경성방송국(京城放送局)에서는 이번에 시외 연희(延禧)에 十키로 二중방송소를 완성하고명二十六일부터 二중방송을 개시하기로 되어 금후에는 종전과같이 조선말과 일본말의 방송이 서로 섞여드는일이 없이 조선말의 방송은 조선말의 방송대로 독립한 푸로에 의하야 방송되게 되엇으므로 이로부터 청취자의 수가 늘어갈것이 예상되며 따라서 오락·보도 교학의 각방면으로 우리와 좀더 밀접한 관계를 갖게 되엇다。이기회에 본보에서는 지면의 허하는 한에서 라디오란을 확장하야 종래의 그날그날의 푸로와 알림에 그치든데서 한걸음 더나아가 좀더 자세한 보도와 소개를 시험하려한다。

이중방송 확대편성을 알리는 신문기사
(『동아일보』 1933.4.25.)

177) 이서구, 「放送夜話, 어떻게 하야 여러분의 귀에까지 가는가」, 『삼천리』 1938. 10. 1.

178) 엄현섭, 앞의 글, 397면.

179) 이중방송 실시를 기념하는 성대한 기념식과 '실연방송의 밤' 개최를 알리는 기사와 라디오란의 확대 편성을 알리는 기사가 지속적으로 게재되었다.(『동아일보』 1933. 4. 25. / 4. 26. 『조선일보』 1933. 4. 26.)

제2방송에서는 산업강좌를 두어 농촌의 비료와 작물에 관한 것을 시기에 따라 강술하고 특별강좌를 두어 부인의 계몽운동과 일반의 문맹퇴치운동을 하는 동시에 아동강좌를 두어 어린이의 과외독본 같은 것을 맡아 하게 되었고 그 다음에는 성인교육을 위한 강연과 강좌를 때때로 설치케되었고 그 이외는 수양강좌를 설치하여 각종 종교가들이 담임강연키로 되었다고 한다.

그 외에는 일반적 오락물로서 3종 또는 4종의 연예가 있을 것이라는 바 이에 대한 본격적 방송은 오는 5월 1일부터 실시된다고 한다.[180]

초기 라디오방송의 편성 방침이 오락 중심이었다는 것은 라디오를 대중화시켜서 궁극적으로는 국가 미디어로서의 역할을 충실히 수행하게 만들기 위한 것이었다. 그러나 이중방송이 실시되고 안정적인 방송환경이 구축된 이후에도 청취자들은 여전히 연예·오락 프로그램 위주의 방송이 구성되기를 원했다.[181] 즉 방송 운영자의 기준과 청취자의 취향 사이에 괴리가 발생한 것이다. 이러한 방송 기준과 취향의 괴리로 인해 식민지 민중 계몽의 도구이자 국가 미디오로 라디오방송이 기획되긴 했으나, 정작 안정적인 청취자 확보를 위해 황금시간대에 계몽 프로그램이 아닌 연예·오락 프로그램이 편성되는 아이러니한 결과가 초래되었다.[182] 연예·오락 프로그램 중에서도 가장 인기를 끈

180) 『동아일보』 1933. 4. 22.

181) 「라디오팬의 소리—어학강좌는 정말 실코 조선음악이 좃소」, 『동아일보』 1939. 3. 2.

182) 1930년대 후반까지도 도시 청취자 일부와 대부분의 지방 청취자들이 사용하는 교류식 수신기는 전등에 사용하는 전기선을 이용하고 있었다. 그러나 전기회사의 송전은 야간에만 이루어져 당시 청취자들은 주로 야간의 방송만 청취할 수 있었다. 야간 방송은 연예·오락 프로그램 중심이었다.(「불우의 라디오! 주간선 가설 불능으로 낮에는 폐물」, 『동아일보』 1939. 7. 15.—서재길, 「한국 근대 방송문예 연구」, 서울대 박

종목은 조선음악이었다.[183]

2) 국가 미디어로서의 라디오방송

유성기음반과 라디오방송은 1920~30년대 노래 향유의 중요한 매체였다. 그러나 유성기음반은 철저하게 자본의 영역으로 편입되어 수용자들의 구매력에 의존하는 매체이다. 즉 개인이 자신의 돈을 들여 직접 음반을 구매하기 때문에, 개인의 선호도에 따라 얼마든지 선택이 가능하다. 이에 반해 라디오방송은 공공영역에 속해 있으며 일정 부분 관영성을 담보로 한다. 즉 자신의 의사와 상관없이, 수동적으로 청취하는 입장을 취할 수밖에 없다. 라디오는 도입 당시부터 국가 미디어로서의 역할을 수행했다. 오락 프로그램이 편성된다 할지라도 이러한 성격을 약화시킬 수는 없는 것이다. 국가 미디어로서 관영성을 담보로 하는 라디오방송은 당시의 문화 정책에 즉각적으로 반영할 수밖에 없으며, 전체적인 방향도 일본의 정책과 함께 할 수밖에 없다.

일본의 경우 방송이 시작된 지 2개월 후(1925. 5. 22.)에 「방송 금지 사항」에 근거한 검열이 시작되었다.

1. 질서안녕을 해쳐, 풍속을 어지럽히는 것
2. 외교 또는 군사의 기밀에 관한 사항

사학위논문, 2007, 21면 참고.)

183) 1939년 2월 행해진 총독부 체신국의 조선인 청취자 기호조사에서 가장 인기를 끈 종목은 전체의 37.2%를 차지한 '조선음악'이었다.－서재길, 앞의 글, 24면.

3. 관공서의 비밀, 의회의 비밀회의 의사
4. 치안, 풍속 상 악영향을 끼치는 사항
5. 체신 국장이 방송을 금지한 사항[184]
6. 방송 중지 명령을 내렸을 경우는 곧 전원을 차단한다.
7. 특히 정치에 관한 강연・의견 방송은 금지
8. 극단주의를 가지는 것
9. 과격사상을 포함한 것
10. 발언이 바르지 못한 것[185]

일본 방송의 검열 기준은 결국 경성방송국의 검열 기준에 대한 방향이다. 초기부터 국가 미디어로서의 역할과 기능에 기반하여, 라디오에 대한 통제가 이어지다가, 1930년대 본격적인 전시체제가 구축되면 라디오에 대한 통제는 더욱 강화된다.

1935년 이후 한반도를 무대로 일제가 본격적인 전시 체제를 구축하던 당시 라디오방송 프로그램 편성 방침은 '전신의식의 양양, 여론의 통일, 국민사기의 고무 격려, 필승신념의 견지' 등이었다.[186] 이러한 편성 방침에 따라 방송되는 음악 또한 통제의 대상이 되었다.

이렇듯 라디오방송이 국가 미디어로서 가지는 성격을 관영성이라 한다면, 라디오방송의 관영성은 당시 방송된 노래에도 영향을 줄 수밖에 없다.

184) 「放送禁止事項」, 1925. 5. 22.(엄현섭, 앞의 글, 403면 재인용.)

185) 6~10번 조항은 같은 해 말에 새롭게 추가된 부가 사항이다.(「通信局長指示追加」, 1925. 12. 18.－엄현섭, 앞의 글, 403면 재인용.)

186) 최현철・한진만, 『한국 라디오 프로그램에 대한 역사적 연구－편성 흐름을 중심으로』, 한울 아카데미, 2004, 48면.

2. 라디오방송에서의 잡가 향유 방식과 특징

1) 라디오로 방송된 잡가의 현황

라디오의 시험 방송이 이루어졌던 1926년부터 1945년 광복 이전까지 방송된 잡가의 현황은 당시 발행된 『매일신보』와 『동아일보』, 『조선일보』 등의 신문 지면을 통해 확인할 수 있다.[187] 그러나 라디오방송 목록은 노랫말에 대한 정보 없이 곡목만 남아 있어, 자료상의 한계를 가질 수밖에 없다. 신가요와 달리 잡가는 하나의 곡목일지라도 몇 가지 유형으로 나뉘기도 하고, 또 <흥타령>처럼 동일한 제목의 경기잡가와 남도잡가가 공존하는 경우도 있다. 따라서 이 글은 이러한 자료상의 한계를 가지고 출발하며, 노랫말의 경우는 잡가집과 유성기음반 가사지를 토대로 유추할 수밖에 없음을 밝힌다.

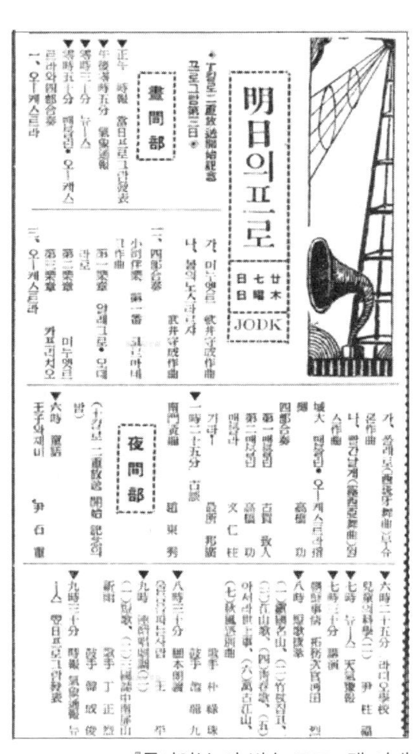
明日의프로
廿七日 木曜日
JODK
晝間部
夜間部

『동아일보』의 방송 프로그램 안내

187) 이 글은 신문에 게재된 방송 목록을 정리한 『경성방송국국악방송곡목록』을 참고자료로 활용한다.(한국정신문화연구원 편, 『경성방송국국악방송곡목록』, 민속원, 2000.)

그러나 라디오방송 목록은 잡가집이나 유성기음반과는 변별되는 자료상의 강점도 분명 가지고 있다. 개별 곡목의 연도별 추이를 파악할 수 있는 것이 바로 라디오방송 목록의 강점이다. 잡가집이나 음반 또한 출간 및 발매 연도를 알 수는 있으나, 이들은 동일한 책이나 음반을 반복적으로 간행 및 제작하기 때문에 새롭게 인기를 얻기 시작한 레퍼토리나 또 대중들의 외면을 받기 시작한 레퍼토리 등 개별 곡목의 세밀한 흐름까지는 파악하기 힘들다. 또한 당시의 사회·문화적 환경의 변화나 연행환경의 변화 등 사회·문화적인 의미망 속에서 노래문화가 어떻게 지속되고 변모해갔는지 그 구체적 흐름을 파악하기도 힘들다. 그러나 라디오방송에서는 사회·문화적인 변화나 대중의 기호와 취향이 즉각적으로 반영되기에, 잡가의 변모 과정을 살피는 데 많은 도움을 받을 수 있다.

먼저 개별 잡가 곡목의 라디오방송이 연도별로는 어떠한 추이를 보이고 있는지 살펴보도록 하겠다.

제목	개성난봉가	개고리타령	개타령	경발님	경복궁타령	경사거리	곰보타령	공명가	관산융마	금강산타령	긴난봉가	긴아리랑
1926	1							3			1	
1927	3	2						3			2	
1928	3				2			4				
1929	1							5				
1930	7							20				
1931	5	1						15	2			
1932	7	1	3		4		3	18	5			
1933	35	22	2	2	29	2	1	29	16	1	25	15
1934	41	39	9	4	11	5		39	17		21	27
1935	14	33	3	3	8	14		30	9	1	15	7
1936	30	39	5	6	2	4	1	33	13	6	27	16
1937	26	49	2	11	4		1	16	16	7	24	18
1938	9	36	2	6	1	2		16	12	7	23	13
1939	16	29	2	3	12		3	14	2	12	20	18
1940	6	23		2	9	1		30	6	5	9	5
1941	1	10		1	4			17	1			6
1942								1				
1943		2			2				2			2
1944									2			2
1945												
합계	205	286	28	38	88	28	9	293	103	39	167	129

제목	난봉가	사설난봉가	신난봉가	노들강변	노래가락	놀양	닐늬리아	달거리	도라지타령	도화타령	뒤산타령	매화타령
1926						1			1		1	
1927	10					3		1			2	
1928	6											
1929	5					1						
1930	38					1		1		1	5	
1931	52					2			1		3	
1932	30				3	7	2	2	7		4	
1933	20	3	1		63	41	12	21	12	4	40	2
1934	55			2	49	52	20	24	22	2	47	3
1935	7	1		7	48	23	7	22	9		23	2
1936				15	32	20	7	30	26	1	26	1
1937	2		3	22	6	28	14	18	34	8	32	
1938	3		4	14	1	13	15	16	26	4	15	2
1939	5			13	17	21	12	9	11	3	19	3
1940	9			11	1	19	16	18	3	2	13	
1941	1			15		14	3		7	2		
1942				4		1	3					
1943				8		7	5				2	
1944				1			1		2			
1945												
합계	243	4	8	112	220	254	117	162	161	27	232	13

제목	맹인타령	몽금포타령	무녀가	밀양아리랑	바위타령	박물가	박연폭포	방아타령	배따라기	베틀가	변조난봉가	병신난봉가
1926			1					7	1			
1927			8		1			3	3			
1928	9		5					1				
1929			3									
1930	2		61			1		6	21			
1931	1		94					9	14			
1932	8		55	2	7			10	6			3
1933	3		4	8	4	4	1	73	20			19
1934		3		14	7	6		84	38			7
1935		3		9	5	7	29	52				1
1936		10		18	3	7	8	55	7	3	10	2
1937		6		19	4	3	14	46	9	3	11	
1938		8		8	4	1	12	37	10	5	1	1
1939		12		2	3	1	17	41	7	29		1
1940		1		13	4		31	44	2	29		1
1941		1		2	1		15	14	3	13		
1942		1		3						2		
1943		1					4	2		2		
1944		3										
1945												
합계	23	49	231	98	43	30	131	484	141	86	22	35

제목	보렴	사거리	사발가	사절가(사철가)	산염불	산타령	새타령	생매잡어	선유가	소춘향가	수심가	십장가
1926									2	2	9	
1927		1				2	7		1	2	14	
1928						3					8	
1929						2					11	
1930	1					4	11		1	7	70	
1931						2	6		8	18	63	
1932	11		1		2	2	1		12	17	38	
1933	22	5	10	3	20		20		18	27	80	1
1934	36	5	33		47	4	34		5	35	77	
1935	38	3	14	2	46	1	22	2	17	26	35	
1936	44	1	16	3	47	1	14		13	26	23	4
1937	23	2	29	5	30		27		5	25	6	4
1938	18	3	25	5	27	1	20		5	21	8	2
1939	21	3	48	13	27	1	10		7	30	24	1
1940	25	3	39	7	26		8		1	21		
1941	14	1	14	4	18		12		1	13		
1942	4		4	1	2		2			2		
1943	3		6	6	7	2	3			10		
1944	1		1	1			2			1		
1945												
합계	261	27	240	50	299	25	199	2	96	283	466	12

제목	아리랑	앞산타령	양류가	양산도	역음수심가	염불	영변가	오돌독	오봉산타령	유산가	육자배기	이팔청춘가
1926		2		2	2	2	2			2	2	
1927		2		6		1	4			8	4	
1928	2									3		
1929	2						3			4		
1930	12	5		3			31			30	3	7
1931	17	3		7		3	23			30	1	6
1932	22	4	1	16		6	19			14	11	6
1933	19	40	6	46	36	17	61			50	36	
1934	13	45	12	59	63	7	70		1	48	48	6
1935	10	23		32	28	7	51	2	1	23	38	1
1936	3	23	1	16	23	7	54	2	7	18	52	
1937	3	29	1	12	4	9	49	9	5	16	47	
1938	3	14		18	8	7	28	9	12	18	43	
1939		19		35	18	10	21	17	3	15	37	
1940	1	13	2	21		3	23	29	7	21	36	
1941				8			5		8	18	21	
1942				3					4	1	4	
1943		2		8					7		5	
1944				1					1		2	
1945												
합계	107	224	23	293	182	79	444	68	56	319	390	26

제목	자진난봉가	자진방아타령	자진배따라기	자진산타령	자진염불	자진육자배기	장기타령	적벽가	적수단신	절구타령	제비가	중거리
1926								1			2	
1927	1							6			7	
1928											3	
1929											4	
1930								7		2	10	
1931								2		10	14	
1932							2	5		5	14	
1933	29	1	2	2	2	19		15		1	45	2
1934	17	1		1	1	20	9	22			36	10
1935	11						7	6			30	3
1936	26	1	6		8		3	13	1		30	1
1937	24	14	20		18		2	9			38	2
1938	19	4	3	1	11		2	4	2		21	3
1939	17	1	5	2	3		1	8	6		21	3
1940	11			1			1	5	4		18	2
1941			1								19	1
1942											1	
1943											7	
1944											2	
1945												
합계	155	22	37	7	43	39	27	103	13	18	322	27

제목	집장가	창부타령	천안삼거리	청춘가	초한가	타령	평양가	평양염불	풋고초	풍년가	한강수타령	형장가
1926	1						1				1	1
1927	4				1							
1928												
1929												
1930	5			1		3					5	
1931	7	1		2		3					15	
1932	1	1		23	1	2	3				5	
1933	19	18		27	1	3	28	1	11		32	
1934	26	32		30	9	15	21		5		41	2
1935	18	14		20	5	12	16	2	3		9	
1936	19	21		22	14	13	21	5	8	1	15	2
1937	25	7		18	11	18	25	17	2	1	17	3
1938	10	3	2	26	17	4	12	10	3	13	16	
1939	10	14	4	17	18	6	3	1	1	24	32	1
1940	8	5	7		14	2	1				21	
1941	9		1		8					9	10	
1942	2		2								2	
1943	7		5		1						3	
1944			1							1		
1945												
합계	171	116	22	186	100	81	131	36	33	49	224	9

제목	화초사거리	휘모리	흥타령
1926			
1927			4
1928			
1929			
1930	1		1
1931			
1932	9		
1933	7	7	23
1934	3	10	59
1935	8	3	41
1936	12	5	63
1937	9	9	69
1938	8	5	64
1939	6	3	64
1940	5	8	59
1941	5		29
1942			2
1943			3
1944			1
1945			
합계	73	50	482

〈표 15〉 잡가 개별 곡목의 연도별 방송 현황[188]

188) 이 도표는 『경성방송국국악방송곡목록』을 토대로 작성한 것이다. 표제만 있고 개별 곡목을 확인할 수 없는 경우에는 실제 방송 목록을 확인할 수 없어, 도표에 반영할 수가 없었다.

앞의 도표를 살펴보면 가장 많이 음반화된 <수심가>가 1940년대에는 더 이상 라디오로 방송되지 않음을 확인할 수 있다. 또한 1930년대 후반 전반적인 잡가 방송이 쇠퇴하는 중에 <홍타령>은 오히려 이전 시기보다 더욱 각광받는 레퍼토리로 부상하고 있음을 확인할 수 있다. <적벽가>는 1930년대 후반 방송 횟수가 줄어들고 있다.

이렇게 시기의 변화에 따라 흥행 레퍼토리가 달라지는데, 이것이 단지 대중들의 기호 변화 때문인지 혹은 라디오가 가지고 있는 매체적 특징에 기인한 것인지 해명할 필요가 있겠다.

다음으로 1926년부터 1945년까지 잡가의 라디오방송 현황을 연도별로 살펴보자.[189]

년	곡목 수	년	곡목 수	년	곡목 수	년	곡목 수	년	곡목 수
1926	59	1927	272	1928	225	1929	154	1930	419
1931	463	1932	491	1933	1465	1934	1764	1935	1067
1936	1235	1937	1220	1938	921	1939	1079	1940	823
1941	388	1942	50	1943	144	1944	39	1945	30

〈표 16〉 잡가의 연도별 라디오방송 현황[190]

189) 도표는 방송 목록 중 '잡가'라는 표제를 사용한 곡목을 정리한 결과이다. '잡가'라는 명칭 외에도 경기소리, 서도소리, 남도소리 등 지역별 소리로 분류된 작품들도 목록에 포함시켰다. 또한 '잡가'라는 명칭이 사용되었다면, 이후 그 곡목을 다르게 지칭할 지라도 목록에 포함시켰다.(잡가는 동일한 곡목을 다른 곡종으로 표기하는 곡목 분류에서의 착종 현상이 심하다. 그래서 '잡가'로 분류된 후 다르게 지칭될 지라도 이 또한 이 시기 잡가의 특징을 반영하고 있다고 판단하는 바, 이 모두를 목록에 포함시켰다.)
또한 성악곡이 아니라 악기 연주곡으로 방송된 경우에도 목록에 포함시켰다. 성악곡과 연주곡의 방송 양상까지 분류하여 현황을 파악해야 하지만, 이 글에서는 이 둘을 구별하지 않고 함께 다루어 전체적인 현황만을 파악하고자 하였다. 성악곡과 연주곡의 구별과 상관관계는 앞으로의 과제로 남긴다.

잡가가 처음으로 라디오로 방송된 시기는 1926년 7월이다. 그러나 당시는 본격적인 방송이 시작된 것이 아니라 시험 방송이 이루어졌던 시기이므로, 방송곡목 수가 전체적으로 적었다. 1927년 2월 경성방송국이 개국되고, 본격적인 방송이 시작되면서 잡가의 방송 횟수도 점차 증가하기 시작했다. 1933년을 기점으로 방송된 잡가의 곡목 수가 급격히 증가하는 것은 이중방송의 실시로 안정적인 방송 환경이 구축되었기 때문이다.

그러나 서구에서 유입된 유행가가 점차 흥행성을 획득하고, 1930년대에 접어들면 본격적으로 유행가가 노래판의 헤게모니를 장악하기 시작한다. 이러한 이유로 1933년 이중방송 실시 이후 순간적으로 급증했던 잡가의 방송 횟수는 점차 다시 감소하기 시작한다. 그러다가 1937년 이후 본격적인 전시 체제가 구축되자, 연예·오락 프로그램의 전반적인 감소 추세에 따라 잡가의 방송 횟수 또한 감소한다. 1940년대에 이르면 조선음악방송 자체가 없는 날이 많아지면서 노래문화의 헤게모니가 조선 음악에서 서구의 음악으로 전환되었음을 확인할 수 있다. 전체적인 연도별 추이와 더불어 잡가의 곡목별 라디오방송 횟수를 살펴보면 다음 도표와 같다.

---

190) 1945년의 경우 8월 14일까지의 자료만 남아있으며, 개별 곡목은 확인할 수 없다. 대신 표제는 남아 있어 이 기간 동안 경기가요 15회, 남도가요 5회, 서도가요가 10회 방송되었음을 확인할 수 있다.

제목	방송 횟수	제목	방송 횟수	제목	방송 횟수
개구리타령	286	개성난봉가	205	개타령	28
경발님	38	경복궁타령	88	경사거리	28
곰보타령	9	공명가	293	관산융마	103
금강산타령	39	긴난봉가	167	긴아리랑	129
난봉가	243	노들강변	112	노래가락	220
놀양	254	닐늬리아	117	달거리	162
도라지타령	161	도화타령	27	뒤산타령	232
매화타령	13	맹인타령	23	몽금포타령	49
무녀가	231	밀양아리랑	98	바위타령	43
박물가	30	박연폭포	131	방아타령	484
배따라기	141	베틀가	86	변조난봉가	22
보렴	261	사거리	27	사발가	240
사절가	50	산염불	299	산타령	25
새타령	199	생매잡어	2	선유가	96
소춘향가	283	수심가	466	십장가	12
아리랑	107	앞산타령	224	양류가	23
양산도	293	역음수심가	180	염불	79
영변가	444	오돌독	68	오봉산타령	56
유산가	319	육자백이	390	이팔청춘가	26
자진난봉가	155	자진방아타령	22	자진배따라기	37
자진산타령	7	자진염불	43	자진육자백이	39
장기타령	27	적벽가	103	적수단신	13
제비가	322	중거리	27	집장가	171
창부타령	116	천안삼거리	22	청춘가	186
초한가	100	타령	81	평양가	131
평양염불	36	풋고추 〈출인가〉	33	풍년가	49
한강수타령	224	형장가	9	화초사거리	73
휘모리	50	홍타령	482	사설난봉가	4
신난봉가	8				

〈표 17〉 잡가의 곡목별 라디오방송 현황

앞의 표를 보면 <방아타령>이 484회로 가장 많이 방송되었고, 뒤를 이어 <흥타령>, <수심가>, <영변가>, <육자백이>, <제비가>의 순서대로 많이 방송되었음을 알 수 있다. <아리랑>류[191]의 노래 또한 개별 곡목은 적지만 전체를 합하면 334회나 방송되어, 당시 <아리랑>이 인기 있는 곡목이었음을 확인할 수 있다. 십이잡가 중 유성기음반으로나 방송으로나 가장 인기가 많았던 <제비가>는 322회 방송으로 전체 잡가 중 방송 횟수로는 5번째 노래이다. <제비가>외에 다른 십이잡가는 <유산가>와 <소춘향가>가 각각 319회, 283회로 잡가의 방송 횟수로 보았을 때 상위 10개 곡목에 포함될 수 있을 정도이다. 잡가집의 가장 인기 있던 곡목인 <적벽가>는 103회로 방송 횟수가 십이잡가 내에서도 7번째에 그쳐 점차 그 흥행성이 저조해지고 있음을 알 수 있다.

이중방송 실시 이후 본격적으로 확대된 잡가 방송은 1930년대 후반 쇠퇴하기 시작해 1940년대에 이르면 거의 방송되지 않는다. 이는 본격적인 전시 체제의 구축으로 노래 방송 자체가 위축되기 때문이기도 하지만, 노래문화의 주도권이 전통 가요에서 신가요로 이동했음을 보여주는 것이기도 하다.

본격적으로 전체 잡가의 흥행 변화와 함께 잡가 내의 유행 레퍼토리의 변모 등 라디오방송을 통해 향유된 잡가의 실상을 면밀히 검토하도록 하겠다.

191) <아리랑>류의 노래는 <긴아리랑>과 <밀양아리랑>, <아리랑>을 일컫는다.

2) 당대 담론을 반영한 라디오 표제

1926년 시험방송 당시부터 1945년 광복까지의 라디오방송 목록을 확인할 수 있는 것은 신문에 '금일의 라디오'란이 게재되었기 때문이다. '금일의 라디오'란을 통해 매일 방송된 잡가 레퍼토리와 방송 시간을 확인할 수 있다. 또한 '금일의 라디오'란에서는 잡가 곡목을 소개할 때마다 '표제'를 사용했다.

잡가는 동일 곡목을 다른 표제로 일컫거나, 일관되게 하나의 표제만을 사용해 그 곡을 지칭하지 않는 등 곡목 분류에서의 착종이 심하다. 그러나 이러한 현상 또한 잡가에 대한 당대의 인식에서부터 시작된 것으로 볼 수 있다.

라디오방송을 안내하던 신문지면 또한 개별 곡목에 대한 착종이 나타나지만, 시기에 따라 일정한 흐름을 가지고 있어 주목할 필요가 있다. 신문은 그 특징상 객관성과 시의성을 가질 수밖에 없다. 즉 가창 담당자들이 개별 곡목을 어떻게 일컫는지, 당대 지식인들이 개별 곡목을 어떻게 일컫는지를 즉각적으로 반영할 수밖에 없다. 신문의 간행을 담당하는 자들이 그날의 라디오방송 프로그램을 직접 작성할 리는 만무하다. 방송국에서 방송 목록을 작성한 후, 이를 신문사에 통보하는 방식으로 '라디오방송 안내란'이 만들어졌을 것은 당연하다. 그러므로 각각의 곡목을 지칭하던 표제들은 방송 당시 그 노래를 일컫는 표제로 보는 것이 타당하다.

또한 당시는 신문과 잡지를 통해 민요의 정체성에 대한 논의와 전통 민요에 대한 발굴이 지속적으로 이루어지고 있던 시기였다. 지금까지 관례적으로 사용된 곡목의 지칭에 대해 신문사 입장에서는 고민하지 않을 수 없는 상황이었을 것이다. 예를 들어 같은 날에 발간된 신문의 한 면에서는 '잡가'로 소개하고, 다른 면에서는 '민요'라고 소개할 수는 없는 노릇이다. 즉 지식인을 중심으로 당시에 활발하게 전개되던 민요 담론이 잡가 방송에도 영향을 줄 수밖에 없었을 것이다. 따라서 이 글은 당시의 이런 복합적인 상황이 개별 곡목의 방송을 안내하는 신문지면에 반영되었다고 본다. 신문지면의 표제를 따라가다 보면, 20여 년이라는 짧은 기간 동안 잡가에 대한 인식이 어떻게 변모해 갔는지를 파악할 수 있을 것이다.[192]

지금까지 '잡가'라는 명칭에서 '잡(雜)'의 의미는 '잡스럽다 · 잡되다'의 폄하의 의미라고 판단하는 경우가 많았다. 그러나 '잡영(雜詠)'이라는 말이 널리 쓰이고 있었듯이, '잡'의 의미는 '잡스럽다'는 가치 폄하의 의미가 아니라 '두루'라는 의미 정도로 해석하는 것이 타당할 것이다.[193] 실제로 '잡가'의 범주에는 서도 · 남도 · 경성의 지역별 소리,

---

192) 유성기음반의 표제는 라디오방송과는 다른 맥락에서 이해할 수 있다. 먼저 유성기음반의 경우 취입되었던 음반을 재취입하는 경우도 많으므로, 기존의 표제를 그대로 사용할 가능성이 크다. 둘째, 음반은 소비자들의 구매에만 의존할 수밖에 없으므로 대중들에게 익숙한 표제를 그대로 사용하는 것이 유리했을 것이다. 이런 이유로 음반에 사용된 표제는 당시 '표제'를 둘러싼 세밀한 흐름들을 파악하기에는 무리가 있다고 판단된다.

193) 이 글은 박애경이 제시한 '비주류장르의 범칭'이라는 '잡가'의 개념 규정과 맥을 같이 한다. 박애경은 '잡가'를 '이질적인 작품군이 혼재한 현상 혹은 확정된 장르에 대한 대타적 개념의 총칭'으로서 파악했다.(박애경, 「잡가의 개념과 범주의 문제」, 『한국시가연구』 13, 한국시가학회, 2003, 292면.) 이 외 잡가에 대한 개념 규정을 좀 더 살펴보면, 손태도는 '잡가'를 '정가에 대한 상대적 개념'으로 규정한다.(손태도, 「1910~20년대 잡가에 대한 시각」, 『고전문학과 교육』 2, 청관고전문학회, 2000.) 이 외 강등학은 여러 소리를 아우르는 복합장르로 '잡가'의 성격을 규정한다.(강등학, 「노래

십이잡가, 휘모리잡가, 선소리, 통속민요[194] 등이 두루 포함되어 있다. 그런데 라디오방송에서는 이들 노래를 '잡가'라고 일컫다가 점차 다른 명칭을 사용하기 시작하므로 그 명칭의 세세한 흐름들을 살펴볼 필요가 있다. 먼저 신문의 라디오방송 안내란에서 잡가 곡목을 지칭하는 표제를 살펴보자.

년도	잡가 곡목을 지칭하는 표제
1926~1930년	잡가, 경성잡가, 경성좌창, 서도잡가, 남도잡가, 남도단가, 남도입창, 조선노래, 조선소리, 조선가, 조선곡
1931~1933년	잡가, 속요, 구잡가, 구조잡가, 십이잡가, 장잡가, 경성좌창, 경기구잡가, 경기민요, 경기속요, 경성구좌창, 경성입창, 경성잡가, 서도잡가, 서도단가, 남도잡가, 남도단가, 남도민요, 남도속요, 남도입창
1934~1936년	한 곡의 제목을 표제로 사용하기 시작(예시—앞산타령 외), 잡가, 속요, 가요, 가요곡, 경기가요, 경기속요, 경성가요, 경기입창, 남도가요, 남도속요, 남도잡가, 서도가요, 서도민요, 서도속요, 서도입창, 서도잡가
1937~1939년	속요, 민요, 민요소패, 신민요, 경기가요, 경기상창, 경기입창, 경성가요, 경성입창, 고조경기가요, 남도가요, 남도민요, 서도가요, 서도입창
1940~1942년	민요, 신민요, 속요, 경기가요, 경기입창, 경기좌창, 경성가요, 경성좌창, 남도가요, 서도가요, 서도좌창
1943~1945년	조선민요, 신민요, 경기가요, 경기민요, 남도가요, 남도민요, 남선민요, 서도가요

〈표 18〉 잡가 곡목을 지칭하는 표제의 연도별 추이

위 표에서 두드러진 특징은 바로 '잡가'라는 명칭이 1934년 상반기를 기점으로 신문지면의 표제로 더 이상 사용되지 않는다는 점이다. 1926년에서 1930년까지만 해도 대부분의 곡목은 '잡가'로 소개되었

문학의 성격과 민요의 장르양상」, 『한국시가연구』 2, 한국시가학회, 1997, 84면.)

194) 전문 소리꾼에 의해 가창되지만 민요적 특성을 지닌 노래를 일컫는다.(송방송, 『한국음악통사』, 일조각, 1995, 470면.)

다. 그러나 이후 서서히 그 쓰임이 줄어들다가 1934년 상반기까지만 '잡가'라는 명칭이 보이고, 이후에는 더 이상 이 명칭을 찾아볼 수 없다. 대신 '가요'라는 명칭이 일반적으로 쓰이고 있다. '가요'라는 명칭은 단독으로 쓰이는 경우 없이 모두 지역별로 분류하여 '경기가요', '서도가요', '남도가요' 등으로 쓰이고 있다.195) 물론 이러한 현상은 라디오방송에서만 확인된다.

19세기부터 1900~1920년대까지 잡가는 '잡영(雜詠)'에서 볼 수 있는 고전적 의미인 '두루'라는 의미망의 연속이었다. 물론 '잡가'에 포함되는 개별 노래 양식의 범주는 시기마다 달랐다. 19세기까지는 가창가사나 시조, 단가 등을 포함한 개념이었다면, 1900~1920년대까지는 지역별 소리와 십이잡가, 통속민요, 휘모리잡가, 선소리를 통칭해서 일컫는 개념이었다. 그러나 1934년 이후로는 이들 노래를 구분하여 지칭하기 시작했다. 이는 당시 지식인을 중심으로 활발하게 이루어지고 있던 민요 담론과 연관성을 지니는 것으로 보인다.

1920년대와 1930년대는 신문과 잡지를 통해 지식인층이 '민요'의 개념 틀을 일본에서 수용하고 '조선적인 것'의 정체성을 부여해가던 시기였다.196)

---

195) '가요'라는 명칭과 더불어 '신민요'라는 명칭도 일반적으로 쓰이고 있다. '신민요'는 일반적으로 직업적인 작곡가와 작사가에 의해 창작된 민요를 일컫는다. 그러나 1937년 이후에는 작곡·작사의 과정을 거치지 않은, 기존에 잡가라고 지칭되었던 노래들을 신민요라고 일컫는 경우가 비일비재하다.

196) 근대 한국에서 '민요'의 개념이 형성되어 가던 과정에 대해서는 최은숙과 임경화의 논의 참고.(최은숙, 「20세기 초 신문·잡지의 민요 담론 연구」, 경북대 박사학위논문, 2004. 임경화, 「민족의 소리로서의 민요」, 『근대 한국과 일본의 민요 창출』, 소명출판, 2005.)

> 民謠의 定義와 眞正한 傳統을 理解하는 이는 極히 드물다. 愁心歌・寧邊歌의 洗錬된 形式을 純正한 民謠와 混同하는 이가 잇스나 當치 못한 謬見이다. 南道의 성주푸리며 개타령・제비타령의 類도 마찬가지 理由로 民謠의 領域에 드러올 수 업스니 正統의 民謠와 巷間의 俗歌와는 스스로 그 類가 다르다.[197)]

위 인용문에서 '속가'는 지금까지 '잡가'로 일컬어지던 곡을 말하며, 이를 '민요'와 구별함으로써 당시의 지식인들은 '향토민요'를 중심으로 민요의 정체성을 확정해 나가고 있었다. 근대적 문학 장르가 형성되고 지식인을 중심으로 신문과 잡지에서 민요의 정체성에 대한 논의가 지속적으로 이루어지자, 결국 이들은 민요가 될 수는 없지만 대중성을 획득하고 있었던 '속가, 기가(妓歌)' 등의 분류에 대해 고민하기 시작했을 것이다.[198)] 이들의 고민 과정이 <표 18>을 통해 표출된 것이다.

1930년까지의 라디오 프로그램 소개에는 '민요'라는 명칭 대신 '조선곡・조선가'라는 명칭이 사용되었다. 그러다가 1933년 이후 점차 '민요'라는 명칭이 사용되기 시작하였다. 1940년대 전・후로는 오히려 '민요'라는 명칭이 우세하게 사용되었다. 이로 보아 1920년대까지만 해도 '민요'에 대한 정체성의 고민이나, 민요의 범주를 확정해나가는 작업 등이 실제 연행 현장으로까지 소급되지는 못했던 것으로 보

197) 김소운, 「서(序)」, 『언문조선구전민요집』, 제일서점, 1933. 1.(임경화, 같은 글, 194면 재인용.)

198) 경성제대 조선어문학전공 제1강의 담당교수였던 '타카하시 토오루(高橋亨)'는 민요를 모집하려고 하면 '동요나 속가, 기가(妓歌)'같은 잡연한 여러 가요가 섞여 있어 수집에 어려움이 많다고 토로했다.(임경화, 같은 글, 195면.)

인다. 만약 연구자들을 중심으로 진행되었던 '민요'의 정체성과 범주에 대한 고민과 논의들이 일반적인 것이었다면, '잡가'라는 곡목을 지칭하는 과정에서 그 명칭이 한두 번은 보여야 할 것이다. 그러나 <표18>에서 확인할 수 있듯이 1930년까지 '민요'라는 명칭은 발견되지 않는다. 이에 대해 '잡가'이기 때문에 '민요'라는 명칭이 사용되지 않은 것이라고 볼 수도 있다. 그러나 동일한 곡목을 '잡가'라고 일컫다가 '민요'라는 명칭으로 바꾸는 과정을 통해, 이들이 '잡가'에 대한 뚜렷한 인식 때문에 그 명칭을 고수한 것이 아니라는 사실을 확인할 수 있다. 오히려 민요에 대한 당대의 담론이 아직까지 실제 연행 현장에까지 반영되지 않은 것이라고 보는 것이 타당할 것이다.

다시 말해 1920~30년대 지식인들을 중심으로 '민요'의 정체성을 확정해 나가고 민요에 '조선적인 것 · 민족의 소리'로서의 긍정적 지위를 부여하는 일련의 작업 결과가 적극적인 민요 발굴과 의미 부여로 이어졌고, 이것이 기존의 '잡가'라는 명칭을 '민요'라는 명칭으로 대체하는 원인으로 작용했다. 이러한 작업의 결과물이 1930년대 중반부터 실제 연행 현장에서도 드러나기 시작한 것이다.

이러한 일련의 과정은 범칭으로서의 성격이 강했던 '잡가'의 정체성에 의문을 던지는 계기가 되었다. 기존에 '잡가'라고 지칭되었던 모든 노래들을 '민요'에 편입시킬 수 있을 것인가의 문제가 발생한 것이다. 즉 '조선적인 것 · 민족의 소리'에 해당하지 않는 노래들을 어디에 포함시킬지의 문제가 발생하였다. 그들은 기존에 '잡가'의 범주에 속해 있던 일부의 노래들은 '민요'로 지칭하고, 훈련을 거친 전문적 창자만이 부를 수 있는 노래들은 '가요'라는 명칭으로 바꾸기 시작했다.

이미 서구에서 유입된 노래를 중심으로 '유행가', '신가요' 등의 명칭이 사용되고 있어, '가요'라는 명칭은 쉽게 사용될 수 있었을 것으로 보인다.

이러한 일련의 과정은 20세기에 들어와서 활발하게 전개된 '정악'의 개념화 과정과도 관계된다. '정악(正樂)'의 개념은 일반적으로 '음악(淫樂)'을 타자화시키는 과정에서 구축된다. 즉 애초에 '정악'이라는 개념이 명확한 의미를 가지며 존재했던 것은 아니다. 1911년 '조선정악전습소'가 설립되고, 이후 지금과 같이 '가치 있는 음악'이라는 의미망이 새롭게 구축된 것으로 보인다.[199] 1911년 이전까지만 해도 '정악'이라는 용어가 사용되지 않고 '음률'이라는 용어가 일반적으로 사용되었다는 사실이 이를 뒷받침해 준다. 더욱 정확하게 말하자면 '정악'은 이왕직아악부와 긴밀한 연관관계를 갖고 있다. 1913년 이왕직아악부가 만들어지고 그들이 담당했던 음악들이 정비되었다. 광복 후 이왕직아악부 소속의 인물들이 중심이 되어 '국립국악원'이 조직되면서 자신들이 해왔던 음악을 '아정한 음악', 즉 '정악'으로 규정해 버린 것이다.[200]

이러한 정악의 개념과 범주의 구축 과정은 잡가와 가사의 행보를 엇갈리게 한 원인이 되기도 했다. 가창가사와 십이잡가는 19세기까지

199) '조선정악전습소'에 속한 '여성분교실'에서는 잡가도 학습과목으로 들어가 있다. 이 또한 '정악'이라는 개념이 애초에 '아정한 음악'이라는 의미를 가지고 있었다면 불가능한 일이다. 결국 '정/속'의 의미망의 형성은 20세기 이후의 일임을 짐작할 수 있다.

200) 전지영, 「현행 정악의 개념과 그 형성배경에 대한 재조명」, 『음악과 문화』 10, 세계음악학회, 2004 참고.

만 해도 서울의 사대문밖에서 함께 연행되던 장르였다. 이들은 음악적으로도 매우 유사해 분명하게 구분하기가 힘든 측면도 존재한다. 그러나 이왕직아악부가 만들어진 후, 이들에 의해 가사는 학습되고 불린 반면 잡가는 학습은 이루어졌지만 본격적으로 공연의 연주음악으로 사용되지는 않았다. 이와 같은 이유로 이후에 정악의 개념이 형성된 후, 가사는 정악으로 간주되고 잡가는 민속악으로 간주되게 된다.[201]

이러한 사회・문화적 상황 속에서 등장한 명칭이 바로 '가요'와 '민요'이다. '가요'라는 명칭은 일단 가치중립적이면서도, 유행가를 중심으로 일반적으로 사용되고 있었기 때문에 쉽게 대체되었을 것이라고 짐작할 수 있다. '민요'라는 명칭 또한 당시 활발하게 진행되고 있었던 조선적인 것의 재발견과 의미부여 과정을 통해 일반적으로 사용되고 있었다. 이런 움직임 때문에 각 지역에 바탕을 둔 잡가는 '향토성'이라는 민요의 본질과 연결되면서 '민요'라는 명칭으로 쉽게 대체될 수 있었을 것이다.

이렇듯 잡가라는 명칭의 대체 현상이 라디오방송에서만 두드러졌던 것은 유성기음반에 비해 라디오방송이 학계나 지식인들의 의식을 쉽게 반영할 수 있었기 때문일 것이다. 라디오방송이 매일 신문지면을 통해 프로그램을 소개하고 그때마다 표제를 제시해야만 했던 상황과 신문을 통해 지식인들의 민요 담론이 활발하게 전개된 상황을 생각해 볼 때, 이러한 문화적 흐름과 무관하게 기존의 명칭을 고수할 수는 없었을 것이다.

201) 전지영, 같은 글, 96~97면.

3) 전시체제 구축에 따른 레퍼토리의 재편

유성기음반으로 왕성하게 소비되는 잡가 곡목의 경우 라디오로도 많이 방송되고, 라디오로 많이 방송되는 잡가는 청중의 인기를 얻어 음반의 판매로 이어지기도 한다. 이렇듯 유성기음반과 라디오방송은 서로 교호하며 영향을 주고받았다. 이런 까닭으로 라디오로 방송되는 횟수는 음반의 판매량과도 비례한다. 그러나 1930년대 후반 본격적인 전시 체제가 구축되고 라디오의 관영적 성격이 강화되면서 방송 레퍼토리 또한 변모하기 시작한다. 먼저 십이잡가의 연도별 방송 횟수를 제시하면 다음 도표와 같다.

년도	제비가	유산가	소춘향가	집장가	달거리	평양가	적벽가	선유가	박물가	십장가	형장가
1926	2	2	2	1		1	1	2			1
1927	7	8	2	4	1		6	1			
1928	3	3									
1929	4	4									
1930	10	30	7	5	1		7	1	1		
1931	14	30	18	7			2	8			
1932	14	14	17	1	2	3	5	12			
1933	45	50	27	19	21	28	15	18	4	1	
1934	36	48	35	26	24	21	22	5	6		2
1935	30	23	26	18	22	16	6	17	7		
1936	30	18	26	19	30	21	13	13	7	4	2
1937	38	16	25	25	18	25	9	5	3	4	3
1938	21	18	21	10	16	12	4	5	1	2	
1939	21	15	30	10	9	3	8	7	1	1	1
1940	18	21	21	8	18	1	5	1			

년도	제비가	유산가	소춘향가	집장가	달거리	평양가	적벽가	선유가	박물가	십장가	형장가
1941	19	18	13	9				1			
1942	1	1	2	2							
1943	7		10	7							
1944	2		1								
1945											
합계	322	319	283	171	162	131	103	96	30	12	9

〈표 19〉 십이잡가의 연도별 라디오방송 횟수

위의 도표는 십이잡가의 연도별 방송 횟수를 정리한 것으로, <제비가>가 322회로 가장 많이 방송되었음을 확인할 수 있다. <제비가>는 라디오방송뿐만 아니라 유성기음반으로도 가장 많이 취입된 십이잡가이다. 유성기음반과 라디오방송에서 공통적으로 가장 많이 취입되고 방송되었음을 볼 때, <제비가>가 이 시기에 가장 인기 있는 십이잡가 곡목이었음을 짐작할 수 있다. 이 시기 <제비가>의 흥행 요인은 이미 앞 장에서 서술했듯이, 제비가의 음악적 특징과 함께 <제비가>가 보여준 개인적인 정서가 대중들의 기호에 잘 맞았기 때문으로 보인다.

십이잡가의 방송 현황 중 눈에 띄는 또 다른 특징은 <적벽가>의 흥행 저조이다. <적벽가>의 흥행 저조는 유성기음반에서도 공통적으로 나타나는 현상이다. 하지만 이 글의 제3장에서 언급한 음반에서의 <적벽가> 흥행 저조는 20세기 초반 잡가집과의 비교를 통해 내린 결론이었다. 또한 <유산가>, <제비가>, <적벽가>의 세 노래가 비슷한 비중으로 흥행하다가, 음반화되면서 <적벽가>가 다른 두 노래에 비해 상대적으로 약화했다는 것이었다.

그러나 라디오방송에서 보이는 <적벽가>의 저조한 흥행은 유성기 음반과 비교해 볼 때, 그 정도가 더욱 심하다고 할 수 있다. <적벽가>는 <제비가>, <유산가>, <소춘향가>, <집장가>, <달거리>, <평양가>에 이어 십이잡가 중 라디오방송 횟수로는 7번째에 해당한다. 이렇듯 저조한 흥행실적과 아울러 주목해야 할 것은 1937년 이후의 <적벽가>의 방송 횟수이다. 물론 전반적으로 1930년대 후반 잡가의 방송 횟수가 줄어들긴 하지만, <적벽가>는 1936년까지는 어느 정도 방송이 이어지다가 1937년 이후 급속하게 감소한다. 이러한 방송 횟수상의 변화는 무엇 때문에 발생한 것일까?

> (전략) 조선인 출판의 일반경향에 있어서 볼 때 지나사변 직전에는 그 원고 등에 격하거나 依然하게 민족주의적인 것이 많아서, 고려의 명장 을지문덕, 이조의 명장 이순신 등의 閱歷武勳을 찬양하는 것이나, 혹은 조선 고유의 문화에 대해 그 광휘 있는 역사를 드러내놓고 상찬하는 소위 복고주의를 내포하고 있는 것, 또는 올림픽 대회에 있어서 손, 남 양 선수가 우승한 것을 기회로 모든 기회를 빌어서 모든 수단 방법에 의해 조선민족의 우수성을 논하려는 등의 경향도 있고, 또 족보, 문집 등에서는 崇明사상을 고취하여 혹은 壬辰의 役 또는 일한병합의 전후에 대해서 내선 관계의 史實을 저술하면서 悲憤慷慨의 자구를 늘어놓아 排日의 자세를 드러내는 등, 또 그 외에도 소설류에서는 그 많은 내용이 지나의 지리, 역사, 인정, 풍속을 주제로 하여 예찬, 동경하는 것들이 많았었기 때문에 무지한 대중에 대한 때에는 우리 제국을 비난하고 지나 숭배의 사상을 퍼트리는 것과 같은 것도 있어서 당국은 그 원고 검열에 있어서 가차 없이 적당한 조취를 취하여 지도에 노력을 다하였다.
>
> 이리하여 금차 사변 후에는 시국의 추이에 의해 당국의 선도에 의하

> 여 그 내용이 크게 바뀌어서 종래 보였던 것과 같은 사회주의, 공산주의 혹은 민족주의에 관한 불온한 것은 그 자취가 사라졌고, 대개는 비상시국을 인식하여 황국 신민의 본분을 다할 것을 강조하는 데 이르렀다.(밑줄－인용자)[202]

인용문은 1937년 중일전쟁 이후 출판물 검열에 대한 기준을 제시하고 있다. 중일전쟁 이후 중국문화의 영향을 받은 작품들에 대한 통제와 검열이 진행되고 있었음을 확인할 수 있다. 당국은 '숭명(崇明) 사상'이 고취되면 '배일(排日)의 자세'로 연결되어 일제에 대한 적대감을 표출할 수 있기 때문에 이를 철저히 경계하고자 하였다. 실제로 『삼국지』는 1940년 9월 18일 『경성일보』에 게재되었다가 삭제 처분되고, 내무성에서 발매금지 처분을 받았다.[203]

> (제재가 주로 조선이나 지나에서 취해진) 이 종류의 소설류의 독자는 대부분 농민이나 부녀자로서 농한기에 주로 농가에서 轉讀하는 가정의 오락거리로 제공되고 있다. 따라서 매년 이 절기에는 이 종류의 출판물은 평소는 물론 일반인들은 장날 등에 도시와 시골을 통해 그 판매가 상당량에 달하고 있는 상태였으나 금차 사변을 계기로 이와 같이 시대에 순응하지 않고 지나 숭배의 사상을 주입하는 것과 같은 것은 시국의 영향을 받아 점차 현저히 감소하고 있다.[204]

---

202) 『朝鮮出版警察概要』, 1937, 534면.(권명아, 「풍속 통제와 일상에 대한 국가 관리-풍속 통제와 검열의 관계를 중심으로」, 『민족문학사연구』 33, 민족문학사학회, 2007, 401면, 재인용.)

203) 물론 문제가 된 부분은 성과 관련된 내용이었지만, 중일전쟁 이후 중국의 영향을 일소하겠다는 내적 이념과 밀접한 연관관계를 가진다고 볼 수 있다.(권명아, 같은 글, 393면.)

204) 『朝鮮出版警察概要』, 1937, 534면.(권명아, 같은 글, 403면, 재인용.)

앞의 인용문을 살펴보면 소설을 중심으로 검열과 규제가 본격적으로 이루어지고 있었고, 그 결과 중국문화의 영향을 받은 소설이 가시적으로 쇠퇴했음을 알 수 있다. 문제는 <적벽가>가 『삼국지연의』를 원텍스트로 하고 있다는 것이다. 『삼국지연의』를 원텍스트로 하면서 영웅의 강한 면모를 남성적으로 전개하는 <적벽가>는 위에서 제시한 '지나 사상을 숭배'하는 검열 항목에 영향을 받을 수밖에 없다.

이러한 이유로 <적벽가>가 1937년 후반부터 갑자기 방송이 저조해지기 시작하다가 1941년 이후로는 아예 방송되지 않은 것으로 볼 수 있다. 물론 라디오로 방송되지 않았다고 해서 <적벽가> 자체의 인기가 쇠퇴했다고 볼 수는 없다. 단지 라디오가 지닌 관영성 때문에 <적벽가>의 방송이 줄어들었다고 보는 것이 타당할 것이다.

물론 <적벽가>의 라디오방송이 저조한 이유가 <적벽가>에 대한 대중들의 선호도가 줄었기 때문이라고 판단할 수도 있다. 하지만 이러한 주장은 음반 발매와 방송이 동시에 이루어지는 상황 하에서, 방송에서만 보이는 <적벽가>의 확연한 쇠퇴에 대해서는 설명해 줄 수가 없다. 전반적으로 <적벽가>가 대중들의 지지를 받지 못했다면, 음반과 라디오방송 두 매체에서 모두 쇠퇴하는 모습이 나타나야 할 것이다. 그러나 음반에서는 갑작스럽게 <적벽가>가 쇠퇴하는 현상을 찾아볼 수 없다. 그러므로 이는 라디오가 가진 매체적 특징 때문에 발생했다고 이해해야 하며, 그 매체적 특징은 바로 라디오가 가진 '관영성'이 될 것이다. 즉 라디오에 대한 일제의 통제와 검열이 방송 레퍼토리에 영향을 준 것이라고 할 수 있다.

라디오로 방송된 십이잡가에 이어 라디오로 방송된 지역별 소리와 통속민요의 특징은 무엇인지 살펴볼 필요가 있다. 아래 도표는 라디오로 방송된 잡가 중 상위 10개 곡목의 연도별 방송 횟수이다.

년도	방아타령	흥타령	수심가	영변가	육자배기	산염불	공명가	양산도	개고리타령	보렴
1926	7		9	2	2		3	2		
1927	3	4	14	4	4		3	6	2	
1928	1		8				4			
1929			11	3			5			
1930	6	1	70	31	3		20	3		1
1931	9		63	23	1		15	7	1	
1932	10		38	19	11	2	18	16	1	11
1933	73	23	80	61	36	20	29	46	22	22
1934	84	59	77	70	48	47	39	59	39	36
1935	52	41	35	51	38	46	30	32	33	38
1936	55	63	23	54	52	47	33	16	39	44
1937	46	69	6	49	47	30	16	12	49	23
1938	37	64	8	28	43	27	16	18	36	18
1939	41	64	24	21	37	27	14	35	29	21
1940	44	59		23	36	26	30	21	23	25
1941	14	29		5	21	18	17	8	10	14
1942		2			4	2	1	3		4
1943	2	3			5	7		8	2	3
1944		1			2			1		1
1945										
합계	484	482	466	444	390	299	293	293	286	261

〈표 20〉 라디오로 방송된 잡가 상위 10개 곡목 연도별 방송 횟수

위의 도표를 보면 <방아타령>이 484회로 가장 많이 방송되었고, <흥타령>, <수심가>, <영변가>, <육자배기> 등이 그 뒤를 잇고 있다. <수심가>는 유성기음반으로 가장 많이 취입되었던 노래이다.

물론 <수심가>가 방송 횟수로는 466회로 세 번째로 많이 방송되었지만, 이 글에서 주목하는 것은 1935년 이후 <수심가> 방송의 변화이다.

1933년에 이중방송이 실시되면서 조선어방송을 통해 음악이 안정적인 환경에서 방송되었기 때문에, 1933년과 1934년은 모든 노래의 방송 횟수가 가장 많은 해이다. <수심가> 또한 1933년에 80회, 1934년에 77회로 사실상 가장 많이 방송된 곡목으로 당시의 인기를 짐작케 한다. 그러나 1935년 이후의 방송 추세를 보면 <수심가>의 방송 횟수가 현저하게 감소하고 있음을 확인할 수 있다. 가령 1937년 <흥타령>이 69회나 방송되고, <산염불>이 30회나 방송될 때 <수심가>는 6회만 방송된다. 라디오방송에서만 두드러지게 나타나는 <수심가>의 쇠퇴 또한 라디오가 가지고 있는 매체적 속성과 당시의 사회·문화적 환경의 변화에서 그 원인을 찾을 수 있다.

먼저 라디오라는 매체가 가지고 있는 관영성이 <수심가>의 쇠퇴에 영향을 미쳤을 것으로 보인다. <수심가>는 유성기음반으로 발매된 잡가 중 최대의 빈도수를 차지한다. 유성기음반은 소비자가 돈을 내고 직접 선택적 구매를 한다는 점에서 적극적인 형태의 노래 향유 방식으로 볼 수 있고, 그 중 <수심가>가 가장 많이 발매되었다는 사실은 당시 <수심가>의 인기를 충분히 짐작케 하는 대목이다. 유성기음반에서의 <수심가>의 압도적 인기에 비해 라디오에서의 쇠퇴는 결국 이 두 매체가 가지고 있는 속성과 연관된다. 유성기음반은 철저하게 자본의 영역으로 편입되어 수용자들의 구매력에 의존하는 매체이다. 이에 반해 라디오방송은 공공영역에 속해 있으며 일정 부분 관영성을 담보로 한다. 관영성을 담보로 하는 라디오방송은 당시의 문화 정책과 방향를 같이할 수밖에 없다.

한반도를 무대로 1935년 이후 본격적인 전시 체제를 구축해가던 일본의 당시 라디오방송 프로그램 편성 방침은 '전신의식의 양양, 여론의 통일, 국민사기의 고무 격려, 필승신념의 견지' 등이었다.[205] 이러한 편성 방침에 따라 암울한 현실에 대한 낙관적 전망을 강조하는 노래들이 주로 방송될 수밖에 없었다. <수심가>는 인생무상이나 삶의 애환, 님에 대한 사랑과 그리움을 주로 노래했다. 구슬픈 가락과 그리움·이별의 정서는 <수심가>가 흥행할 수 있는 주된 요인이었다. 그러나 전시체제 하에서 구슬픈 가락과 그리움·이별의 정서는 전쟁 수행에 아무런 도움이 되지 못하는 감정일 뿐이다. 오히려 전쟁의식을 고취해야 할 대중들에게 슬픔과 애상은 부정적으로 작용하게 된다. 전시체제에서 가장 강조되었던 노래의 조건은 삶에 대한 낙관적 전망을 드러내는 것이었다. <수심가>가 가지고 있는 인생무상과 삶의 애환은 삶에 대한 낙관적 전망을 불가능하게 할 뿐이므로, <수심가>는 전시체제가 본격적으로 구축되어 가던 1935년 이후 일제의 편성 지침에 위배되는 대표적인 노래라고 할 수 있다.

1936년	1937년	1938년	1939년	1940년
곡목(횟수)	곡목(횟수)	곡목(횟수)	곡목(횟수)	곡목(횟수)
흥타령(63)	흥타령(69)	흥타령(64)	흥타령(64)	흥타령(59)
방아타령(55)	개고리타령(49) 영변가(49)	육자백이(43)	사발가(48)	방아타령(44)
영변가(54)		방아타령(37)	방아타령(41)	사발가(39)

205) 최현철·한진만, 『한국 라디오 프로그램에 대한 역사적 연구-편성 흐름을 중심으로』, 한울 아카데미, 2004, 48면.

1936년	1937년	1938년	1939년	1940년
곡목(횟수)	곡목(횟수)	곡목(횟수)	곡목(횟수)	곡목(횟수)
육자백이(52)	육자백이(47)	개고리타령(36)	육자백이(37)	육자백이(36)
산염불(47)	방아타령(46)	영변가(28)	양산도(35)	박연폭포(31)
보렴(44)	제비가(38)	산염불(27)	한강수타령(32)	공명가(30)
개고리타령(39)	도라지타령(34)	도라지타령(26) 청춘가(26)	소춘향가(30)	베틀가(29) 오돌독(29)
공명가(33)	뒤산타령(32)		개고리타령(29) 베틀가(29)	
노래가락(32)	산염불(30)	사발가(25)		산염불(26)
개성난봉가(30) 달거리(30) 제비가(30)			산염불(27)	보렴(25)

〈표 21〉 본격적인 전시체제 하의 잡가 방송 상위 곡목

위의 도표는 본격적인 전시체제가 구축되던 1936년부터 1940년 사이에 많이 방송된 잡가 곡목을 정리한 것이다. 가장 많이 방송된 <흥타령>의 경우, 1927년에 4회, 1930년에 1회, 1933년에 23회, 1934년에 59회, 1935년에 41회 등으로 방송 초기만 해도 인기 있는 레퍼토리가 아니었다. 그러다가 1934년과 1935년에는 5번째로 많이 방송되기 시작하다가 1936년 이후에는 압도적인 1위 곡목이 되었다.

> 쳔안삼거리 흥 능수나버들은 흥 제멋에짓처서 휘느러젓구나
> 에루화짓타 흥 경사가낫구나 흥
> 봄비쳔인에 흥 비오동불소요 흥 세우동풍에 연자래로다
> 에루화짓타 흥 경사가낫구나 흥
> 쓸々한세상에 흥 파도가만코 흥 양인에사이에 장해도만쿠나
> 에루화짓타 흥 경사가낫구나 흥
> 쏫치피고 흥 새가울어도 흥 한번간사람은 무소식이라
> 에루화짓타 흥 경사가낫구나 흥[206]

<홍타령>은 '에루화짓타 홍 경사가 낫구나 홍'이라는 후렴을 통해 전체적으로 흥겨운 분위기로 사설을 마무리한다. 분절된 개별 사설은 두 사람의 사랑 사이에 발생한 장애나 떠난 후 소식조차 없는 님에 대한 한탄이 드러나고 있지만, 이들 사설을 연결시키는 후렴이 흥겨움의 정서로 귀결되면서 결과적으로는 슬픔의 정서가 발현되지 못하고 있다. 물론 <홍타령>이라는 제목 하에 하나의 노래만 존재한 것이 아니라, 구조(舊調)와 남도 민요, 양악(洋樂)으로 불리는 세 형태의 노래가 존재한다.[207] 라디오방송은 실제 방송된 노랫말을 확인할 수 없어, 당시 방송된 <홍타령>이 어떤 노래였는지를 명확하게 단정 지을 수는 없다. 그러나 당시의 유성기음반과 라디오방송이 서로 긴밀하게 교호하고 있었음을 감안할 때, 유성기음반으로 취입된 <홍타령>을 통해 라디오로 방송된 <홍타령>의 형태를 짐작해볼 수는 있다.

결국 유성기음반에서 보여주었던 <홍타령>이 가진 흥겨움의 정서가 라디오방송에서도 발현되었고, <홍타령>이 가진 이러한 특징이 전시체제라는 당시의 상황과 결부되면서 당시 최대의 인기곡이었던 <수심가> 방송을 초월했던 것으로 파악된다. 1936년 이후 라디오로 많이 방송된 노래들은 <홍타령>과 마찬가지로 흥겨움을 주된 정서로 하고 있다. <홍타령>과 함께 전시체제 구축 이후 방송 횟수가 증가한 <방아타령> 또한 세마치장단으로 경쾌하면서도 음악적 변화가 많은 노래이다.[208] <방아타령>이 가진 경쾌한 음악성이나 <홍타령>이

206) <경기잡가 京興타령>, 『유성기음반가사집 3』, 401면.(콜럼비아 40602-A, 장학선. 조화악반주. 1935. 3. 20.)
207) 이창배, 앞의 책, 823면.

가진 흥겨움의 정서가 결국 '현실에 대한 낙관적 전망'이라는 일제의 라디오방송 편성 지침과 부합하면서 이들 노래의 방송 횟수가 늘어났을 것이다.

208) 이창배, 같은 책, 797면.

제5장
대중매체 활용에 따른 잡가 연행기반의 변모

1. 공공성 지향과 수용층의 확대

17·18세기 이래로 공고하게 자리 잡고 있던 상층과 하층문화의 양분체계는 시정을 중심으로 형성된 여항문화의 영향으로 흔들리게 된다. 이러한 문화적 흐름은 잡가 생성의 기반이 되었고, 19세기에 이르면 도시를 중심으로 도시문화가 성립되면서 잡가는 더욱 광범위하게 향유되었다. 이러한 변화의 조짐을 보여주는 단적인 예로 『교방가요』를 들 수 있다. 1872년에 편찬된 『교방가요』에는 <산타령>, <놀량>, <방아타령>, <화초타령>이 제시되어 있다.[209] 『교방가요』는 지방 교방(敎坊)의 기녀들이 연행했던 공연물들을 모은 문헌이다. '지방 걸사(乞士)나 사당(舍黨)이 부르는 것으로 노랫말이 음란하고 비루(鄙

209) 성무경 역주, 『교방가요』, 보고사, 2002, 53면.

陋)'하다고 평가하고 있긴 하지만[210] 이를 문헌에까지 수록하고 있는 것은 이미 당시에 이들 잡가가 기생들의 주요 공연 종목이었기 때문일 것이다.

19세기에 오면 기녀뿐만 아니라 고급예인이라 할 수 있는 가객이나 판소리광대까지도 잡가의 연행에 참여하였다. 판소리에 흔하게 삽입되는 <새타령>은 대표적인 잡가 곡목이었으므로,[211] 판소리 연행에서 잡가가 삽입가요로 연행되었다는 사실은 잡가 수용층이 광범위했음을 보여주는 하나의 증거가 될 것이다. 뿐만 아니라 서도창에 능했던 평양의 허득선이란 명창은 서울로 상경해 고종과 민비 앞에서 잡가를 부르고 벼슬을 하사받기도 하였다.[212] 이렇듯 19세기에 오면 잡가는 더 이상 하층문화의 표상이 아니었다. 기존에 잡가를 연행했던 주체들뿐만 아니라 기녀와 판소리 광대, 가객까지 폭넓게 잡가 연행에 참여하여 대중화의 기틀을 마련하였다.[213]

18세기에 비해 19세기에 들어오면 잡가의 수용층이 확대되긴 하였지만, 잡가는 여전히 노래 문화의 주변 장르에 머물렀다. 양반 사대부층이 기녀들의 잡가 공연을 관람하였다고 하지만, 잡가가 공연의 중심 레퍼토리는 아니었다. 또한 신분과 지위가 다른 사람들이 함께 공연을

210) 성무경, 같은 책, 53면.

211) <새타령>의 갈래에 대해서는 민요, 창가, 잡가 등으로 다양하게 논의되었지만, 잡가로 보는 것이 타당하다.(이노형, 「<새타령> 연구」, 『어문학』 72, 한국어문학회, 2001, 222~231면 참고.)

212) 이노형, 『한국 전통 대중가요의 연구』, 울산대학교 출판부, 1994, 37~38면.

213) 19세기 잡가의 연행과 대중화에 대해서는 이노형의 논의 참고.(이노형, 같은 책, 34~47면 참고.)

볼 수 있는 향유 환경이 마련된 것도 아니었다.

하지만 20세기 초에 이르면 신분과 지위에 따른 노래 향유의 차이 자체가 붕괴되기 시작한다. 이는 19세기의 향유 환경과는 근본적으로 차별화된 것이다. 근대식 극장의 등장은 문화 향유 방식이 획기적으로 전환되는 시발점이 되었다.

최초의 근대식 극장 '협률사(1902년)'의 등장과 함께 신분과 지위에 따른 문화 향유의 배제와 제약은 비로소 완전히 해소되었다. 즉 19세기에 신분에 따른 노래 향유의 차이가 어느 정도 해소되긴 하였지만, 여전히 예술은 문화적 소양을 갖춘 이들의 전유물이었으며, 신분에 따라 향유할 수 있는 노래 양식도 뚜렷하게 구분되었다.

그러나 근대식 극장의 등장과 함께 이러한 노래문화의 구도 자체가 변화하였다. 근대식 극장은 입장에 제약이 없이 누구에게나 열려 있는 '공공성(open)'을 기반으로 한다. 입장료만 지불하면 누구나 공연을 관람할 수 있었다. 물론 입장료에 따라 좌석의 등급이 나뉘기는 했지만, 중급의 쇠고기 한 근 정도를 살 수 있는 금액이면 공연을 관람할 수 있었다. 광대를 집으로 초청하여 소리 값으로 지불하는 금액의 1/10 정도 수준이면 최고 명창의 공연을 볼 수 있게 된 것이다. 그러므로 근대식 극장의 등장과 함께 '상층문화의 표상'이던 공연 관람은 중산층 정도면 쉽게 누릴 수 있는 '일상의 문화'가 되었다.

상업적 목적으로 운영된 근대식 극장은 관객을 끌어들이기 위해 다양한 볼거리와 들을거리를 제공했다.

<降仙樓> 즁부파죠교단셩샤에셔 흥힝ᄒᆞᄂᆞᆫ 강션루일힝은 직작일밤부터 서곡기싱 일판이가셔 흥힝ᄒᆞᄂᆞᆫᄃᆡ 기싱의 가무도 잘ᄒᆞᆯᄲᅮᆫ더러 기부들의 단톄된 것이 가상ᄒᆞ거니와 오날밤에 흥힝ᄒᆞᆯ 지됴ᄂᆞᆫ 좌와 갓ᄒᆞᆷ

모란 련홍의 남무, 부용 련심 향란 명옥의 금무, 롱선의 셩진무, 도화의 승무, 롱쥬 치경 경월 금홍 모란 계화 계션 부용 향란 롱쥬 명옥 련심 계션의 가인젼목단, 치경 통션 도화의 뎐긔츔, 옥엽 란쥬 벽도 치경의 안진쇼리[214]

당시 근대식 극장 공연은 '종합적 연행물'의 방식으로 구성되었다. 관객 대중은 한 번의 공연 관람으로 각종 춤과 판소리, 성악곡에 이르기까지 다양한 볼거리와 들을거리를 제공받을 수 있었다. 19세기까지만 해도 상층 관객의 전유물이었던 춤은 근대식 극장의 기본적인 공연 종목이었다. 각종 춤과 잡가가 나란히 공연되면서, 잡가의 수용층의 폭은 더욱 확대되었다. 또한 남성뿐만 아니라 공연 관람에서 소외되었던 여성들의 공연 관람도 빈번해지면서 관객 저변은 더욱 확대되었다.[215] 근대식 극장이 '일상의 문화'로 자리 잡으면서 극장 공연은 젊은 세대들의 유흥장으로도 기능했다.

律社誤人 近日에 協律社라ᄂᆞᆫ것이ᄉᆡᆼ긴 以後로 浩蕩ᄒᆞᆫ 春風麗日에 春情을 耽ᄒᆞᄂᆞᆫ 年少男女들이 風流社中으로 輻湊幷臻ᄒᆞ야 淫佚히 游樂을 日事ᄒᆞᆫ다ᄂᆞᆫᄃᆡ 蕩子冶女의 春興을 挑撥ᄒᆞᆷ은 例事어니와 至於各學校學員들도 隊隊逐逐ᄒᆞ야 每夕이면 協律社로 一公園地를 認做ᄒᆞᆷ으로 甚至夜學校學徒들의 數爻가 減少ᄒᆞᆫ다니 果然인지 未詳ᄒᆞ거니와 協律社關係로 野味

214) 『매일신보』 1912. 5. 15.
215) 男女間 雲屯霧集하야 屢千人에 至하얏다 하니 (「律社繁華」, 『대한매일신보』 1906. 3. 4.)

ᄒᆞᆫ 風氣가 一層增進ᄒᆞᆷ을 確知ᄒᆞ깃다더라[216)]

협률사 공연을 보기 위해 밤마다 모여드는 젊은 청년(연소남녀)들 때문에 야학교 학생 수가 감소할 정도라며 당시 신문기사에서는 우려를 표명하고 있다. 근대식 극장이 남녀를 막론하고 젊은 층의 새로운 유흥장으로 부각되었던 것이다.

이렇듯 19세기까지만 해도 상층을 중심으로 향유되던 춤이나 성악곡들은 잡가와 함께 극장의 주요 공연 종목으로 자리 잡았다. 게다가 양반사대부층만의 전유물에서 일반적인 남녀노소로 예술의 수용층이 확대되면서 대중적인 지지를 받는 종목 중심으로 공연이 재편되었다.

문화적 감식안을 갖춘 소수를 대상으로 예술이 향유되면, 향유의 폭은 좁지만 공연의 정교함이나 세련미는 강화될 수밖에 없다. 그러나 모두에게 열린 극장 공연에서는 정교함이나 세련미를 기대하기 어렵다. 공연 기획자들은 공연의 질을 심화시키는 방법을 고민하는 대신 대중이 선호하는 종목 중심으로 공연을 편성하기 시작했다. 당시 대중들은 기생들의 춤과 놀이 중심으로 공연이 이루어지기를 바란 듯하다. 기악(妓樂)을 확대편성한 후 하루 동안에 수천 환(數千圜)의 이익이 발생할 정도로,[217)] 대중들의 취향은 분명했다.

이렇듯 근대식 극장 공연을 통해 공연 수용층이 확대되고 대중들의 요구를 수용하는 과정에서, 엄숙하고 진지한 기존의 고급문화 대신 기생들의 춤과 놀이 중심으로 공연 종목이 편성되었다. 이러한 일련의

216) 「律社誤人」, 『황성신문』 1906. 4. 13.
217) 『황성신문』 1906. 6. 27.

과정을 거치면서 잡가는 공연의 중심 종목으로 부상했다. 19세기까지만 해도 시가 향유의 주변에 머물렀던 잡가가 근대식 극장의 등장과 함께 노래문화의 중심부로 이동한 것이다.

잡가가 대중들의 지지를 받으며 노래문화의 중심으로 부상하자, 극장 공연뿐만 아니라 다양한 곳에서 잡가가 연행되기도 했다.

> 경셩 박람회에셔 인민이 만히 구경ᄒᆞ기를 위ᄒᆞ여 연희쟝을 셜시ᄒᆞ고 기싱 열 명을 불너다가 잡가도 식히며 검무도 츄게ᄒᆞ고 기싱 ᄆᆡ명에 각각 일비ᄂᆞᆫ 오원식 준다더라[218]

박람회에서 관람객을 끌어들이기 위한 수단으로 공연을 준비했고 그 공연의 종목은 춤과 잡가였다. 이는 근대식 극장 공연뿐만 아니라 다양한 공간에서 잡가가 연행되었음을 보여주는 사례이기도 하다. 사람들의 이목을 집중시키기 위해 잡가가 사용된 것으로 보아, 당시 연행되던 성악곡 중 잡가가 가장 대중적인 지지를 받고 있었음을 알 수 있다.

1900년대에 잡가가 노래문화의 중심으로 자리 잡자, 출판계는 다투어 잡가집 출판에 매진하기 시작했다. 잡가집은 당시 공연에서 연행되던 모든 성악곡들을 엮은 것이다. 가곡과 시조, 가사 등 기존의 사대부층을 중심으로 향유되고 있던 장르들을 포함하면서도 오히려 '잡가집'이라고 명시한 것은 잡가의 지위 변화를 단적으로 보여주는 것이라고 할 수 있다.

---

218) 『대한매일신보』 1907. 9. 7.

잡가집의 출판을 통해 잡가의 수용층은 더욱 확대되었다. 19세기까지만 해도 잡가의 전승은 구술매체에 의존하고 있었다. 물론 가집이라는 인쇄매체가 전승에 관여하긴 했지만, 19세기까지만 해도 노래를 엮은 인쇄매체에서 잡가의 비중은 거의 없다고 해도 과언이 아니었다. 구술매체에 의존해 전승되다가 잡가집이라는 인쇄매체를 통해 향유·전승되기 시작하면서, 잡가를 향유할 수 있는 수용층의 폭은 더욱 확대되었다. 잡가집을 통해 극장 공연을 관람한 사람들뿐만 아니라 공연에서 소외될 수 있는 지방의 거주자들까지도 잡가 향유가 가능하게 되었다. 물론 당시 문맹률을 감안할 때[219] 잡가집의 구매자가 제한적인 것은 분명하다. 하지만 박춘재가 구술한 노래를 책으로 엮은 『증보신구시행잡가』의 경우 7판까지 발행될 정도로 잡가집은 인기 있는 서적이었다.

지금까지는 잡가가 구술매체에 의존해 전승되었기 때문에, 텍스트의 전범(典範)이 불명확했다. 잡가집은 표준 텍스트를 마련했다는 데서도 그 의미를 찾을 수 있겠다. 구술매체에 의존할 경우 정확한 어휘를 전달하지 못하거나, 한자어의 경우 오용의 위험이 있다. 많은 수의 잡가집이 한자어의 경우 한글과 한자를 병기하고 있어, 잡가집을 통해 정확한 텍스트를 제시하고자 했음을 짐작할 수 있다.

지금까지 잡가가 근대식 극장을 통해 노래문화의 중심으로 자리 잡

219) 당시의 정확한 문맹률을 확인할 수는 없지만 1944년을 기준으로 보았을 때 여자의 93%, 남자의 66%가 불취학(不就學)으로 문맹에 해당한다.(통계청, 『통계로 다시 보는 광복 이전의 경제·사회상』, 1995, 28면.) 물론 1944년을 기준으로 조사된 내용이기에 1910년대의 상황과는 맞지 않을 것이다. 하지만 1940년대의 상황을 통해 1910년대의 문맹률 또한 높았음을 짐작해 볼 수 있다.

으며 수용층이 확대된 이후, 잡가집을 통해 향유자의 저변이 더욱 확대되었음을 살펴보았다. 향유층이 확대된 이후, 잡가는 유성기음반과 라디오방송이라는 매체와 만나면서 더욱 대중성을 확보하게 된다.

2. 대중화와 노래문화의 중심

근대식 극장이 성행하고 잡가집이 본격적으로 출판되면서 잡가의 향유층은 이전 시기에 비해 크게 확대되었다. 근대식 극장 공연의 성행과 잡가집의 출판이 이루어지는 1900년대와 1910년대는 잡가의 대중화가 시작되는 시기라고 할 수 있다. 물론 앞 절에서 서술한 19세기의 잡가 향유 환경이 잡가 대중화의 토대를 마련한 것은 분명하다. 하지만 본격적인 의미의 대중화가 시작되는 시기는 1900년대부터라고 할 수 있다. 1900년대와 1910년대를 거치면서 잡가가 대중화되기 시작했다면, 1920년대와 1930년대 초반까지는 잡가의 대중성이 본격적으로 확대되는 시기이다. 이 시기 잡가는 노래문화의 중심이었으며, 외래에서 이입된 신가요와의 경쟁에서도 잡가가 주도권을 장악했다.

잡가의 인기는 당시 잡가집 판매를 통해 확인할 수 있다.

> 조선에서 제일 만히 팔니는 冊이 무엇이냐 하면 亦是 玉篇과 春香傳이라. 서울에 都賣商들로 組織된 都賣商組合이 잇는데 이 方面의 調査에 依하면 玉篇이 一年間 二萬卷, 春香傳 一年間 七萬卷, 沈淸傳 一年間 六萬卷, 洪吉童傳 一年間 四萬五千卷, 雜歌冊 一年間 一萬卷 等等이라 한다.(밑줄－인용자)[220]

잡가집은 1930년대 중반이 되면 유명 소설의 뒤를 이어 높은 판매고를 기록하는 베스트셀러 목록이 될 만큼 인기 있는 서적이었다. 잡가집은 노래를 엮어 놓은 책이기에, 소설과 달리 다른 잡가집과 개별 노래 곡목이 중복되는 경우가 많다. 이런 이유로 소설책을 작품별로 구비하는 것과는 달리, 잡가집은 가정별로 한 권 정도를 구비했을 것으로 추정할 수 있다. 사전류에 해당하는 옥편 또한 가정마다 한 권 정도를 구비하고 있었을 것이다. 일반적으로 옥편은 다른 인쇄물을 읽을 때 참고하거나 교육의 목적으로 사용된다. 오락이나 개인의 기호 때문이 아니라 가정에 필수적으로 구비해야 할 옥편이 연간 2만권 정도 판매되었음을 볼 때, 잡가집이 그 절반에 해당하는 판매량을 보였다는 것은 잡가집이 많은 가정에 구비되어 있었음을 보여주는 반증이기도 하다.

이처럼 잡가는 당시 연행되던 노래 양식 중 가장 대중성을 획득한 장르였다. 잡가의 대중성은 유성기음반과 라디오방송을 통해 더욱 확대되었다. 앞서 제3장에서 논의하였듯이 1930년대 초반은 유성기가 우리나라에 본격적으로 보급된 시기이다. 라디오방송 또한 1933년 조선어방송의 시작과 함께 음악 향유의 매체로서 본격적으로 활용되고 있었다. 1910년대까지 잡가의 향유와 전승이 공연 관람을 통해서만 가능했다면, 1920년대와 30년대에는 음반이나 방송 매체로까지 향유의 폭이 확대되어 더욱 쉽게 잡가에 접근할 수 있었다. 즉 잡가의 향

220) 「玉篇과 春香傳 第一」, 『삼천리』 1935. 6.(고은지, 「20세기 초 시가의 새로운 소통 매체 출현과 그 의미－신문, 잡가집, 그리고 유성기음반을 중심으로」, 『어문논집』 55, 민족어문학회, 2007, 105면 재인용.)

유층은 잡가집과 유성기음반, 라디오방송이라는 세 매체를 취사선택해 잡가를 향유할 수 있었다.

잡가집과 유성기음반, 라디오방송의 세 매체는 잡가를 향유하는 데 있어 각각 장·단점을 가지고 있다. 먼저 잡가집은 유명 가창자의 소리를 가감 없이 그대로 수록한 경우가 많았다. 뿐만 아니라 다양한 사설을 폭넓게 수록하고 있어, 당시 전승되고 있던 대부분의 사설을 향유할 수 있었다. 유성기음반에 수록된 잡가는 시간상의 제약 때문에 사설이 축소되거나 삭제되는 경우가 대부분이었으므로, 기존에 연행되던 사설 그대로의 모습을 재현할 수 없다. 유성기음반이 가진 이러한 한계를 잡가집은 어느 정도 보완할 수 있었을 것이다. 하지만 잡가집은 음성이 제거된 인쇄매체이다. 악곡이 제거된 상태에서 노래의 사설만을 수록하고 있으므로 실제 연행 모습을 재현하는 것은 애초에 불가능하다. 오히려 잡가집은 연행을 위한 보조 자료나 독서물로 기능했을 가능성이 크다.

유성기음반은 향유자의 음성과 가창 방식을 그대로 재현하는 매체이다. 시간을 할애해 직접 공연장에 찾아갈 필요도 없으며, 자신이 원하는 가창자를 선택할 수도 있어 시간과 공간상의 제약에서도 벗어날 수 있다. 원하기만 하면 횟수에 상관없이 반복적으로 재생할 수도 있다. 또한 소비자의 능동적 구매에 의해 향유되기 때문에 수용자가 원하는 노래만을 취사선택하여 즐길 수 있다.

하지만 당시의 유성기음반은 앞·뒷면을 합해 6분이라는 시간상의 제약을 받고 있었다. 1920년대에 외국에서 이입된 신가요는 이러한 매체적 환경에 맞게 애초에 3분에 맞추어 노래가 창작되었다. 신가요가 3분이라는 시간에 맞추어 노래의 도입과 절정, 마무리가 갖추어지면서 노래의 완결성을 획득한 데 반해, 잡가는 시간에 맞추어 노래를 축소하거나 삭제해야만 했다. 이런 이유로 유성기음반은 잡가가 가진 노래 자체의 질감을 완전하게 재생하기에는 일정부분 한계를 가질 수 밖에 없었다.

라디오방송은 보통 30분을 하나의 단위로 묶어 노래 방송을 편성했다. 유성기음반은 한 곡이나 두 곡을 수록함으로써 연행 현장을 재현하는데 일정 부분 한계를 노정하고 있었다. 이와 달리 라디오방송은 30분이라는 시간을 활용해 실제 공연의 형태를 재현했다. '서도소리의 밤', '남도소리의 밤' 등 그날의 방송 주제를 정하고 이에 맞게 노래를 선곡하였다. 뿐만 아니라 연행 현장에서 가창되는 순서대로 곡목을 배치해 실제 공연을 그대로 재현하고자 노력했다. 굳이 공연장을 찾아가지 않더라도 청취자들은 방송을 통해 공연의 질감을 느낄 수 있었을 것이다.

하지만 라디오방송 또한 매체적 한계를 노정하고 있다. 라디오방송은 기획자의 의도와 선택에 따라 방송 종목이 정해지기 때문에, 청취자가 원하는 노래를 선택해 듣는 것이 불가능하다. 실제로 라디오방송에서의 곡목 선정에 대해 청취자들이 불만을 가지고 있었고, 이들의 불만이 신문에 게재되기도 하였다. 또한 방송은 일회성이기에 반복적인 청취가 불가능하다. 그리고 라디오방송은 관영성을 띠기 때문에 방송 내용이 국가 정책의 영향을 받을 수밖에 없다는 점 또한 한계라고 할 수 있다.

이렇듯 잡가집과 유성기음반, 라디오방송은 각각 잡가를 향유하는

데 있어 수월성과 한계를 가지고 있다. 1920~30년대에는 이들 매체가 공존하면서 서로의 한계를 보완하여 잡가의 대중성 확대에 크게 기여하였다. 실제로 유성기음반과 라디오방송이 서로 긴밀하게 영향을 주고받았음은 아래의 인용문에서 잘 드러난다.

> 라디오가 생긴 이후로 축음긔가 한 풀 썩기엇스리라고 생각하는 사람이 업지 안흔 모양이나 실상은 라디오편이 성왕해가면 갈스록 축음긔가 긔세를 엇게됩니다 —시적이고 또 자긔의 원하지 안는 것싸지 듯게 되는 라디오를 듯고나면 자연히 자긔의 취미대로 택해서 듯고시픈대로 멧 번이라도 들을 수 잇는 레코드를 생각하게 되는 싸닭인가 합니다.[221]

소비자들은 라디오를 청취하다가 다시 듣고 싶은 노래를 발견하면 음반을 구매했다. 자신이 구입하지 못한 음반이나 소장하지 못한 가수의 노래는 라디오를 통해 들을 수 있었다. 또한 부족한 사설이나 새로운 내용의 사설은 잡가집을 통해 보완할 수 있었다. 이렇듯 1920년대부터 근대식 매체가 대중화되기 시작하여 1930년대에 이르면 정점에 이르렀다. 잡가는 이들 매체를 통해 본격적으로 향유되면서 전통 시가 중 가장 흥행성을 획득한 장르가 되었고 노래문화의 중심으로 자리잡았다.

그러나 잡가와 동등한 경쟁을 펼치던 신가요가 1930년대에 더욱 성장하기 시작하면서 노래판의 헤게모니는 점차 신가요로 이동하기 시

221) 『동아일보』 1932. 7. 2.

작하였다. 다음 절에서는 잡가가 쇠퇴하는 과정과 그 요인을 살피도록 하겠다.

3. 신가요의 성행과 잡가의 쇠퇴

1920년대와 1930년대 초반까지 잡가는 노래문화의 중심에 있으며, 외래에서 이입된 신가요와 대등한 경쟁관계를 형성했다. 그러나 외래에서 이입된 신가요는 애초에 향유 매체인 음반의 메커니즘에 맞게 기획된 양식이었다. 즉 신가요는 3분이라는 음반의 제한 시간 동안 '도입－절정－마무리'의 구조를 갖춘 완결된 형식으로 기획되었다. 시간상의 제약이 없는 전통적인 연행 공간에서 향유되던 잡가는 변화된 매체 환경에 적응하기에 어려움이 따랐다. 잡가는 음반의 메커니즘에 맞추어 기존의 노래를 축약하거나 분리해야만 했다.

1920년대 중반 신가요 음반이 처음으로 취입된 이후[222] 1930년대 초반까지만 해도 잡가는 신가요와 대등한 경쟁관계를 형성하고 있었다. 하지만 1930년대 중반부터 차츰 노래문화의 헤게모니가 신가요로 이동하기 시작했다. 이러한 현상이 발생한 것은 신가요가 지닌 음악적 특징이 대중들의 취향에 부합했기 때문일 것이다. 하지만 잡가가 신가요와의 경쟁에서 급속하게 쇠퇴한 데에는 잡가가 가진 장르적 속성 또한 영향을 주었을 것이다. 이에 대해 잡가와 신가요의 노랫말에서

222) 윤심덕의 <사의 찬미>가 음반으로 발매된 1926년부터를 신가요의 시작으로 간주한다.

드러나는 정서를 비교해봄으로써 두 장르의 속성을 파악해 볼 필요가 있다.

잡가의 주제는 일반적으로 '사랑, 인생무상, 취락'으로 정리할 수 있다.[223] 이 세 가지 외에 '현실 생활'과 '웃음' 또한 잡가의 주제에 해당한다.[224] 잡가집이 활발하게 출판되던 1910년대까지만 해도 잡가의 주제는 이렇듯 다채롭게 표출되었다. 하지만 유성기음반이 본격적으로 유통되기 시작하고, 유성기음반을 통한 잡가의 향유가 일상화되면서 다양한 주제의 폭은 축소되기 시작했다.

잡가는 음반화되는 과정에서 일관되게 개인적 정서를 강화하는 방향으로 제작되었다. 잡가의 개인적 정서는 주로 사랑과 이별, 님에 대한 그리움 등으로 정리할 수 있다. 음반이 가진 시간적 제약에 따라 잡가를 축약하는 과정에서, 잡가가 가지고 있었던 기존의 다양한 주제와 정서가 사랑과 이별, 그리움 등 연정만을 지나치게 강조하는 방향으로 바뀐 것이다.

1920년대 이후 잡가에서 두드러지게 나타나는 사랑과 이별, 그리움의 정서는 신가요가 지닌 정서와 차별성을 갖지 못한다.

> 거리거리마다 「라우드 스피-커」를 通하야 요란한 流行歌가 들려나온다. 길 가든 사람들은 발을 멈추고 이 놉고 여즌 멜로듸에 陶醉하고 잇다. 더구나 博覽會 景氣에 들뜬 싀골 양반들은 이 異常한 「라우드 스피-커」를 通해 나오는 소리에 정신을 일흔 듯 樂器占 압헤는 인파를 일우

223) 정재호, 「잡가고」, 『한국속가전집』 6, 다운샘, 2002, 138면.
224) 이노형, 앞의 책, 132면.

고 잇다.

이와 가티 大衆性을 띈 大衆의 발길을 멈추게 하는 流行歌는 大衆教化的 立場에서 좀더 問題를 심어야 할 것이라고 본다.

吾人은 朝鮮盤 流行歌에 잇서서 그 卑俗性을 첫재로 罵倒한다. 그 卑俗性이란 淫亂한 歌詞와 千篇一律적인 멜로듸에 잇는 것이다. 勿論 그 歌詞의 全部가 다 그런 것은 안이라 하래도 所謂 大衆의 末梢神經을 刺戟하는 따위의 歌詞가 그 大部分을 占領하는 것이다. 그리고 그 曲에 잇서서도 폭은히 그 曲이 가지는 말고 부드러운 情緒 속에 陶醉케 하는 것이 안이오 쓸데업는 性的 興奮 혹은 騷亂한 狂瀾에 神經을 披露케만 하는 것이다. 좀더 歌詞에 잇서서 좀더 曲에 잇서서 高尙한 情緒的 感興 속에 大衆을 純化식힐 수는 업슬가?[225]

인용문은 신가요의 개량을 요구하는 신문기사이다. 주목할 것은 신가요가 지탄의 대상이 된 이유이다. 신가요는 비속한 내용과 천편일률적인 멜로디 때문에 비판을 받고 있다. 음란하고 비속한 가사는 결국 '남녀간의 사랑이나 이별' 등을 일컫는 것이다.

결국 1920년대 이후 개작되고 축약된 잡가가 신가요와 동일한 정서를 드러내면서 두 장르는 주제와 정서의 측면에서는 변별점을 지니지 못하게 되었다. 잡가는 본질적으로 다양한 목소리와 주제를 드러내는 사설을 하나의 후렴으로 묶어 만들어내는 장르이다. 하지만 유성기음반이라는 매체적 환경에 적응하기 위해 음반 기획자들은 잡가가 지닌 장르적 속성 자체를 무너뜨리고, 단일한 정서와 목소리로 '남녀간의 사랑과 이별'을 주로 표현하게 된 것이다.

---

225) 「유행가와 민요」, 『조선일보』 1935. 4. 27.

그러나 개작된 잡가가 드러내는 주제와 정서가 신가요의 그것과 변별되지 못하면서 잡가의 내용적 독자성은 찾아볼 수 없게 되었다. 대중들은 더 이상 잡가를 향유할 이유가 없어져 버렸다. 오히려 대중들은 3분이라는 시간 안에 '도입－절정－마무리'의 형식적·내용적 유기성을 갖춘 신가요를 더욱 선호하게 되었다.

결국 잡가는 1930년대 중반 이후 꾸준히 쇠퇴의 길을 걷게 되고, 신가요와의 경쟁에서도 주도권을 빼앗기게 된다. 잡가와 신가요가 가진 내용적 유사성과 함께 신가요가 가진 음악적 특징 또한 신가요의 인기를 견인하는 하나의 요인으로 작용했을 것이다. 신가요는 '천편일률적인 멜로디'를 갖고 있긴 하지만, 익숙한 멜로디가 속도감 있게 전개된다. 이러한 음악적 특징을 수용하고 향유한 대중이 증가하면서, 상대적으로 느린 악곡의 잡가는 쇠퇴하게 되었다. 특히 가창가사와의 경계가 모호할 정도로 유장한 가창 방식을 지녔던 십이잡가는 이미 음반화되는 과정에서 쇠퇴할 정도로 대중들의 음악 선호는 빠른 음악 중심으로 변화하고 있었다. 이렇게 대중의 기호와 취향이 다채롭고 속도감 있는 음악적 전개를 선호하는 방향으로 바뀌자, 잡가는 점차 노래문화의 중심에서 밀려나게 되었다.

제6장

대중매체 활용에 따른 잡가 사설의 변모

1. 비유기적 사설의 정제

20세기에 들어와 근대식 극장의 등장으로 잡가 향유층의 저변이 확대되고, 잡가는 공연의 중심 장르로 부상했다. 이후 잡가집과 유성기 음반, 라디오방송 등 다양한 매체를 통해 잡가가 향유·전승되면서 잡가는 노래문화의 중심 장르로서, 외래에서 이입된 신가요와도 대등한 경쟁구도를 형성했다. 그러나 1930년대 중반 이후 노래문화의 헤게모니가 잡가에서 신가요로 넘어가면서 잡가는 신가요의 인기에 밀려 쇠퇴하게 된다. 지금까지 논의한 내용이 잡가 연행 기반의 변모라면, 이러한 변모 과정을 겪으며 사설은 어떠한 방식으로 변모했는지 그 특징을 살펴볼 필요가 있다.

잡가는 선(先)텍스트의 일정 부분을 차용해 와 사설을 생성함으로써 향유자에게 익숙한 정서를 지속적으로 환기시킨다. 다양한 장르의 여러 작품에서 사설을 차용하기 때문에 잡가는 본질적으로 한 작품 내에 다양한 목소리와 정서가 혼재되어 나타난다.

구연 현장을 그대로 활자화한 잡가집에서는 다양한 목소리가 혼재되어 있는 잡가의 본질적 특성을 쉽게 찾아볼 수 있다.

> 一. 너는누구며홍 나는누구냐홍 상산짱에도죠자룡이라
> 엘화잣타홍 경ᄉᆞ가낫네홍
> 二. 월ᄇᆡᆨ설ᄇᆡᆨ에홍 텬지ᄇᆡᆨᄒᆞ니홍 산심야심에ᄀᆡᆨ슈심이라
> 엘화좃타홍 셩화가낫네홍
> 三. 쳔안삼거리홍 릉슈ᄂᆞ버들은홍 제멋에짓쳐셔넘느러졋다네
> 엘화좃타홍 경ᄉᆞ가낫구나홍
> 四. 은하작교가홍 콱문허졋스니홍 건너갈길이란감이로다
> 엘허젓타홍 셩화가낫네홍
> 五. 달이밝구요홍 명랑ᄒᆞᆫ데홍 님의ᄉᆡᆼ각이절노나누나
> 엘화짓타홍 경ᄉᆞ가낫네홍[226]

위의 인용문은 잡가집에 수록된 <홍타령>의 사설이다. '엘화잣타홍 경ᄉᆞ가낫네홍'이라는 후렴이 존재하지 않는다면 사설만으로는 동일한 노래로 볼 수 없을 정도로 이질적인 주제와 정서가 혼재되어 있다. 각각의 사설은 일정한 내용상의 흐름도 없을 뿐만 아니라, 수심과 흥겨움이라는 배타적인 정서까지도 혼재되어 나타난다.[227]

---

226) 수록 잡가집－『조선잡가집』, 『조선속가』

227) 잡가집에 수록된 다른 <홍타령>도 이질적인 정서의 혼재는 나타나지만, 이 글에서 제시한 사례만큼 비유기적으로 연결되어 있지는 않다. 일반적으로 <홍타령>에는

잡가는 노래를 연행하는 과정에서 선텍스트의 일부분을 차용하여 비유기적으로 확장해 나가는 구비담론의 토대에서 생성되었다. 즉 사설이 일정한 줄거리나 완결성을 갖춘 것이 아니라, 개방적 구조를 유지하며 어느 사설이나 차용할 수 있는 것이다. 잡가집은 당시 연행되던 잡가의 모습을 그대로 옮겨 놓았기 때문에, 잡가가 지닌 이러한 특징이 뚜렷하게 드러난다.[228]

다음으로 음반화된 이후에는 <홍타령>이 어떠한 특징을 보이는지 살펴보자.

> ① 아이고데고홍 성화가낫네
> 일편단심은 송죽과갓는데 아무리 화류겐들 구든언약변할리잇나
> 아이고데고홍 성화가낫네
> 차라리 머러안보는게올켓지 지척에두고는 사람으로난못할일이네
> 아이고데고홍 성화가낫네
> 중천에저달이 무슨심사잇느냐 님을그리워시드른 나의수심을드〃와 자어내니얄미운달이라
> 아이고데고홍 성화가낫네[229]

> ② 서름상사 깁히든병 골속에사모처 곳칠길이바이업스니 희미한희망 좃차 텅문허젓구나 아이고데고 홍 성화가낫네에-

'인생무상'과 '님에 대한 그리움'의 정서가 혼재되어 있다.

228) 잡가집은 기록매체임이 분명하다. 그러나 연행되는 잡가의 사설을 그대로 수록하고 있다는 점에서 유성기음반이나 라디오매체에 비해 구술문화권에서 향유되던 잡가의 모습을 가장 잘 보여주는 매체이기도 하다. 즉 기록매체인 잡가가 음반이나 라디오에 비해 오히려 더 구술매체적인 특징을 갖고 있다고 할 수 있다.

229) <남도잡가 홍타령>, 『유성기음반가사집 4』, 803면.(콜럼비아 40754-B, 함동정월. 장고 정금도.)

쇠꼿갓치 꼿々한마음은 풍로라도 변치말고 송죽갓치 구든마음 화루장난다고변치를마러라 아이고데고 홍 성화가낫네에-

원수년의새들아 우짓지마러라 상사일념에 잠못이루워 내못살겟네 아이고데고 홍 성화가낫네에

물속에잠긴달 잡을듯하고못잡고 맘속에마음든말 알듯하고도모르겟네 아이고데고 홍 성화가낫네에-230)

인용문 ①, ②는 유성기음반으로 취입된 <홍타령>의 사설이다. 후렴을 기준으로 사설이 병렬적으로 연결되어 있는 구조는 잡가집과 동일하다. 주목할 것은 전체 사설의 주제 및 정서의 흐름이다. ①과 ②는 모두 '이별의 아쉬움과 님에 대한 그리움'의 정서를 드러내고 있다. 같은 곡목의 사설일지라도 잡가집의 경우에는 이질적인 정서가 혼재되어 나타난 반면, 유성기음반은 단일한 정서로 귀결되는 개별 사설들을 나열하여 일관된 정서를 유지하며 사설을 엮고 있다. 물론 음반화된 <홍타령> 중에서도 이질적인 정서가 혼재되어 있는 경우가 있지만,231) 전체에서 차지하는 비중은 미미하다.

이렇듯 잡가집에서 유성기음반으로의 매체적 변용과정을 겪으며, 이질적인 정서가 혼재되어 비유기적인 구조를 갖고 있던 잡가가 단일한 정서를 지속적으로 환기하는 유기적인 구조의 사설 구성 방식으로 변모한다. 이는 후렴을 중심으로 분절되어 있는 대부분의 잡가 사설에서 공통적으로 보이는 현상이다.

---

230) <남도잡가 홍타령>, 『유성기음반가사집 6』, 908면.(리갈 C427-B, 조농옥. 고 한성준.)

231) <京興打鈴>, 『유성기음반가사집 6』, 837면.(리갈 C389-A, 고일심.)

① (전략) ◎ 창외삼경세우시에 양인심사양인지라 신정이미흡허야 날이장차발가오니 다시금나삼을부여잡고 후기약을

◎ 세월이여루하여 도라간봄다시온다 텬증세월인정수요 츈만건곤에복만가라 엇지타 세속인심이 날노달나

◎ 어제밤부든바람 만졍도화다지겻다 아희는비를들고 스르려하는구나 졍이야곳치아니랴 쓰러무삼

◎ 어려셔글못뵌죄로 술령수에몸이되여 빅나정너른쓰레 녕기을믿고누워스니 밤즁긴딕답소릭 가슴이떨렁

◎ 용삼삼기공뎡지하에 늙는돌이잇답찌다 아희야 거진말말라 늙는돌이어딕잇스리 녯노인이하시는말삼이 노들이라하옵디다

◎ 달도밝소 별두밝소 월명사창에져달이발가 갑업는명월이요 님자업는닉몸이라 아마도 져달이발긴 세상쳔하

◎ 당싱수거진말이 불사약을거니보소 진왕초한무릉도 모연추초뿐이로다 인싱일장츈몽이니 아니놀냐

◎ 항상낙일 울고가는져길억가 영문학과 음십는한딕 북방소식을 뉘젼하리 별간지닉글한장 님게신곳[232]

인용문은 잡가집에 수록된 <노랫가락>의 사설로, 시조를 선텍스트로 해서 사설을 구성하고 있다. 흐르는 세월에 대한 한탄과 자신의 신세에 대한 한탄, 떠나간 님에 대한 그리움 등 이질적인 정서를 드러내는 사설이 일정한 흐름 없이 병렬적으로 연결되어 있다.

② 눈물이 진주라하면 흐르지안케 짜두엇다가 / 십년후 오신님을 구슬방석에 안치렷만 / 흔적이 이내업스니 어이하면 조흘소냐

---

232) 수록 잡가집 – 『가곡보감』.

보거든 설면커나 안보거들낭 니치거나 / 네가 나질마랏거나 네가 나를몰낫거나 / 찰아리 내먼저죽을게 내날평생을 그리어봐라

동자야 창열지마라 십오야밝은달 내보기실타 / 저달도 내심정알면 저리밝기 만무렷만 / 아서라 님보신달이니 나도보세[233)]

②는 음반화되면서 작사자에 의해 새롭게 창작된 <노랫가락>의 사설이다. ②는 이질적인 정서가 혼재하는 것이 아니라 '님에 대한 그리움'이라는 단일 정서를 지속적으로 환기하고 있다. 게다가 사설이 '님이 없는 상황 → 님에 대한 원망 → 원망에서 그리움으로의 전환'으로 일정한 방향성을 갖고 전개되고 있다.

잡가는 개방적 구조를 갖추고 선텍스트의 일부분을 차용해 사설을 구성하는 구비담론을 생성기반으로 한다. 이 과정에서 사설은 완결된 구조를 갖지 못하고, 개별 사설은 비유기적으로 구성되었다. 이러한 잡가의 특징은 1910년대 출판된 잡가집에 고스란히 반영되어 있다. 그러나 잡가가 음반화되면서 이러한 특징은 제거되기 시작한다. 음반은 본질적으로 시간의 제약을 받을 수밖에 없고, 개별 노래의 전창을 수록하는 것은 애초에 불가능하다. 이러한 음반의 메커니즘 때문에 잡가 사설의 축약과 재편은 불가피하다. 그러나 사설을 축약하고 재편하는 과정에서 오히려 잡가의 본질적인 특성인 비유기적 사설 구조는 정비되었다. 이질적인 정서가 혼재되어 있는 개별 작품을 단일 정서를

233) <잡가 노래가락> 『유성기음반가사집 3』, 751면.(콜럼비아 40730-A, 장경순. 김운작사. 바이올린 전기현. 대금 김계선. 단소 최수성. 장고 박명화.)

지속적으로 환기시키는 방향으로 수정하고, 단일한 목소리로 사설을 전개시킴으로써 잡가가 가지고 있던 비유기성은 어느 정도 해소될 수 있었다. 즉 잡가의 형식이 유기성을 갖추며 정제된 것이다.

2. 통속성의 강화

19세기에 편찬된 고악보 『아양금보(峨洋琴譜)』(1880)에는 잡가 <오독기>가 수록되어 있다. 19세기 후반에 제작된 고악보에 수록되어 있는 것으로 보아, <오독기>가 당시 시정의 풍류방에서 널리 불리고 있었음을 짐작할 수 있다. <오독기>를 통해 19세기 잡가의 사설이 20세기 전반기 매체적 변용 과정을 겪으면 어떠한 변모를 보이는지 짐작해 볼 수 있다.

㉠ 오독도기 츄야월쾌 달은발고 명낭한듸
져긔오는 져각씨내 뉘게살랑 밧치랴고
요마치 죠만치 행똥행똥 거러온다
㉡ 항우타든 요추마며 관공타시든 젹토마며 현덕타든 젹요마며
유얼너마 사족밧기 새록새록 너머온다
㉢ 입업는 보리쇼남게 셜이화라 우는 져김슐시아
네 아모리 셜니화라운들 낸들어이 하자느니[234]

234) 국립국악원, 『한국음악학자료총서』 16, 『峨洋琴譜』.(권오경, 『고악보 소재 시가문학 연구』, 민속원, 2003, 113면.)

<오독기>는 <오돌또기>, <오독독> 등의 명칭으로 불린다. <오독기>는 신재효본 <흥부가>, <가루지기타령>에도 삽입되어 전하고, 경기・강원도・제주도 등의 지역에서는 농요나 유희요로 전승되고 있다.[235] 고악보에서의 <오독기>는 후렴 없이 사설만 나열하여 주제를 표출하고 있다. 일반적으로 십이잡가를 제외한 대부분의 잡가는 분절 형식을 취해 병렬적으로 주제를 나열한다. <오독기> 또한 ㉠, ㉡, ㉢의 세 부분으로 사설을 구분할 수 있다. 그러나 세 부분의 사설은 단일한 주제를 표출하는 것이 아니라, 크게 ㉠・㉡이 하나의 주제로 귀결되고, ㉢이 또 다른 주제로 귀결된다. ㉡은 ㉠의 주제를 강화하기 위해 사용된 사설로 볼 수 있기에, 사설 전체의 주제는 ㉠과 ㉢을 통해 표출된다고 할 수 있다.

㉠은 사랑하는 님을 찾아 걸어가는 여인의 모습을 형상화하고 있는데, 달 밝은 밤에 사랑을 바치기 위해 걸어오는 여인의 모습이 흥겹게 묘사되고 있다. ㉡은 대중들에게 익숙한 『삼국지연의』를 선텍스트로 하고 있으며, 영웅들과 함께 전장을 누비던 말들의 위풍당당한 모습을 묘사하고 있다. 그러나 ㉡은 ㉠과 함께 '언덕을 넘어오는 모습'이라는 공통적인 의미망으로 연결되면서, 님을 찾아 흥겹게 걸어가는 여인의 모습을 강조하는 역할을 수행하고 있다. 즉 ㉡은 새로운 의미망을 구축하기보다는 ㉠과 연결되면서 오히려 님을 찾아가는 여인의 위풍당당한 모습을 강조하는 역할을 수행하고 있는 것이다.

㉢은 위의 두 사설과는 이질적인 정서적 지향을 드러내고 있다. 잎

235) 권오경, 같은 책, 114면.

이 없는 보리수나무를 설이화라 우기지만, 본질이 그렇지 않은 것을 우긴들 어쩔 수 없다는 내용을 담고 있다. ㉢에서는 앞 사설에서 보여주었던 '애정'의 정서를 드러내지 않는다. 대신 삶의 이치를 담담한 어조로 표현하고 있다.

이렇듯 잡가는 하나의 노랫말에서 단일하고 일관된 정서와 주제를 표출하기보다는 대중들의 다채로운 삶의 방식이나 생활, 애정 등을 복합적으로 표출해냈다. 물론 <오독기>만으로 19세기 잡가의 모습을 판단할 수는 없다. 그러나 잡가는 인간 매체에 의한 구술 전승에 의존해 왔기 때문에 십이잡가를 제외하고는 문헌에 수록된 경우가 거의 없어, 실제 연행된 사설의 모습을 재현해내기란 불가능하다. 그러므로 고악보에 수록된 <오독기>를 통해 부분적이나마 19세기 잡가 사설의 특징을 추론해보는 것은 의미 있는 일이라 하겠다.

그렇다면 19세기 고악보에 수록된 <오독기>와 달리 20세기 전반기 <오독기>의 모습은 어떠했을까? <오독기>는 출판된 잡가집에서는 그 존재를 확인할 수 없다. 대신 유성기음반에 사설이 전하고 있어 20세기 이후의 변모 과정을 살펴볼 수 있다.

一. 용안여주 에이화 당대추난 정든님 공경에 에이화 다나간다 닐릴-닐닐-에리구절사 말말어라 사람의섬섬간장 에이화 다녹인다
二. 황성락일은 에이화 가인의 눈물이요 고국홍망은 에이화 장부한이라 닐릴-닐닐- 에리구절사 만판멋이다 사람의 섬섬간장 에이화 다녹인다
三. 장근십년을 에이화 상사로 보내니 무덤만 갑가이 에이화 주름이잡혓네 닐리-닐닐 에리구절사 말말어라 사람의섬섬간장 에이화 다녹인다
四. 석양산로에 에이화 술병을차고 님죽은 무덤을 에이화 더듬어가노

라 닐릴-닐닐 에리구절사 말말어라 사람의섬섬간장 에이화 다녹인다

五. 노자-노자- 에이화젊어노자 늙어나지면은 에이화 못노리라 닐릴-닐닐 에리구절사 만판멋이다 사람의섬섬간장 에이화 다녹인다

六. 공연한사람을 에이화 마암에두고 주야로못이저 에이화 고통이라 닐릴-닐닐 에리구절사 말말어라 사람의섬섬간장 에이화 다녹인다[236]

고악보에서의 <오독기>는 후렴 없이 사설만 나열하여 주제를 표출하고 있었다. 반면 유성기음반에서의 <오독기>는 후렴이 확장되어 있으며, '사람의 섬섬간장 에이화 다녹인다'는 후렴을 통해 안정적인 구조를 형성하고, 후렴의 반복을 통해 주제를 강화하고 있다. 사람의 간장을 다 녹인다는 후렴에서도 드러나듯 음반에서의 <오독기>는 사람의 간장을 녹이는 각각의 상황을 병렬적으로 드러내고 있다. 그러나 간장을 녹이는 상황은 다채롭다기보다 통속적인 연정과 삶의 무상감으로 단순화되어 나타나고 있다. 인용문에서 제시한 6개의 사설은 '님에 대한 그리움'과 '젊은 시절 놀아보자'는 취락으로 정리할 수 있다. '연정'이라는 정서를 드러낸다는 점에서 앞서 제시한 고악보 소재 <오독기>와 동일하지만, 그 표현 방식은 상이하다. 고악보의 경우 사랑을 찾아 걸어오는 여인의 모습이 '행똥행똥'이라는 참신한 의태어로 표현되어 있다. 사랑을 잃은 후 좌절하고 그리워하는 애상적인 정서가 아니라, 사랑을 쟁취하기 위한 여성의 적극적인 자세가 흥겹게 표현되어 있는 것이다.

반면 음반의 <오독기>에서는 참신한 표현을 찾아볼 수 없다. 화자

236) <잡가 오돌독(俗稱오독독)> 『유성기음반가사집 2』, 599면.(오케 1526-A, 박부용.)

는 술병을 차고 님의 무덤을 찾아가고, 주야로 볼 수 없는 님의 존재가 고통이어서 주름이 늘고 섬섬간장이 다 녹고 있다. 즉 고악보 소재 <오독기>에 비해 사랑의 기쁨보다는 님에 대한 그리움과 슬픔, 외로움의 정서가 강화되어 있다. 슬픔과 애상의 정서 또한 참신한 표현을 통해 표출한 것이 아니라, 낯익은 상황과 표현들을 나열함으로써 표출하고 있다.

이렇듯 잡가는 대중매체에 수용되면서 통속성이 강화된다. 잡가가 보여주었던 다채롭고 자유분방했던 애정과 표현 대신 '님에 대한 그리움과 외로움'만을 낯익은 상황과 표현들로 통속적으로 표출하기 시작한 것이다. 이러한 특징은 19세기와 20세기 전반기 잡가를 비교했을 때에도 나타나지만, 20세기 전반기 내에서의 시기적 차이나 매체의 차이에서도 발견된다. 이제 20세기 전반기 내에서 매체적 차이에 따라 그 표현과 주제적 지향성이 어떠한 변모 과정을 겪는지 살펴보도록 하겠다.

<육자백이>는 잡가집에 가장 많이 수록된 곡이며, 음반이나 라디오방송 등 매체적 환경이 변할 때에도 꾸준히 인기를 얻었던 노래이다.[237]

237) <육자백이>는 잡가집에 수록될 때에는 21회로 잡가 중 가장 많이 수록되었으며, 뒤를 이어 <적벽가>, <배따라기>, <새타령>, <성주풀이>의 순서이다. 유성기음반에서는 <난봉가>, <수심가>, <양산도>, <육자백이>, <배따라기>의 순서이다. 라디오방송에서는 <방아타령>, <흥타령>, <수심가>, <영변가>, <육자백이>의 순서이다.

(가)

①산하지로구나. ②져건너갈미봉에비가뭇어서드러온다우장을허리에 두루고지심밀게나. ③쳔년을살겟나만년을사드란말이냐죽음에드러서로 쇼잇나살아ᄉᆡᆼ젼에ᄆᆞ음ᄃᆡ로노세. ④벽ᄉᆞ창이얼닌커ᄂᆞᆯ님이온가나세보니 님은졍령아니오고하날에셔봉황이ᄂᆡ려와서춤만춘다. ⑤져건너련당압헤 ᄇᆡᆨ년언약초를심엇더니ᄇᆡᆨ년언약초ᄂᆞᆫ아니나고금년리별화초가피여만발ᄒᆞ 엿네. ⑥황혼으로긔약두고오경잔등이다진토록ᄃᆡ월셔상하창열치고ᄇᆞ라 보니아마도불장화영이날속인다. ⑦화향습의춘풍열과엽락오동츄야월에 소々 ᄒᆞᆫ바람소릐쳡々 무궁ᄒᆞᆫ이내ᄆᆞ음부질업슨홍을ᄌᆞ아내니ᄌᆞᆷᄒᆞᆫᄌᆞᆷ일울긔 망이젼혀업네. ⑧무릉에홍도화ᄂᆞᆫ셰우동풍에눈물을먹음고동졍호빗치운 월식금음이되면무광이라내심즁깁고깁흔수회를뉘가알니. ⑨만리쟝공에 흑운은흣쳐지고월식은만뎡ᄒᆞᆫᄃᆡ님이져리다졍ᄒᆞ면리별ᄒᆞᆫ다고니즐소냐리 별마ᄌᆞ고지은ᄆᆡᆼ셰태산ᄀᆞᆺ치밋고밋엇더니태산이허망이문허질줄뉘가알겟 나. ⑩셩々 데혈염화지에ᄋᆡ를끗고우ᄂᆞᆫ져두견아허다공산다ᄇᆞ리고내창젼 에와왜우너냐엇그ᄌᆡ나도님을일코수심무궁이라. ⑪진국명산만장봉이바 람이분다스러지며숑쥭ᄀᆞᆺ치굿은절긔미만히맛는다고훼절을ᄒᆞᆯ가[238]

(나)

⑫져건너갈미봉비가무더드러온다유장을허리에두르고김ᄆᆡ러어셔가셰 ⑬ᄉᆡ벽셔리찬바람에 울고가ᄂᆞᆫ기러기야너가는길이로구나ᄂᆡ한말을드러 다가한양셩중드러가셔 그리던벗님한틔 젼ᄒᆞ야쥬렴 ⑭져달은ᄯᅥᄃᆡ장이 되고 견우직녀셩은후군이로구나 ⑮태ᄇᆡᆨ셩아 너어서급히힝군춰타를ᄌᆡ 촉ᄒᆞ야라 ⑯셔산에ᄒᆡᄯᅥ러질ᄯᆡ 젼숑을갈가 ⑰쥬적쥬적쇼릐ᄂᆞ길네 벗님 왓는가 창열고보니 벗은안니오고 엇던실업ᄋᆡ들놈이 쇼를몰고 가는구ᄂᆞ ⑱여바라 동모들아 이ᄂᆡ말을드러를보와라 ⑲츈향이가 즁형을당ᄒᆡ 거의 죽게되얏구나 ⑳어이고이러리 왼말린고 ㉑어셔밧비삼문거리로 나가보

238) 수록 잡가집－『신구잡가』, 『정정증보신구잡가』, 『고금잡가편』, 『신구유행잡가』, 『특별대증보신구잡가』, 『신구현행잡가』, 『신정증보신구잡가』, 『대증보무쌍유행신구잡가』

셰 ㉑나는조아 나는조와 사면십리가 나는좃터라 ㉒츈쵸난년々록이오 왕손은귀불귀라 쵸로갓튼우리인싱 아니놀고무엇ᄒᆞ리 ㉓거드러거려노라보셰 청춘소년들아 늘그니망녕 웃지ᄆᆞ라 우리도쇼년힝락이 어제런듯 ㉔져건너일편석은 강태공의죠딕로다 ㉕문왕은어딕가고 빈딕홀노잇단말이냐무정ᄒᆞ고 ㉖야속ᄒᆞᆫ져사름아 ᄒᆞᆫ번써난후 쇼식됴ᄎᆞ돈절ᄒᆞ냐 ㉗갈가보구나 갈ᄀᆞ보구나 ᄒᆞᆫ양셩중을 갈ᄀᆞ보구나 ㉘나는죠와 나는죠와 졍든친구ᄀᆞ 나는조와 ㉙셰월아 덧업시가지마라 장안에알들 살들ᄒᆞᆫ쳥춘이 다늙어간다 ㉚바람아 부지마라 휘여진덩ᄌᆞ나무닙다쑥쑥써러을진다[239]

<육자백이>는 크게 두 가지 유형의 사설로 나누어진다.[240] 두 유형 모두 '져건너갈미봉에비가뭇어서드러온다우장을허리에두루고지심밀게나'로 시작하고 있다.[241] (가)와 (나) 두 유형은 같은 도입부로 시작될 지라도 주제적 지향과 그 속에 담긴 정서가 이질적으로 전개되고 있다. (가) 유형은 님을 잃고 수심에 담긴 화자의 심정을 토로하고 있으며, (나)는 덧없이 흘러가 버린 청춘시절에 대한 안타까움을 토로하고 있다. 물론 <육자백이> 사설 자체가 유기적인 구조를 갖추고 단일한 주제적 지향성과 정서로 귀결되는 것은 아니다. 이질적인 주제를 담은 사설이 함께 섞여 있지만, 사설 전체를 관통하는 정서는 위에서 제시한 두 가지로 정리할 수 있을 것이다. 이렇게 두 유형으로 존

239) 수록 잡가집-『신구시행잡가』, 『증보신구잡가』, 『무쌍신구잡가』, 『신찬고금잡가』, 『증보신구시행잡가』, 『현행일선잡가』, 『시행증보해동잡가』

240) 『조선잡가집』, 『조선속가』, 『가곡보감』, 『조선속곡집』에 수록되어 있는 유형은 (가)를 확장한 것으로 보이므로, 참고자료로만 활용하도록 한다.

241) 이 부분은 <육자백이>의 도창부분이며, 남도들노래에서도 도창으로 불린다고 한다.(나승만, 「육자배기의 변화 과정에 대한 역사적 인식」, 『한국민속학』 24, 민속학회, 85면.)

재・향유되었던 <육자백이> 사설이 음반이라는 매체적 변용 과정을 겪으며 어떠한 방식으로 변모했는지 살펴보자.

㉮ 가노라가ᄂᆡ, ᄂᆡ도라나는간다 흘〻바리고, ᄂᆞ가도라를갈거나 공산야월두견지성과, 동방춘풍호졉지몽은 다만ᄉᆡᆼ각이, 님이ᄲᅮᆫ이고나
후유ᄒᆞᆫ슴길게싀면창을잣고문을여니 창망ᄒᆞᆫ구름밧게별과달이, 두렷시밝가다셧고, 좃곰만, 나문간장을마자서기ᄂᆞᆫ고나
후여진, 수양버들을것구러잡고 조루룩흘터압ᄂᆡ강변새모릐밧헤시르〻르던졋더니마ᄂᆞᆫ 누러진져거시모도다수양버들이로고나
어제밤에쑴에기러기뵈이고 오ᄂᆞᆯ아침, 오동우헤ᄭᅡ치가안져치졋스니하마나, 님이올가, 하연나, 편치가올가나
기다리고바랏더니, 낙셔산에, ᄒᆡᄂᆞᆫ더러지고 츌문망이, 밋ᄲᅮᆫ이나되너냐 아이고무삼일로편지, 일장돈절이로구나[242]

㉯ 아…… 산하로구나 헤-가노라가네 나는간다 님을두고 나는간다 너를바리고 나는돌아를가는구나 내가널더려 사자〻 어드릉 졸으드냐 네가나를밤잣업시 졸낫지
아…… 석달열을이 채못되여 사정판결이로구나 말님으나 네가그리말님으나 사람의괄세를 네가그리말님으나[243]

㉰ 공산명월아 말무러보자 님그리워죽은사람 몃〻치나되느냐 / 유정애인을 리별하고 수심만아서살수업다 / 아이고답〻한 이내사정을 어느장부가알거나

242) <륙자빅이>, 『유성기음반가사집 1』, 5면.(일축죠선소리판 K505-A.B, 김추월, 박경화, 1925. 8.)
243) <남도잡가 륙자백이>, 『유성기음반가사집 3』, 369면.(콜럼비아 40589-A, 김갑자. 고 한성준, 1935. 1. 20.)

너는나를생각느냐 나는너를사모한다 / 잠들면몽중생각 잠들기전에는 구든맘이 / 생각이 지중하여 나는살수가업고나[244]

㉣ 후유-한숨길게쉬며 창을잡고 나서보니 창망한구름밖에 별과달이 뚜렷이밝아 다썩고남은 내간장을마저 산란케하는구나

어제밤꿈에 기럭이보이고 오늘아츰 오동우에 까치앉어짖었으니 하마나 님이올거나 하마나 편지올거나 기대리고 바랫더니 일락서산해는떠러지고 출문망이 몇 번이나되는냐 아이고 무삼일로편지일장이돈절인거나[245]

㉤ 자던침방드러갈제 향단이게붓들니여 이리비틀 저리비틀 경황업시 드러가서 안석을부여잡고 방성통곡우난모양은 사람의인륜으로난참아 보지못하리로구나

그립고못보는님은 업서도무방하련만은 든정이원수되야태우난것은 요내간장 나도언제나유정님을만나서 리별업시사드란말가[246]

㉥ 츄야장밤도길드라 남도이리밤이긴가 밤이야길냐만은 님을그린 내탓이로구나 어느년정든님만나서 긴밤짤너를볼거나

월하에두견울고 오동에밤비올제 적막히홀노누어 상사일념병이들어 정々히 흐르난눈물은 님생각수심뿐으로 설니통곡을할거나[247]

---

244) <남도잡가 육자백이>, 『유성기음반가사집 4』, 803면.(콜럼비아 40754-A, 함동정월. 장고 정금도.)

245) <남도잡가 육자백이>, 『유성기음반가사집 4』, 1209면.(콜럼비아 40880-A, 김추월. 고 이홍원.)

246) <남도잡가 륙자백이>, 『유성기음반가사집 5』, 77면.(리갈 C131-A, 신금홍. 고 한성준, 1934. 6. 30.)

247) <남도잡가 륙자빅이>, 『유성기음반가사집 5』, 133면.(리갈 C153-A, 김소향, 1934. 6. 30.)

㉮ 추야장밤도길드라 남도이리밤이긴지 밤이야길년만은 님을그린탓이로다 우리도언제나 유정님맛나 긴밤을짤너를볼거나
후유- 한숨길게쉬며 창을잡고문을여니 창망한구름밧게 별과달이두렷이밝아 적々무인심야간을 실솔성이날속이나 아이구답々한님 이내간장이 모두 쓴어지는구나[248]

㉯ 밤적々 삼경에 구진비는퍼붓는데 나홀로누어 생각을하니 옛일이 모도다 눈에얼는거리네 아서라 모든 것을 다버리고 이르든잠이나 다시 이루울거나
욕망이 난망이오 불사이 모도다 자사로구나 간거자 서러마소 보낼송자가 나도나잇네 만날봉 이면々자가 한송파로구나[249]

㉰ 산이로구나에우리가살면은엣빅연이나사드란말리야죽엄에들러셔뉘가노소잇나살라싱젼닉마음딕로만놀거나오동추야달리발근딕임싱각이나발광이로구나임싱각나어든병이임이안이고뉠랴곳쳐주리아이고수심이기위셔간장셕은눈물리로구나[250]

㉮부터 ㉰는 음반으로 취입된 <육자백이>의 노랫말이다. ㉯와 ㉰의 사설만이 '산아지로구나'라는 도창으로 시작하고 있어, 일반적인 <육자백이> 사설과 같은 형태임을 알 수 있다. 앞서 잡가집에 수록된 (가)와 (나)의 사설은 '(가) 님을 잃고 수심에 담긴 화자의 심정'과, '(나) 덧없이 흘러가 버린 청춘시절에 대한 안타까움'을 드러내고 있

248) <남도잡가 륙자백이>, 『유성기음반가사집 5』, 365면.(리갈 C241-A, 김류앵. 고 한성준, 1934. 12. 20.)
249) <남도잡가 육자백이>, 『유성기음반가사집 6』, 907면.(리갈 C427-A, 조농옥. 고 한성준.)
250) <남도잡가 진양죠육자빅이>, 『유성기음반가사집 2』, 1062면.(쇼지꾸 S-10-B, 한성기.)

었다. 그런데 (가)와 (나)의 각 사설이 모두 동일한 주제적 지향성을 지니는 것이 아니라, 중간에 이질적인 내용의 사설이 포함되어 있어 전체적으로는 비유기적으로 구성되어 있었다. 다만 전체적인 맥락을 고려했을 때, 전체 사설이 위에서 제시한 각각의 주제로 귀결됨을 알 수 있었다.

이렇듯 비유기적인 구성을 취하고 있는 잡가집의 <육자백이> 사설이 음반화되면서는 어떠한 면모를 드러내는지 살펴볼 필요가 있다. 음반화된 사설 중 ㉑의 경우만이 두 개의 사설이 다른 주제를 담고 있는 비유기적 구성을 취하고 있다. ㉑는 '인생무상과 젊은 시절의 풍류에 대한 권유+떠난 님을 그리워하다 상사병에 걸린 화자의 모습'이라는 두 내용의 사설로 구성되어 있다. 단 두 개의 사설로만 구성되어 있긴 하지만, 전체적인 구조는 (나)의 축약형이라고 볼 수 있겠다. (나) 또한 '인생무상과 젊은 시절의 풍류에 대한 권유'가 전체적인 주제를 형성하는 가운데, '님에 대한 그리움'이라는 의미의 사설이 부분적으로 수용되어 있었다. 그러므로 ㉑는 (나)와 사설구성방식은 동일하고, 단지 길이를 축약시켜 놓았다고 볼 수 있겠다.

반면 ㉑를 제외한 ㉮~㉳의 사설은 한 작품 내에서 주제적 지향성과 정서가 동일한 유기적 구조를 갖추고 있다. 그리고 각각의 사설은 또한 (가)의 사설이 보여주었던 '외로움과 님에 대한 그리움'이라는 정서을 단일하게 드러내고 있다. 결국 <육자배기>는 음반화의 과정을 거치며 이별과 사랑, 외로움이라는 연정의 정서를 극대화시키는 방향으로 사설이 축약·개편되었음을 확인할 수 있다.

이렇듯 <육자백이>는 음반으로의 매체적 변용과정을 거치며, 첫째,

기존의 비유기적 사설 구성에서 벗어나 단일 정서를 환기하는 유기적 사설 구성을 갖추게 되었다. 둘째, 인생무상이나 젊은 시절의 풍류에 대한 권유, 젊은 시절을 의미 있게 보내자는 식의 주제는 제거되고 오직 님과의 사랑·떠난 님에 대한 그리움·외로움 등의 연정 위주의 정서로 축약되었다. 유일하게 비유기적 구성을 갖춘 ㉶사설 역시 '몇 백 년 살지 못하는 세월 동안 내 마음대로 놀려 하는데, 마침 밝은 달을 보니 떠난 님 생각이 절로 나는' 것으로 연결되므로 결과적으로는 연정의 정서를 드러낸다고 할 수 있겠다.

이렇듯 잡가집에 실린 잡가는 분절 형식의 경우, 다양한 주제의 사설을 비유기적으로 연결시키는 경향이 강하며 작품 전체를 관통하는 정서 또한 다양한 지향을 보여 주었다. 그러나 음반화되면서는 개인의 감정 특히, 이별과 사랑·외로움이라는 연정의 정서를 극대화시키는 방향으로만 사설이 축약·개편되었다.

이는 앞서 살핀 <육자백이>의 경우에만 해당하는 것은 아니다. 당시 잡가집과 음반에서 인기 있는 레퍼토리였던 서도잡가 <배따라기> 또한 마찬가지이다. 먼저 잡가집의 <배따라기> 사설을 살펴보자.

> ① 요ᄂᆡ 츈ᄉᆡᆨ은다지ᄂᆞ가고 황국단풍이 도라를왓구나 지화ᄌᆞ죠타 텬ᄉᆡᆼ만민은 필슈직업이라 각々버러먹ᄂᆞᆫ 골시달나 우리는구타야 션인되야 타고단이는거슨 칠셩판이오 먹고단이는거슨 ᄉᆞ자밥이라 입고단이ᄂᆞᆫ거슨 ᄆᆡ장포로다 요ᄂᆡ일신을ᄉᆡᆼ각ᄒᆞ면 불상코 가련치안탄말이냐 지화ᄌᆞ됴타
>
> ② 이션ᄒᆞ야 ᄇᆡ를타고 만경창파로 써나려갈제 금년신슈불힝하야 몹쓸 ᄋᆡᆨ풍 광풍 걸풍을만나 수로창파ᄃᆡ히즁에 쳔리만리를 불녀를갈제 량쪽돗ᄃᆡ는 직근부러져 삼동강에나고 ᄇᆡ머리ᄂᆞᆫ 평々 정신은 아득ᄒᆞ야 숨

혼칠ᄇᆡᆨ이 흣터질제 ᄉᆞ십명동무는 슈중에 너코 명텬하나님은 구버살피ᄉᆞ 요ᄂᆡ여러 동무를 ᄉᆞᆯ녀ᄂᆡ쇼셔 ᄉᆞ십명동무를 물에너코 나혼ᄌᆞᄉᆞ라나셔 ᄇᆡ널쪽을 칩더타고 무변ᄃᆡᄒᆡ로 ᄂᆡ려를갈제 초록갓ᄒᆞᆫ물에 안ᄀᆡᄌᆞ옥ᄒᆞ니 갈길이 쳔린지 만린지 지향무쳐로구나 난ᄃᆡ업ᄂᆞᆫ ᄒᆡ풍이 이러나파도소ᄅᆡᄂᆞᆫ 텬디를뒤집는ᄃᆡ 동셔남북이 어ᄃᆡ로부텃스며 평양ᄃᆡ동강은어듸로 간단말이냐 지화ᄌᆞ죠타 졈〻 휘여나려를갈제 닥치ᄂᆞ니 셤즁이로구나 그곳을바라보니 별유텬디비인간이로구나 지화자됴타 도로휘여 나려를갈제 일쥬야십여시에 향방을못차지며 하나를우러러탄식ᄒᆞᆯ제 상어란놈은발목을잡아다리고 갈마귀ᄂᆞᆫ ᄯᅦ를지여 등어리를 ᄲᆞᆯ라먹을제 요ᄂᆡ이신ᄉᆡᆼ각ᄒᆞ니 엇지아니 불상코 가련치안탄말인냐 지화자됴타 졈〻 휘여나려를갈제 텬ᄒᆡᆼ으로지ᄂᆡᄂᆞᆫᄇᆡ를만낫구나 ᄉᆞ롬살니쇼ᄒᆞ고 달녀를드니무지ᄒᆞᆫ 션인들은 상아ᄯᆡ로 밀치면서 ᄒᆞ는말이 션즁에 무인졍이라 도로나가라 ᄒᆞᄂᆞᆫ소ᄅᆡ에일촌ᄀᆞᆫ장이 봄눈스듯ᄒᆞ느냐 지화자됴타

③ 졈〻 휘여나려를갈제 올타인제는 ᄉᆞ랏구나가아여흘깃슬지나 부벽루 모란봉도라를들제 연광뎡바라보니 비회심ᄉᆞ울〻ᄒᆞᆫ데 팔다리는 느러지고 ᄇᆡᄂᆞᆫ곱하시진ᄒᆞᆫ데 고셩ᄃᆡ독ᄒᆞᄂᆞᆫ소ᄅᆡ에 ᄒᆡ중이뒤놈는듯 집에셔 풍편에 넌짓듯고 자ᄂᆞᆫ 장손아 이러나 나가를 보아라 져긔져 강즁으로셔너의 아버지 음셩이 나〻보다 네나가보아라 지화ᄌᆞ조타 강ᄭᆞ에다닥치니 부모동ᄉᆡᆼ일가친쳑 처ᄌᆞ권쇽이 다나오면셔 에그 여보 이게웬일이란말이오 밤은깁허숨경시에 져모양으로오니 웬일이란말이오 지화ᄌᆞ됴타여보 급〻ᄒᆞᆫ말노 요ᄂᆡ말숨 드러를보쇼셔 인졜낭은 밥을비러다 쥭을쓔어먹고 삼슌구식을 못ᄒᆞᆯ말뎡다실낭은 슈상장ᄉᆞ 닷감아둡시다 지화ᄌᆞ됴타[251]

251) 수록 잡가집－『신구시행잡가』, 『증보신구잡가』, 『무쌍신구잡가』, 『신구유행잡가』, 『신찬고금잡가』, 『특별대증보 신구잡가』, 『증보신구시행잡가』, 『시행증보해동잡가』, 『신구현행잡가』, 『남녀병창류행창가』, 『대증보무쌍유행신구잡가』.

<배따라기>의 사설은 크게 세 부분으로 구분할 수 있다. ①은 뱃사람인 자신의 신세를 한탄하는 내용이다. ②에서는 바다로 나간 후의 온갖 고초와 동료의 죽음이 서사적으로 전개된다. ③은 집으로의 귀환과 가족들의 재회가 서사적으로 전개된 후, 앞으로 바닷일을 하지 않을 것이라는 신세한탄으로 마무리된다. 즉 '① 서정적인 신세한탄+② 바다에서의 온갖 고초에 대한 서사+③ 귀환과 가족과의 상봉에 대한 서사+서정적인 신세한탄'의 구성으로 정리할 수 있겠다. 다시 말하면 신세한탄을 사설의 도입부와 마무리에 배치하고, 중간 부분은 뱃사람으로서 겪는 고난을 구체적 정황을 통해 서사적으로 전개하고 있다. 구체적인 사건을 통해 뱃사람으로서 겪는 고난을 강조하고, 이를 텍스트의 중간에 배치함으로써 도입부와 마무리의 서정적 신세한탄이 창자들에게 더욱 설득력 있게 받아들여질 수 있는 것이다. 결국 ②는 구체적 사건과 묘사를 통해 신세 한탄이라는 슬픔과 애상의 정서를 단일하게 지속시키는 역할을 한다.

유성기음반으로의 매체적 변용 과정을 거치며 <배따라기>가 본래 가지고 있었던 주제와 정서가 어떠한 방식으로 지속되고 변용되는지 그 구체적인 양상을 살펴보도록 하겠다.

(上)

요내춘색은다지낫는데 황국단풍이다시도라오누나 지화자-좃타 텬생만민이 필수직업이다각々달나 우리난긋하여선인이되여 먹난밥은사자밥이오 타노다니느니 칠성판이오 입는옷은원웅이라기 두손으로더덜々써니 오날々 수로창파연파만리 한정업시불니워왓스나 좌우의산천을바라를보니 운무는자욱하야 동서사방을알수업다누나 영좌님아쇠노아보라아 평양의 대동강이 어듸로붓텃나 지화자-좃타 연파만리수로창파 불니워갈제 뱃전은너흘〱 물결은출넝 해도중에당도하니 바다에제라하난것은 로로구나 취라하는것은 몰이로구나 맛나드니 뱃밋은갈나지고 룡촌끈어져 돗대는부러저삼동에나고 깃발은찌저저환고항할제 거문머리후물〱하여 죽는자는부지기수라

(下)

할수업서 돗대차고 만경창파에뛰여드니 갈매기란놈은 잔등을팔고 장어란놈은 발을물러 지근〱당길적에 우리도세상에 인생으로삼겨를낫다가 강호에 어복중장상를 내가어이한단말가 지화자-좃타 여러사십여명동무가다죽고 다만세사람이남아 각〻뱃족하나식어더타고 동풍불면서으로가고 남풍불면북으로불닐제 비나이나〱 청천백천과일원성신님전에 비나이다 우리사십여명동무가 흘리차로나왓다가 리수상에다리별하고 다만세사람이남앗스니 행여환고향하기를비나이다 명천이감동하고 귀신이도왓는지 고향배를어더맛나 환고향으로도라을올제 때맛츰중추팔월십오야에 광명조흔달은 두렷둥두렷이밝아잇고 청천에울고가는기럭이는 옹성으로짝을불너 한수로때〻울며몰아갈제 아들새와은아니나고 동정식동정숙하시든 동무의생각에 눈물이나누나 지화자-좃타[252]

인용문은 음반으로 취입된 <배따라기>의 사설이다. 그런데 전체적으로 사설을 축약하는 것이 아니라, <배따라기> 원텍스트의 ②를 중심으로 사설이 축약됨을 확인할 수 있다. ②는 앞서 살펴보았듯이, 파선된 후 겪는 여러 사건을 구체적으로 묘사하면서 서사적으로 전개시키는 단락이다. ②는 청자에게 당시의 상황을 머릿속에 그리게 함으

252) <서도잡가 배따라기(상)(하)>, 『유성기음반가사집 6』, 857면.(리갈 C397-A.B, 김칠성. 장고 한경심.)

로써 고통의 순간을 적나라하게 전달할 수는 있다. 그러나 동무를 잃어버린 안타까움이나, 상어 밥이 될 상황이나 갈매기가 등을 쪼아대는 상황 등의 에피소드가 <배따라기>의 필수적인 요소는 아니다. 게다가 이러한 에피소드가 새로운 의미를 생산해내는 것은 더더욱 아니다. 모든 에피소드는 뱃사람으로서의 신세를 한탄하는 정서로 귀결되어 서글픔과 애환의 정서를 강화하는 데 기여한다. 즉 뱃사람으로서의 서글픔이라는 정서가 노래의 처음부터 끝까지 이어지는 것이고, 중간의 서사적 에피소드는 서글픔의 정서를 극대화시키기 위한 보조 장치로서의 성격이 강하다. 그러므로 서사적 에피소드의 일부분을 삭제하거나 대체, 추가할 지라도 작품 전체의 주제적 지향성이나 정서의 변화는 없다. 상대적으로 ①과 ③은 신세한탄으로서의 서두의 역할, 집으로 귀환한 후의 심정을 나타내 노래 전체를 마무리 짓는 역할을 함으로써 전체적인 완결성 형성에 기여한다. 그러므로 주제적 지향성이나 정서상의 변화 없이 사설을 축약하기 위해서는 에피소드로 이어져 있는 ②를 중심으로 축약이 이루어질 수밖에 없다.

지금까지 <배따라기>가 음반화되면서 잡가집에 수록된 원텍스트의 에피소드 단락인 ②부분을 중심으로 사설의 축약 현상이 일어남을 살펴보았다. 길이의 축약 외에 내용상의 변모는 없는지 잡가집과 음반의 <배따라기> 사설을 비교할 필요가 있다.

유성기음반의 <배따라기> 사설은 길이가 축약되어 있을 뿐, 전체적인 정조는 잡가집의 그것과 별반 차이가 없어 보인다. 다만 잡가집의 마지막 ③단락이 음반화되면서는 다소간의 내용적 차이를 보인다. 잡가집의 경우 모든 <배따라기> 사설은 고향에 돌아온 후 가족들과의 상봉으로 마무리된다. 이 부분은 바다로 나간 가장이 죽은 줄 알고 가족들이 상을 치르는 날 우여곡절 끝에 고향으로 돌아와 가족들과 재회하는 상황이 설정되어 있어 슬픔의 정서를 극대화시키는 역할을 하기도 한다.[253]

이에 반해 유성기음반으로 취입된 <배따라기> 사설은 가족들과의 재회보다는 환고향하는 당시의 배경에 초점이 맞추어져 있다. 고향으로 돌아온 날이 마침 팔월 십오일 중추절이기에 명절의 풍요롭고 흥겨운 분위기가 동무를 잃은 시적 화자의 처지와 대비되면서 화자의 서글픈 신세를 부각시키는 역할을 한다. 잡가집의 텍스트가 구체적인 상황과 묘사를 통해 슬픔과 애상의 정서를 점차적으로 극대화시키는 데 반해, 음반은 사설을 축약하는 대신 시적 화자의 처지와 극명하게 대립되는 배경을 제시함으로써 슬픔과 애상의 정서를 비약적으로 구현하게 된다.

이렇듯 잡가가 유성기음반으로 취입되면서 기존의 사설은 '님에 대한 사랑, 외로움, 그리움' 등의 정서를 극대화시키는 방향으로 개편되었다. 이러한 현상은 앞서 살펴본 <육자백이>나 <배따라기>뿐만 아니라 <수심가>, <흥타령> 등 대부분의 잡가 음반에서 공통적으로 나타나는 현상이다.

하지만 대중매체에 수록된 모든 잡가가 '님에 대한 사랑과 그리움,

---

253) 수록 잡가집－『조선잡가집』, 『조선속가』.
(전략) 몟날몟칠을 불녀를가셔 고향이라고 ᄎᆞᄌᆞ를가니 부모동싱이며 일가친척 빅명척권이 일시에ᄂᆡ다라라솜을비여잡고 대셩통곡ᄒᆞ며 ᄒᆞ는말이 님ᄌᆞ가 살앗ᄂᆞ쥭엇ᄂᆞ 쥭엇ᄂᆞ살앗ᄂᆞ 혼이왓ᄂᆞ넉시왓ᄂᆞ 넉시왓나혼이왓나 님ᄌᆞ나가날을 싱각ᄒᆞ니 오날이 ᄡᅩᆨ대상날이올셰 그리ᄒᆞᆫ춤 슯히울제 (후략)

이별'의 정서만 드러낸 것은 아니었다.

㉠ 개야 〱 얼눅검둥신둥발〻아 밤사람보고 네가함부로짓느냐 아하 〱야 에헤〱야「이가이」「개도짓는게여러가지다」「엇더케」가난한 집개는 모-으-요렷케짓고 올치 부자집개는 모-우-우-

이개 얼사좃타 두〻둥〻둥개야 내사랑아

(중략)

㉡ 네 면졍쪽직개 내가사다줏게 이마눈섭을 여덜팔자로지여라 아하 에헤에헤야

「어마나님이 시집올때 이마털눈섭짓는걸알엇건만 와서하질안어서 니저버렷다」

그렷치 속눈섭을 만-것썝앗구나 만이아니로구나 집안에석경이잇나 벽에들어가서 물독을듸려다보고 듸려다보고 이것좀봐라

얼사좃타 두둥〻〻〻개야 내사랑아

㉢ 앵도나무밋헤 병아리한쌍노는건 총각의랑군의몸보신감이로구나 아하 〱 에헤야 에헤에헤야

「훠-이 나채갓다 무엇시가 남산독수리가 한 마리는 한 마리는채가고 한 마리는 남은걸 쥐가꽁문이를 파먹엇구나 그렷치 그래죽엇는대 위생에방해되는줄은번연히알지만 내술한잔먹고「쑬」먹엇다」

얼사좃타 두둥〻〻〻개야 내사랑아(후략)[254]

인용문에서 제시한 <개타령>은 골계적 정서를 지향하는 잡가이다.

254) <경기잡가 개타령>『유성기음반가사집 5』, 87면.(리갈 C136-A, 설중매 · 이진봉. 1934. 6. 30.)

<개타령>은 비속한 표현과 욕설을 사용하여 웃음을 유발하고 있다. 또한 <개타령>의 모든 사설은 대화체의 형식을 취하고 있다. 대화를 통해 웃음을 유발하는 요소에 주의를 집중시킴으로써 웃음의 주제를 부각시키고 있다.

㉠은 부잣집 개와 가난한 집 개의 울음소리를 대조적으로 표현하고 있다. 가난한 집 개는 작은 소리로 짖고 부잣집 개는 큰 소리로 당당하게 짖음을 대화를 통해 표현하고 있다. 이는 단순히 먹은 것이 없는 개의 소리가 작다는 것으로 이해할 수도 있지만, 개 소리가 곧 집 주인의 소리로 환치되면서 자신의 목소리를 제대로 내지 못하는 하층민의 삶을 표현하고 있다고 볼 수 있다. 이런 의미에서 볼 때, ㉠은 단순히 해학을 넘어 풍자의 웃음까지 보여주고 있다.

㉡은 족집게로 눈썹을 정리하는 여인의 모습을 우스꽝스럽게 표현하고 있다. 시집온 후 눈썹을 정리할 기회가 없어 뽑지 말아야 할 속눈썹까지도 다 뽑아버린 후 물독을 들여다보며 안타까워하는 여인의 모습이 해학적으로 표현되어 있다.

㉢은 낭군의 몸보신을 위해 고이 기른 병아리를 술 안주로 먹어버리게 된 사정을 설명하고 있다. 자신의 잘못을 합리화시키는 서술자의 진술이 해학적으로 표현되어 있다.

이렇듯 <개타령>은 웃음을 야기하는 각각의 정황을 병렬적으로 연결하고 있다. 단순히 해학적인 웃음을 유발하기도 하지만, ㉠에서처럼 해학을 넘은 풍자의 웃음까지도 드러내고 있다. 이는 잡가가 보여주었던 연정 위주의 개인적 정서를 드러내는 것과는 확연히 변별되는 형태이다. <개타령>은 전대의 잡가가 지니고 있었던 '웃음'의 주제를 계승한 작품이다. 잡가집에서는 '웃음'의 주제와 정서를 표현하고 있는 잡가 곡목을 쉽게 찾을 수 있다. 그러나 유성기음반에 수록되어 있는 잡가는 웃음이나 생활의 모습 등 다양한 주제를 드러내기 보다는 연정 위주의 개인적 정서 중심으로 편향되는 경향이 강하게 나타난다.

잡가에서 연정 위주의 개인적 정서 편향이 강화되는 것은 대중들의 기호 때문이기도 하겠지만, 일제 강점이라는 당시의 시대 상황과도 무관하지 않다. 일제의 문화 억압은 매체에 대한 통제와 검열로 나타났고, 노래를 통해 다양한 주제를 표출하는 것은 애초에 불가능했다.

> (전략) 그 以前에는 外國에서 輸入되는 레코-드나, 또는 玄海灘을 건너 東京方面에서 들어오는 여러 가지 種類의 레코-드는 아무런 監視나 制限이 업시 그냥 마구 드러오게 되엿섯든 것이다.
>
> 그 理由로는 昭和八年 以前으로 말하면, 조선내의 레코-드의 힘이란 極히 微弱한 것으로서 一般 社會人들은 이 레코-드에다 그다지 머리를 돌리지 안헛섯고, 그 必要性을 깨닷지 못하고 잇섯든 時期이엿다. (중략) 오늘날에 와서는 우리 社會人에게 잇서서 업지 못할 重要한 자리에 노여저잇게끔 되어잇느니만큼 當局에서도 이 레코-드로 通하야 社會一般에 밋치는 바 그 힘의 큼을 깨닷고서, 지난 昭和八年 六月부터 (후략)[255]

유성기가 대중화되고 그 영향력이 막대해지자, 관리당국은 1933년 6월부터 유성기 검열제도를 본격적으로 시행했다. 아래의 도표는 검열이 시작되고 3년 동안 발매금지된 음반 목록 중 잡가 목록을 정리한 것이다.

---

255) 「엇더한 레코-드가 禁止를 당하나」, 『삼천리』 1936. 4.

제 목	금지 년도	금지 사유	음반 번호	연주자
아리랑	1933. 6. 13	치안	콜롬비아 400070	채동원
유행민요 아리랑	1933. 8. 28.	치안	세이론 51-A	김대근
신민요 변조아리랑	1933. 9. 9.	치안	빅타 49204-A	이애리수
잡가 범벅타령	1933. 9. 14.	풍괴	세이론 127	이진봉 · 전옥엽
잡가 범벅타령	1933. 9. 15.	풍괴	콜롬비아 40246	이진봉
잡가 범벅타령	1933. 9. 15.	풍괴	오케 1511	백부용
잡가 범벅타령	1933. 9. 26.	풍괴	빅타 49201	김순홍
경기잡가 신고산타령/닐늬리아	1933. 11. 2.	풍괴	빅타 49066	이영산홍
평양잡가 재담난봉가	1933. 11. 7.	풍괴	빅타 49011-A	박춘재 · 문영수
평양잡가 이화타령	1933. 11. 7.	풍괴	빅타 49011-B	박춘재 · 문영수
방아타령	1933. 12. 5.	풍괴	빅타 49100	김동환작/ 강석연
서도잡가 사설난봉가	1933. 12. 5.	풍괴	빅타 49090-B	신해중월 표연월
경성잡가 범벅타령	1933. 12. 27.	풍괴	콜롬비아 40074-A	설중매
경기잡가 사설난봉가	1934. 7. 10.	풍괴	리갈 C136-B	설중매 · 이진봉
경기잡가 장기타령	1934. 9. 20.	풍괴	콜롬비아 40296-B	조목단 · 김련옥

〈표 22〉 발매금지된 잡가 음반 현황[256]

<아리랑>은 '그 문자로 나타난 바로는 아무렷치 안치마는 그 입으로 불이워저 나오는 매듸에는 넘우나 회고적이요, 애상적인 점이 잇섯음으로 해서 금지를 당하여 버렷'고 <범벅타령>은 '문자로 표현한다면 몰나도 말로서 표현될 때에는 도모지 그냥 둘 수 업는 풍기상 조치 못한 종류의 노래들'이라는 이유로 발매금지되었다.[257] 또한 <범

256) 「엇더한 레코-드가 禁止를 당하나」, 『삼천리』 1936. 4.
잡가를 포함해 전체 음반의 금지 현황은 다음과 같다. 1933년 6월 이후 : 치안방해－23종, 풍기괴란－20종. 1934년 : 치안방해－11종, 풍기괴란－12종. 1935년 : 치안방해－10종, 풍기괴란－13종.

벅타령>은 라디오로 한 번도 방송되지 않은 것으로 보아, 검열과 통제로 인해 공연과 음반, 라디오방송에서의 연행이 불가능했던 것으로 보인다.

> (上)
>
> 쿠궁쾅쾅찟는방아 누구나잡술범벅인가 리도령잡술범벅인가 김도령잡술범벅이지 리도령은멧쌀범벅 김도령은찹쌀범벅 이도령에거동보소 (중략) 여보여보벗님네야 내가왓스니 문을여소 게집년에도거동봐라 김도령목소릴알어듯고 대문을열너나가더니 섬섬옥수를잇끄러잡고 대문걸고중문닷고 대청우에를썩올나서서 문합문걸고장지문닷고 방으로드러가서 치어다보니소라반자내려다보니각장장판 세간치레가더욱좃타자개합롱반다지에 객개수들밀장에샛별갓튼쌍요강을발치발치벌녀놋코 모란병풍 둘너치고 원앙금침 잣벼개에 두몸이한몸이되여굼실굼실잘도논다 창포밧테금잉어놀듯 동실동실잘도놀제 기집년이하는말이 밤은들어야심한데 시장도하실텐데 무엇을잡시시료 잡숫고싶은걸일너주오 김도령이하는말이나잘먹는건범벅이요 범벅을개이면은엇던범벅을개이릿가 정월에는해떡범벅 이월에는씨래기범벅 삼월에는쑥범벅 사월에는느티범벅 오월에는두루치범벅 류월에는밀범벅 칠월에는수수범벅 팔월에는쌀범벅 구월에는귀리범벅 시월에는무시루범벅 동지달에는동지범벅 선달에는흔떡범벅 (후략)(밑줄－인용자)[258]

인용문은 실제로 발매금지된 <범벅타령>의 노랫말이다. 외도를 일삼는 여성, 남녀성행위에 대한 묘사 등 비윤리적인 주제와 노골적인

257) 「엇더한 레코-드가 禁止를 당하나」, 『삼천리』 1936. 4.

258) <잡가 범벅타령>, 『유성기음반가사집 2』, 583면.(오케 1511-A.B, 박부용. 장고 박인영.)

묘사 탓에 발매된 대부분의 <범벅타령> 작품이 발매금지의 대상이 되었다.[259]

검열과 통제가 본격화되면서 검열을 통과한 <범벅타령>은 기존의 주제와 표현이 새로운 방식으로 대체되었다.

(전략)

정월에는달떡범벅 어리야둥々달떡범벅 분바르고연주찍고 동리 세배가도 마음업서슯흔범벅

이월에는씨레기범벅 어리야둥々씨레기범벅 이른봄에눈녹여도 거울속에얼골에는 수심지는 서른범벅

삼월에는쑥범벅 어리야둥々쑥범벅 삼월삼질 양츈차져 강남갓든 제비와도 님이안와외론범벅

사월에는느씌범벅 어리야둥々느씌범벅 진달래가폇다지면 내마음도지는범벅

오월에는수루치범벅 어리야둥々수루치범벅 단오명절그네쒸도 님이업서슯흔범벅

유월에는밀범벅 어리야둥々밀범벅 록음방초욱어저도 가삼썩는애타는범벅

(중략)

동지달에는동지범벅 어리야둥々동지범벅 쉬죽파죽 구수해도당초가치매운범벅

259) 잡가집에는 <범벅타령>이 한 편만 수록되어 있다. 그러나 일제강점기에 출판된 잡가집에 수록된 것이 아니라, 1958년에 간행된 『대증보무쌍유행신구잡가부가곡선』에 수록되어 있다. 이로 보아 <범벅타령>은 1920년대 이후 민간에서 불리던 노래가 새롭게 인기 레퍼토리로 부각된 경우로 볼 수 있다. 혹은 새롭게 창작된 노래일 가능성도 제기할 수 있다. 잡가집에 수록된 <범벅타령>의 사설은 '오케 1511-A.B' 사설의 A면에 해당하는 부분까지 나온 후 이도령과 김도령이 서로 머리채를 부여잡고 싸우는 것으로 끝난다.

> 섣달에는흰떡범벅 어리야둥々흰떡범벅 노적짜리싸엿서도 가시방석에안즌듯한짝금〱이쏘는범벅
> 한해〱열두달에슯흔범벅 외론범벅어리야 둥々신세범벅[260]

1933년 검열의 시작과 함께 음반으로 발매된 대부분의 <범벅타령>이 발매금지되자, 검열을 피하기 위해 음반 기획자들은 <신범벅타령>을 창작해 1934년에 검열을 통과하였다. <신범벅타령>은 달거리 형식을 차용해 앞서 <범벅타령>의 밑줄 친 부분을 확대해 완성된 하나의 사설을 만들어내고 있다.

<범벅타령>의 사설이 각각의 달과 범벅을 자의적으로 연결시키고 있는데 반해, <신범벅타령>은 각각의 달에 맞는 자연의 변화와 민속에 범벅을 유기적으로 연결시키고 있다. 그리고 <범벅타령>이 보여주었던 비윤리적 주제의식은 <신범벅타령>에 오면 완전히 제거된다.

이렇듯 1933년 이후 유성기음반의 대중화와 함께 관리당국의 감시 및 검열 제도가 정비되고 강화되면서 '성에 대한 진솔한 표현'을 드러냈던 일련의 잡가가 발매금지되었다. 이로 인해 잡가를 음반으로 취입할 때, 기존의 주제와 표현을 검열 기준에 맞추어 개편해야만 했다.

일제의 통제와 검열은 잡가가 지닌 다채로운 주제와 표현에 제약을 줄 수밖에 없다. <아리랑>이 치안상의 이유로 발매금지 되었던 상황을 감안할 때, 웃음을 통한 풍자의 주제 또한 제한을 받을 수밖에 없다. 실제로 음반이 발매금지되지 않았다 하더라도 음반의 제작자들은

260) <俗曲 新범벅타령>, 『유성기음반가사집 3』, 179면.(콜럼비아 40523-A.B, 김추월. 관현악반주. 1934. 7. 20.)

검열의 기준을 의식하고 사설을 개편해야만 했을 것이다.

성에 대한 진솔한 표현부터 다양한 주제까지 일제의 통제 하에서는 자율적으로 표출할 수 없었기 때문에, 잡가는 연정 중심의 개인적 정서만을 드러낼 수박에 없었다. 개인적 정서를 드러낼 때에도 생동감 있고 다채로운 표현 대신 진부하고 낯익은 표현들 위주로 작품을 구성하였다.

이렇듯 잡가에서의 자유로운 표현과 주제가 통제의 대상이 되자, 잡가의 연행과 향유는 더욱 위축될 수박에 없었다. 1930년대 후반 본격적인 전시체제가 구축되는 시기에는 통제의 강도가 더욱 심해져 잡가 방송 자체가 금지되었다.

제7장
대중매체를 통해 향유된 고전시가*

라디오로 방송된 십이가사와 잡가의 비교

1. 라디오방송에서의 십이가사 향유 방식과 특징

1) 라디오로 방송된 십이가사의 현황

잡가에 비해 방송 횟수가 적긴 하지만 가사나 가곡, 시조 등 전통 성악곡 또한 방송 프로그램으로 꾸준히 편성되었다.

유형	歌詞	歌曲	時調	將進酒	誦書	詩唱
횟수	443	383	337	76	47	7

〈표 23〉 풍류방음악 중 성악곡의 방송 횟수262)

* 제7장은 글쓴이의 발표 논문을 이 책의 체제에 맞게 다듬은 것이다(「20세기 전바기 라디오방송을 통한 십이가사의 소통과 향유」, 『한민족문화연구』 43, 한민족문화학회, 2013).

262) 정영진, 「일제강점기 문인음악 연구 : 대중매체를 중심으로」, 『음악과 민족』 24, 민

잡가에 대한 대중의 호응과 별개로 방송 프로그램 담당자들은 다른 전통 음악 방송 또한 적절하게 편성하여 청취자들이 다양한 종류의 음악을 접할 수 있게 한 것으로 보인다. 일반적으로 하나의 프로그램은 30여 분 정도로 편성되었다. 이때 잡가 방송만으로 프로그램이 끝나는 경우도 많지만, 가곡과 시조, 가사, 잡가 등을 엮어 한바탕 노래판을 형성하는 경우도 많았다. 청취자들은 다양한 갈래와 레퍼토리를 엮은 방송을 청취하면서 실제 노래판이나 공연을 감상하는 것과 같은 효과를 경험할 수 있었다.

20세기 전반기 음악을 향유할 수 있었던 또 다른 매체인 유성기음반의 경우에는 개인의 취향과 기호에 따라 음반을 선별하여 구매하고 자신이 좋아하는 음악을 반복적으로 들을 수 있는 장점을 가진 반면, 앞·뒷면을 합해 6분이라는 시간상의 제약으로 인해 두 곡만을 반복적으로 들을 수밖에 없는 단점을 가지고 있다. 이에 반해 라디오방송은 갈래와 개별 노래 레퍼토리가 다양하게 편성되어 다양한 음악을 향유할 수 있으면서도 30분이라는 방송 시간동안 마치 한 편의 완결된 공연을 감상하는 것과 유사한 느낌을 받을 수 있는 장점을 가지고 있다. 값을 지불하여 구매하지 않고도, 다양한 종류의 음악을 매일 감상할 수 있는 것은 라디오방송이 가진 가장 큰 장점이었을 것이다.

잡가의 뒤를 이어 라디오로 많이 방송된 전통 노래 갈래는 가사이다. 가사의 방송은 십이가사를 중심으로 이루어졌으며 십이가사의 연도별 방송 횟수를 정리하면 다음 도표와 같다.[263]

족음악학회, 2002, 213면.

연도	횟수	연도	횟수
1926	14	1936	91
1927	67	1937	83
1928	34	1938	69
1929	40	1939	58
1930	29	1940	57
1931	29	1941	35
1932	24	1942	18
1933	76	1943	21
1934	86	1944	11
1935	70	1945	8
합계		920	

〈표 24〉 십이가사의 라디오방송 횟수[264)]

도표에서 알 수 있듯이 십이가사의 방송 횟수가 잡가에 비해서 현저하게 부족한 것은 분명하다. 하지만 잡가 일변도로 편성되는 라디오방송에서 십이가사가 꾸준하게 방송되고 있었던 데에 대해 적극적으로 의미를 부여할 필요가 있다. 십이가사뿐만 아니라 가곡과 시조 등 전통 음악 방송이 지속될 수 있었던 것은 라디오가 가진 매체적 속성과 연관된다. 라디오방송은 단순히 보도와 오락의 기능만을 수행한 것

263) 당시 가창 환경에서 십이잡가와 십이가사가 명확하게 구별되었는지에 대해 논란의 여지가 있을 수 있다. 그러나 방송 프로그램을 안내하는 신문의 '금일의 라디오'란에서 개별 곡목을 지칭하는 표제를 보면, 십이가사는 '가사'라는 표제를 사용하여 십이잡가와 구별하고 있음을 확인할 수 있다.

264) 이 글에서 제시하는 방송 자료는 민속원 편, 『경성방송국국악방송곡목록』에 근거한 것이다. 횟수 산출 방법은 다음과 같다. 한 번의 방송 프로그램에서 십이가사 세 곡이 방송되었다면, 횟수는 3회로 계산했다. 또한 곡목을 제시하지 정확한 방송 곡목을 확인할 수 없는 경우에도 표제를 '가사'로 쓴 경우, 이 또한 방송 횟수로 반영하여 계산하였다. 표제를 통해 가사 방송임을 확인할 수는 있으나, 개별 방송 곡목을 확인할 수 없는 경우는 모두 121회였다.

이 아니라, 대중의 교양을 제고해야 하는 목적을 가지고 있었다.[265] 그러므로 대중의 기호만을 고려하여 방송 레퍼토리를 선정한 것은 아니었다. 대중적인 선호도가 낮을지라도 지속적으로 어학 강좌나, 서양의 관현악을 프로그램으로 편성한 것이 라디오가 가진 '대중적 교양의 제고'라는 성격을 잘 보여주는 사례라 할 수 있다. 방송 담당자들은 십이가사 및 가곡과 시조 등 전통 음악 방송을 통해 대중적 교양을 제고한다는 라디오방송의 목적을 달성할 수 있었다. 또한 십이가사와 가곡, 시조 등을 잡가와 함께 방송함으로써 잡가만으로 편성된 프로그램이 갖는 내용적·음악적 단조로움을 전통 음악 방송을 통해 극복하고자 시도했을 것으로 짐작된다.

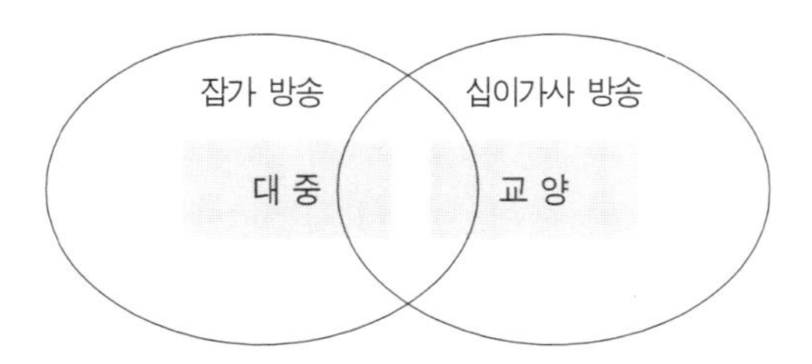

즉 잡가 방송은 그림에서와 같이 전통 음악 방송 중에서도 대중성을 지향하는 양상을 보이며, 가곡과 시조, 가사 방송은 대중의 교양을 제고하기 위한 목적으로 방송되는 양상을 보인다. 그러므로 두 갈래의

265) 당시 일본방송국의 라디오편성 지침은 "보도, 교양, 위안"이었으며, 이는 그대로 경성방송국의 편성지침이 되었다. 당시 경성방송국은 교양제고를 위해 위생·수양·과학 등 여러 방면의 강연과 어학 강좌를 매일 방송하고 있었다.(경성방송국의 편성지침과 프로그램 편성에 대해서는 이서구의 글 참고－이서구, 「放送夜話, 어떻게 하야 여러분의 귀에까지 가는가」, 『삼천리』 1938. 10. 1.)

방송 양상을 비교하는 작업은 20세기 전통 시가 방송의 상이한 두 국면을 규명하는 데 효과적일 것으로 판단된다.

2) 교양으로서의 십이가사 방송

라디오방송이 시작되던 초기부터 연예·오락물에 대한 대중의 기호는 전통 음악 방송에 치우쳐 있었다. 전통 음악 중에서도 잡가에 대한 선호도가 높았음은 앞서 살펴보았다. 잡가와 십이가사에 대한 대중의 선호도가 어떻게 변화했는지 그래프를 통해 살펴보면 다음과 같다.

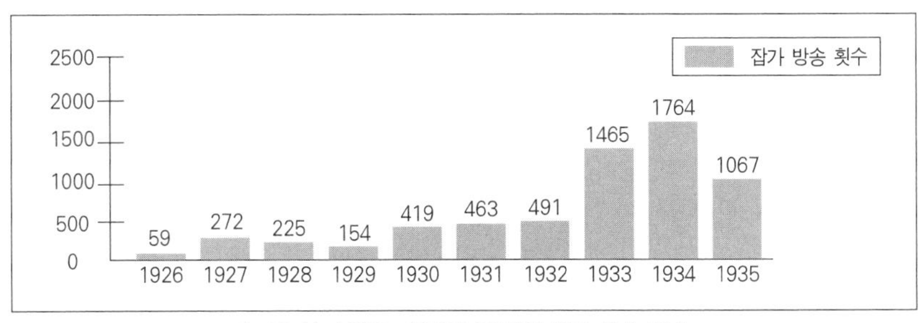

〈그림 1〉 1926~1935년까지의 잡가 방송 횟수

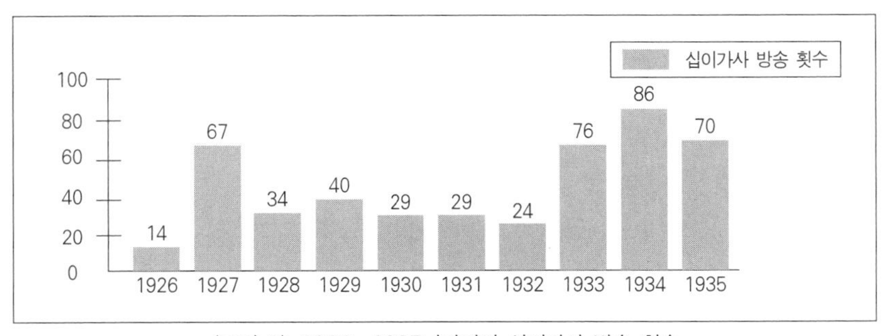

〈그림 2〉 1926~1935년까지의 십이가사 방송 횟수

앞의 그림은 경성방송국 개국 당시부터 이중방송이 실시되고 안정적인 방송 환경이 구축되는 1930년대 중반까지의 잡가와 십이가사 방송 횟수를 그래프로 나타낸 것이다. 1933년을 기점으로 두 갈래의 방송이 폭발적으로 증가하는 것은 이중방송의 실시에 따른 것으로, 이는 잡가와 십이가사 방송만의 특징은 아니다. 이중방송 실시 이후 조선어 방송을 통해 방송시간이 확대되고 안정적인 방송 환경이 구축되면서, 모든 음악 방송 횟수가 획기적으로 늘어난다. 그러므로 이는 특징적인 현상으로 보기는 힘들다.

이 글은 1933년 이전까지의 두 갈래 방송이 가지는 변별적 특징에 주목하고자 한다. 1933년 이전까지 잡가 방송은 점차 증가 추세를 보이는 반면, 십이가사의 방송은 점차 그 횟수가 감소하는 양상을 보인다. 즉 1927년 본격적인 방송이 시작되면서는 십이가사의 방송 또한 잡가 방송의 25% 정도에 해당하는 횟수로 방송되고 있었다. 또한 1929년에는 잡가의 방송이 전 해에 비해 감소한 반면 십이가사의 방송은 오히려 증가하는 양상을 보이기도 하였다. 그러나 1930년 이후 십이가사의 방송은 감소세를 보이며 잡가 방송과 비교했을 때 5~7%에 불과했다.

이렇듯 방송이 도입된 이후 초기 방송에서는 십이가사의 방송이 전체 전통 음악 방송에서 차지하는 비중이 높은 편이었으나, 라디오방송이 본격 궤도에 접어드는 1930년대에 접어들면 방송 레퍼토리 내에서도 주변부로 밀려난다. 이는 방송 청취자들의 취향과 기호가 잡가 방송을 선호하는 방향으로 진행되었으며, 곧 십이가사에 대한 선호도는 감소했음을 의미한다. 십이가사에 대한 대중의 선호도가 감소했다는 사실은 같은 시기에 음악 향유의 다른 한 축을 담당하고 있었던 유성기음반을 통해서도 확인할 수 있다.

발매년도	1910년대		1920년대		1930년대		1940년대	
	전반기	후반기	전반기	후반기	전반기	후반기	전반기	후반기
발매횟수	2	0	6	9	18	3	2	0
합계	40							

〈표 25〉 십이가사의 유성기음반 발매 횟수[266]

십이가사는 유성기음반을 통해 모두 40회 취입되었다. 개별 잡가 곡목 중 하나인 <수심가>의 경우, 음반으로 취입된 횟수만 173회였다.[267] 전체 십이가사의 취입 횟수가 <수심가> 한 곡 취입 횟수의 30%에도 미치지 못한다는 사실을 통해 십이가사의 음반 취입이 잡가에 비해 저조했음은 쉽게 짐작할 수 있다.

유성기음반은 직접 값을 지불하고 취향과 선호에 따라 음반을 선택하고 구매하는 매체이므로 라디오방송에 비해 구매자의 취향이 음반 제작에 적극적으로 반영될 수밖에 없다. 즉 '대중적 교양의 제고'라는 목적을 위해 대중성이 다소 약할지라도 프로그램으로 편성되는 라디오방송이 공적 영역에 속한 매체라면, 개인의 취향에 기호에 따라 구입하고 개별적으로 향유하는 유성기는 사적 영역에 속한 매체라고 할 수 있다.

266) 십이가사의 음반 취입에 대한 자료는 『한국유성기음반』에 근거한 것임을 밝힌다.(『한국유성기음반』 1~5, 수림문화총서, 2011.) 음반으로 취입된 십이가사의 횟수 산출 방법은 다음과 같다. 개별 곡목을 기준으로 정리하여 한 음반의 앞·뒷면에 다른 작품이 수록되었다면 2회로 계산하고, 한 곡이 앞·뒷면으로 나누어 수록되었다면 1회로 계산한다. 구체적인 목록은 <부록 2-유성기음반 소재 십이가사 목록>을 통해 확인할 수 있다.

267) 장유정, 「대중매체의 출현과 전통가요 텍스트의 변화 양상 고찰-<수심가>를 중심으로」, 『고전문학연구』 30, 한국고전문학회, 2006, 45~46면.

그러므로 음반의 취입 경향은 대중의 기호를 판단하는 표지가 될 수 있다. 위의 도표를 통해 음반을 통한 노래의 소통과 향유가 본격화되고 일반화되는 1930년대에 이르면 전반기까지는 십이가사 취입이 이루어지지만 후반기부터는 급속하게 쇠퇴하고 있음을 확인할 수 있다. 즉 유성기음반을 통한 노래 향유가 본격화된 이후에는 십이가사 음반 취입이 쇠퇴하고 있음을 확인할 수 있다. 이는 유성기음반이 도입된 초기에 십이가사를 보존하고자 하는 움직임은 있었지만, 대중적으로 십이가사가 음반으로 향유되지는 않았다는 사실을 반증한다고 할 수 있다.

지금까지 라디오방송과 유성기음반을 통해 소통되고 향유된 십이가사의 현황을 살핀 결과, 십이가사에 대한 대중의 선호도가 약화되고 십이가사가 점차 노래문화의 주변부로 밀려났음을 확인할 수 있다. 또한 전통 노래 갈래 중 잡가가 노래 문화의 중심으로 부상했음을 실증적 자료를 통해 확인할 수 있다.

그러나 대중의 선호도가 약화되었지만, 십이가사는 라디오를 통해 음악의 유통과 향유 현장에서 쇠퇴의 일로를 걷지 않고 꾸준히 소통될 수 있었다.

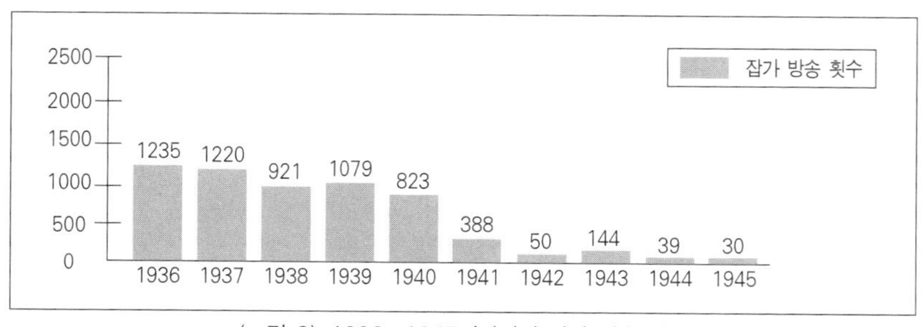

〈그림 3〉 1936~1945년까지의 잡가 방송 횟수

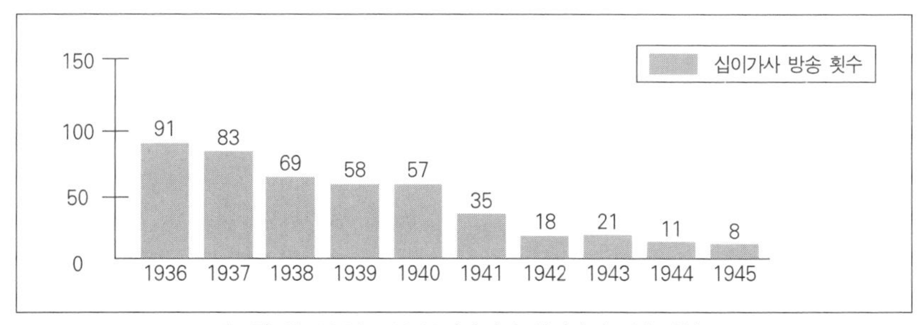

〈그림 4〉 1936~1945년까지의 십이가사 방송 횟수

위의 도표는 1936년 이후 잡가와 십이가사 방송 횟수를 그래프로 정리한 것이다. 1930년대 중반은 노래문화의 주도권이 잡가에서 신가요로 전환되는 시기이면서 또한 전시체제가 본격화되면서 노래 방송 자체가 위축된 시기이기도 하다. 그 결과 잡가의 방송 횟수가 급속하게 감소한 것을 확인할 수 있었다.

잡가 방송과 마찬가지로 십이가사 방송 또한 전체적으로 그 횟수가 감소하고 있다. 하지만 잡가 방송이 급작스럽게 감소하는 데 반해, 십이가사 방송은 줄어들긴 하지만 꾸준히 이어지고 있음을 확인할 수 있다. 즉 노래판의 헤게모니가 신가요로 이동하면서 전반적인 전통 노래 방송의 쇠퇴라는 향유 환경의 변화와, 전시체제 구축과 검열의 강화라는 환경의 변화에도 불구하고 십이가사는 1940년대 이후에도 지속적으로 방송이 이루어지고 있는 것이다. 이는 십이가사 방송과 잡가 방송이 보여주는 큰 차이라고 할 수 있다.

십이가사는 대중적인 선호도에 의존해서 방송되지만은 않았다. 즉 잡가 방송은 신가요와의 경쟁에서 쇠퇴한 후 방송이 감소하지만, 십이가사 방송은 꾸준히 이루어지고 있는데, 이는 십이가사 방송이 '다양한 문화 체험을 통한 교양의 제고'라는 라디오방송의 목적에 따라 교양 방송의 일부를 담당하고 있었기 때문에 가능한 것이다.

3) 연행집단의 확대와 위상의 변화

라디오방송에서 조선 음악은 대부분 기생들에 의해 연행되었다. 라디오방송뿐만 아니라 유성기음반 또한 주로 기생들에 의해 취입되었다. 1910년대 이후 근대식 극장 공연이 성행하자 기생에 대한 수요도 꾸준히 증가하다가 1920~30년대에는 기생을 교육하고 양성하는 전문 기생학교가 성행했다. 기생학교에서는 가곡에서 잡가까지 성악곡 전체를 교육하고, 춤은 승무와 검무 등 전통적 양식뿐만 아니라 신식 댄스까지도 정규 교과목으로 편성하였다.[268] 당시의 기생들은 손님들의 요구에 부응하기 위해 자신들이 '색주가에서나 부르는 소리'라고 천대하던 잡가까지도 교육받아야 할 만큼 음악에 대한 대중의 취향은 달라져 있었다.

기생 중심의 음악 향유 환경은 유성기음반과 라디오방송 레퍼토리에도 고스란히 반영되었다. 그 결과 전통 음악의 연행에서 기생을 제외한 이들의 음반 및 방송을 찾아보기 어려운 지경에 이르게 되었다.

> 우선 조선가곡(歌曲)은 누가 방송을 잘 하는가 이 말은 아모리 우리 귀로 드러서는 좋은 노래로 토-키-나 라듸오의 마이크로폰에 적당하고 적당치 않은 사람이 있기 때문에 하는 말이다. 그런데 이 가곡에 있어

268) 草士, 「西道一色이 모힌 平壤妓生學校」, 『삼천리』 1930. 7.

서는 소위 광대라는 이들 기생들인데 기생도 이 방송이 자기들 영업에 관계가 큰 모양으로 애써 방송푸로그람에 일홈이 끼랴하는 측도 있는 모양이다.

남도창(南道唱)에는 녀창으로 박록주와 신금홍 오비취 김소희 김여란 등인데 이들은 항간에서 말하다싶이 명창이라하는 축이오 이 중에는 가곡의 수명이 상당히 긴- 자가 있으니 조선가곡계가 너무도 단조한 탓일 것이다.

남창으로는 풍채 좋은 리동백 김창용 송만갑이라 할 수박에 없다. 그러나 아모래도 국창이든 리동백옹이 남창의 웃듬일 듯 싶으니 칠십노래에 아즉도 젊은 사람 뺨치게 정정하고 음성이 탁음이 없음이오 멋드러짐도 역시 다시 없을 명인이다.

서도창(西道唱)에는 그 능라도를 휩싸고 도라 흐르는 물결같이 그 물결의 애원성같은 소리에 맛는다 할 수 있는 평양 수심가같은 그 서도창을 잘하는 측도 역시 평양에서 온 기생들이다. 김옥엽 리진봉 최섬홍 조목단 리죽엽 곽산월·곽명월 자매가 일홈이 있으며 장향란이도 유명하다.

경성좌창에 신해중월 손경란인대 경성좌창은 서도창 남도창 사이에 끼여 겨우 잔명을 이여가다가 라듸오 바람에 머리를 다시 든 모양이다.[269]

인용문은 경성방송국에서 방송되던 프로그램별(조선가곡, 야담, 유행가, 라디오드라마, 강연, 동요·동화, 서양음악, 바느질 및 음식)로 인기 있는 연행자를 소개하는 내용이다. 가곡에서부터 잡가까지 방송국에서 연행되던 대부분의 노래 갈래는 이미 기생들이 주도권을 잡고 연행하고 있었음을 확인할 수 있다.

---

269) 안테나生, 「라디오는 누가 第一 잘하나」, 『조광』 1936. 1.

출연 횟수	이름(횟수)
가창자	
90회 이상	김화향(94), 이월색(91)
61~90회	최정희(73), 김초홍(67)
41~60회	김진홍(60), 서산호주(57), 안학선(55), 조점홍(53)
21~40회	김수정(40), 신화선(37), 문산홍(34), 서산옥(34), 문명선(31), 김봉선(29), 김금도(24), 현매홍(24), 김일순(23), 이병성(23)
11~20회	노금도(20), 김동수(19), 김미화(19), 장향란(17), 정금파(17), 정채홍(17), 김금주(16), 김소희(16), 김란주(14), 안은동(14), 김금홍(13), 오류색(13), 장명옥(13), 김추월(11), 최죽향(11), 허춘도(11)
10회 이하	김금선(10), 김옥엽(10), 황국향(9), 고연옥(8), 최봉선(8), 김금양(7), 안인숙(7), 조목단(7), 김채운(6), 김홍도(6), 명금봉(6), 박도희(6), 박란옥(6), 이채선(6), 조영순(6), 김란파(5), 김비취(5) , 김선옥(5), 김일덕(5), 이산홍(5) *4회 이하 생략
반주자	
200회 이상	김영근(대금, 446), 김일우(장고, 252)
20~200회	박영복(장고, 57), 고재덕(죽저, 52), 이두봉(장고, 38), 유봉근(장고, 30), 송두봉(장고, 24), 김기산(대금, 22), 조동석(단소, 22), 최수성(양금, 20) *19회 이하 생략

〈표 26〉 라디오방송에 출연한 십이가사 가창자 및 반주자

위에서 제시한 도표는 라디오방송에 출연해 십이가사를 가창한 가수와 반주자를 정리한 것이다. 이를 통해 첫째, 각 권번의 최고 예기들을 중심으로 십이가사 라디오방송 프로그램이 편성되었음을 확인할 수 있다. 가장 많이 출연한 김화향은 한성권번의 제1기생이다.[270] 김화향뿐만 아니라 최정희, 김초홍, 현매홍 등은 당시 권번 관련 기사 및 간행물에 대표적 예기로 소개될 만큼 정평이 나 있던 예기들이다. 십이가사는 각 권번의 대표적인 예기들이 참여하여 방송을 진행하였

270) 一記者, 「京城의 花柳界」, 『개벽』 48, 1924. 6.

음을 확인할 수 있다.

둘째, 여창가곡 전문가들이 십이가사 가창에 참여하였음을 확인할 수 있다. 김초홍, 김진홍, 서산호주, 현매홍, 김금주, 김소희 등은 1920년대 여창가곡을 전문적으로 연행하던 가창자이다.[271] 라디오방송에서 십이가사는 가곡이나 시조와 함께 공연되는 경우가 많았으며, 가창자 또한 가곡·시조와 십이가사의 가창을 함께 하는 경우가 많았다. 유성기음반의 경우에는 하나의 음반에 십이가사와 잡가가 함께 취입되고 이를 한 명의 가수가 담당하기도 하지만, 라디오방송에서는 잡가보다는 가곡과 가사를 함께 연행하는 경우가 많았다. 이러한 방송 양상이 가곡·가사 방송과 십이가사 방송을 유사한 성격으로 묶는 구실을 했을 것으로 보인다.

셋째, 하규일에게서 교육받은 예기들이 십이가사 방송에 활발하게 참여하고 있음을 확인할 수 있다. 김진홍, 서산호주, 김수정, 현매홍 등은 대표적인 하규일의 제자로 꼽힌다. 특히 현매홍은 대표적인 하규일의 제자라고 할 수 있다.[272] 하규일은 1930년 11월 8일 단 한차례 지휘자로 방송에 참여했을 뿐, 다른 방송 참여 기록은 확인되지 않는다. 하규일이 직접 방송에 참여하는 대신 하규일에게 교육받은 예기들이 십이가사 방송에 적극적으로 참여하였다. 하규일의 영향은 십이가사 방송 레퍼토리에까지 영향을 준 것으로 파악된다.

---

271) 송방송, 「1920년대 방송된 전통음악의 공연양상」, 『한국근대음악사연구』, 민속원, 2003, 258~259면 참고.

272) 浪浪公子, 「名妓榮華史, 朝鮮券番」, 『삼천리』, 1936. 6.

연도	죽지사	춘면곡	길군악	백구사	황계사	상사별곡	어부사	수양산가	처사가	매화가	권주가	양양가	확인불가	합계
1926	2	3		1	1	3		3		1				14
1927	5	5	3	1	4	2		5					42	67
1928		2	1										31	34
1929	1	6	2		2			1					28	40
1930	4	7	11	2	3								2	29
1931	8	10	4	5				2						29
1932	6	7	3	3		1	2	1					1	24
1933	14	18	18	6	6	9	2	3						76
1934	17	15	17	13	4	7	6	3	3				1	86
1935	10	12	16	10	7	6	7	2						70
1936	16	17	12	13	12	6	10	2	2				1	91
1937	15	13	15	9	9	10	8		4					83
1938	12	11	11	11	7	7	7	1	1			1		69
1939	15	9	8	4	7	6	4	2	1	1	1			58
1940	12	7	11	9	5	5	2	4	2					57
1941	5	6	5	9	2	3		3	1				1	35
1942	5	1	5	1			2		2				2	18
1943	10	1	1	5				3					1	21
1944	1		1	1			1		1				6	11
1945	1			1									6	8
합계	159	150	144	104	69	65	51	35	17	2	1	1	122	920

〈표 27〉 십이가사 개별 레퍼토리의 연도별 방송 횟수

위의 도표는 십이가사 개별 레퍼토리의 연도별 방송 횟수를 정리한 것이다. 하규일이 창법의 격조가 낮아 전수하지 않았다는 <수양산가>, <처사가>, <양양가>, <매화타령>의 방송이 저조함을 확인할 수 있다. <수양산가>는 라디오방송이 개국한 초기부터 방송되기는 하였지만, 이는 하규일이 교육을 담당한 조선권번 소속의 예기가 아닌

한성권번 소속의 예기들에 의해 방송이 이루어진 것이다.

기생에 의해 주도되던 십이가사 방송이 1930년대 중반에 이르면 또 다른 양상을 보이기 시작한다. 다음의 도표는 1933년 이후 '이왕직아악부'에 의해 이루어진 십이가사 방송이다.

번호	방송날짜	방송시간	제목	연행자
1	19331102	20:00	죽지사	이왕직아악부원
2	19341101	12:05	어부사	이병성/박성재(단소)
3	19350820	20:30	건곤가	이왕직아악부원
4	19351107	20:30	백구사	이왕직아악부원
5	19370328	22:00	건곤가	이왕직아악부원
6	19370722	20:00	건곤가	이왕직아악부원
7	19370923	20:15	어부사	이왕직아악부원
8	19380512	21:00	처사가	이병성(이왕직아악부원)
	19380512	21:00	죽지사	이병성(이왕직아악부원)
9	19380824	20:30	양양가	이왕직아악부원 이병성(남창) 박창진(여창)
	19380824	20:30	황계사	이왕직아악부원 이병성(남창) 박창진(여창)
10	19390224	21:05	처사가	이병성(이왕직아악부원)
	19390224	21:05	죽지사	이병성(이왕직아악부원)
11	19390503	21:05	매화가	이병성/김영근(대금) 김일우(장고)
	19390503	21:05	권주가	이병성/김영근(대금) 김일우(장고)
12	19400706	20:50	처사가	이병성/김영근(대금) 김금매(장고)
	19400706	20:50	죽지사	이병성/김영근(대금) 김금매(장고)
13	19400804	20:50	죽지사	이병성/김영근(대금) 김금매(장고)
	19400804	20:50	처사가	이병성/김영근(대금) 김금매(장고)
14	19400913	20:00	수양산가	이병성/김영근(대금) 김금매(장고)
	19400913	20:00	죽지사	이병성/김영근(대금) 김금매(장고)
15	19410930	20:50	처사가	이병성, ㅇ주환(대금) 김천흥(장고)
16	19411126	20:30	죽지사	이병성/김ㅇㅇ(대금) 김천흥(해금) 박영복(장고)
17	19420111	20:40	길군악	이병성/김천흥(해금) 박영복(장고)
	19420111	20:40	죽지사	이병성/김천흥(해금) 박영복(장고)

번호	방송날짜	방송시간	제목	연행자
18	19420128	20:20	죽지사	이병성/김금해(해금) 박영복(장고)
	19420128	20:20	어부사	이병성/김금해(해금) 박영복(장고)
19	19420401	21:20	처사가	이병성/김천흥(해금) 박영복(장고)
	19420401	21:20	길군악	이병성/김천흥(해금) 박영복(장고)

〈표 28〉 이왕직 아악부의 십이가사 방송 현황

위의 도표는 십이가사 방송 중 이왕직아악부에 의해 연행이 이루어진 내용을 정리한 것이다. 기생에 의한 연행보다 그 횟수가 현저하게 떨어지긴 하지만, 1933년 이후 이왕직아악부가 십이가사 방송에 꾸준히 관여하고 있음을 확인할 수 있다.

이왕직아악부는 조선조의 장악원을 계승한 조직으로서, '아악'의 공연과 계승을 독점적으로 담당하고 있었다. 궁중음악만을 취급하던 이왕직아악부는 1926년 하규일을 전략적으로 초빙하여 가곡과 가사, 시조까지도 공식적인 레퍼토리로 채택하였다.[273] 이와 함께 대중들을 위한 음악 활동에 소극적이었던 모습도 변모하기 시작했다.

이렇듯 과거의 전통을 고수할 뿐 대중의 취향을 외면했던 이왕직아악부가 대중들의 취향을 고려하여 음악활동을 진행하는 방향으로 변화된 면모는 십이가사의 라디오방송에서도 드러난다. 이는 아악부 소속의 구성원이 직접 라디오방송에 출현해 가사를 연행한 것을 통해 확인할 수 있다. 이는 궁중음악을 연행하던 기존의 관습에서 벗어난 것이다. 뿐만 아니라 품격이 낮다고 전해지는 <수양산가>나 <처사

273) 권도희, 「20세기 초 음악집단의 재편」, 『동양음악』 20, 서울대학교 동양음악연구소, 1998, 279면.

가>까지 구연하는 것으로 보아 대중들의 기호와 취향을 적극적으로 수용하겠다는 의지를 확인할 수 있다.[274]

전통음악에 대한 대중의 선호도가 낮아지면서 위기의식을 느낀 이왕직아악부는 기존의 관습을 무너뜨리고 적극적으로 현실을 타개하기 위해 노력했고, 이러한 노력의 일환으로 대중매체를 적극적 활용했다. 이왕직아악부의 노력이 어떠한 목적을 가지고 이루어졌던 간에 결과적으로 이왕직아악부가 방송에 참여함으로써 기생 집단 일변도로 구연되던 방송 환경이 다변화되는 계기를 마련한 것은 적극적인 의미부여가 필요하다.

기생의 사회적 지위가 향상되긴 했지만, 기생에 대한 편견은 여전히 존재할 수밖에 없다. 이왕직아악부의 십이가사 방송 참여는 궁중음악을 담당하던 예인들이 직접 구연에 참여함으로써, 청취자에게 궁중의 음악을 향유하는 것과 같은 느낌을 경험하게 하였을 것이다. 실제로 당시 기사를 살펴보면, 이왕직아악부의 음악은 보편적이고 대중적이지는 않지만 외국인들까지 듣는 조선의 대표 음악으로 평가되고 있었다.[275] 이러한 분위기 속에서 이왕직아악부가 십이가사 방송에 참여하였다는 사실만으로도 방송 종목 내에서의 십이가사의 위상은 높아진다고 할 수 있다. 게다가 이왕직아악부는 십이가사 방송에는 참여하였지만 잡가 방송에는 참여하지 않는다. 이들의 참여를 통해 십이가

274) 하규일은 십이가사 중 <수양산가>, <처사가>, <양양가>, <매화타령> 4곡에 대해 창법의 격조가 낮아 부르지 않았으며 제자들에게도 4곡을 제외한 8곡만 전수했다고 한다.－장사훈, 「십이가사의 음악적 특징」, 『논문집』 18, 서울대학교, 1973, 3~4면.

275) 「放送夜話」, 『삼천리』 1934. 11.

사와 잡가의 차이는 더욱 부각되었을 것으로 추측할 수 있다.

2. 십이가사 방송 – 음악적 정통성과 대중적 요구의 접점

19세기까지만 해도 신분에 따라 향유할 수 있는 음악은 나뉘어 있었다. 물론 17・18세기에 형성된 여항의 시정문화로 인해 상・하층의 이원적 문화체계에 균열이 생긴 후, 19세기 후반에 도시문화가 형성되면서 대중화의 기틀이 마련된 것은 분명하다.276) 하지만 여전히 신분에 따라 문화 접근과 향유가 차별화된 것은 분명한 사실이다. 그러나 20세기 전반기에 들어오면 근대식 매체의 등장과 함께 기존의 신분에 따른 차별적 음악 향유의 토대 자체가 완전히 붕괴된다. 물론 신분 대신 경제력에 의해 문화 접근과 향유가 차별화되긴 하지만, 원칙적으로 이제 문화는 누구에게나 열려 있는 대중의 것이 되었다.

근대식 극장 공연을 통해 중급 쇠고기 한 근 정도를 살 수 있는 금액이면 당대 최고 명창을 공연을 관람할 수 있었다. 1920년대 말부터는 유성기음반과 라디오방송이 대중화되기 시작했다. 이들 또한 처음에는 고가의 물품으로 '상층문화의 표상'이었지만, 점차 대중화되어 중산층 정도의 가정에서 흔히 볼 수 있는 물품이 되었다.277) 라디오는 손님을 끌어들이기 위해 식당이나 이발소에서도 갖추어놓는 흔한 물

276) 김학성, 「잡가의 생성기반과 장르 정체성」, 『한국 고전시가의 정체성』, 성균관대 대동문화연구원, 2002, 250~264면 참고.

277) 『음악』 1935. 12.

건이 되었으며,[278] 유성기음반과 라디오를 틀어놓는 상점 때문에 거리는 시끄러워 규제가 필요한 지경이었다.[279]

이렇게 음악 향유의 환경이 단기간에 급속하게 전환되면서 대중들이 음악을 향유할 수 있는 기회는 더욱 확대되었다.

> 구주대전까지도 음악을 드르랴면 그곳으로 가지 않으면 아니되는 것이엇습니다. 유성기도 잇엇으나 그것도 지금으로부터 보면 퍽 유치한 것이엇습니다. 음악을 드르랴면 음악회에 가든지 좋은 영화관으로 가야만 할 것이엇습니다. 그러나 언제 라디오에 의하야 우리는 앉어서도 여러 만 리 밖에 음악도 들을 수가 잇게 되엇습니다. 그 진보야말로 참으로 놀랄만한 것이엇습니다. 음악도 생산관계를 따러 발달하는 것이엇습니다.[280]

인용문에서와 같이 유성기음반과 라디오를 통해 굳이 공연에 가지 않아도 다양한 음악을 접할 수 있는 기회가 확대되었다. 이는 문화에서 소외된 지방 거주자도 공간적 한계를 초월해 음악 향유가 가능해졌음을 의미한다. 이렇듯 근대적 대중매체를 통해 음악의 대중화가 실현되었다.

그러나 문화적 감식안을 가진 소수에 의해 수준 높은 연행과 감상이 이루어지던 시기를 '문화의 고급화'라고 특징짓는다면, 대중매체를 기반으로 누구나 문화를 즐길 수 있는 '문화의 대중화'가 이루어지는

278) 경성탐보군, 「商界閑話」, 『별건곤』 1927. 3.
279) 『동아일보』 1937. 8. 12.
280) 「토키의 소리와 라디오의 소리(상)－음악의 역사」, 『동아일보』 1933. 11. 1.

시기에는 공연 종목이 대중 추수적인 방면으로 변할 수밖에 없다. 이렇게 문화의 대중화를 거치며 대중 추수적인 방면으로 문화가 개편되자, 누구나 즐길 수 있는 문화에서 나아가 일반적인 대중과 자신을 구별하는 문화를 향유하고자 하는 욕망이 나타나기 시작했다.

> DK에서는 이번에 구한국시대에 어전에서 가무를 연주하여 총애를 밧든 황기훈, 이남수, ○주삼의 삼씨를 청하야 십이월 육일 오후 여섯시반부터 약 삼십분간 방송을 하게되엿는데 씨등은 (중략) 『산타령』 『개고리타령』 등을 부른다고 합니다[281]

라디오방송 연주자 광고(『매일신보』 1931.12.6.)

위의 인용문은 경성방송국에서 진행하는 공연을 소개하는 신문기사이다. 기사에 소개된 곡목이 잡가이긴 하지만, 이 광고성 기사를 통해 당시 대중들 사이에는 '고급' 양식에 대한 욕망이 자리 잡고 있었음을 확인할 수 있다.

281) 「경성구좌창」, 『매일신보』 1931. 12. 6.

신문에 게재된 십이가사 음반 발매 광고(『동아일보』 1931.2.22.)

高尙한 趣味, 幽閑한 氣分은 歌詞・時調에서發見
伴奏는 當代一人者 金桂善氏의 저[大笒]
想思別曲・白鷗詞 … 唱 李蘭香 女史[282]

인용문은 십이가사 음반의 광고문구이다. 십이가사와 시조가 격조를 가진 고급음악으로 묶이면서 이러한 음악감상을 통해 고상한 취미생활을 누릴 수 있다고 광고함으로써 대중들의 고급문화에 대한 욕망을 자극하고 있다. 뿐만 아니라 라디오방송의 조선 음악이 경기가요와 남도가요, 서도가요 등 잡가 일변도로 편성됨으로써 그 프로그램의 빈약함과 질적 수준의 저하를 우려하는 목소리도 있었다.[283]

음악 방송 프로그램의 대중 추수적 경향에 대한 대응방법으로서,

282) Columbia40155AB 발매광고, 『동아일보』 1931. 2. 22.
283) 김재경, 「라디오에의 요망 제이방송을 주로 하여」(하), 『동아일보』 1939. 2. 2.

또 청취자들의 교양 제고 및 다양한 방송을 제공하기 위한 방법으로서 십이가사를 비롯한 가곡과 시조 등 전통 음악들이 꾸준하게 방송될 수 있었다. 그러나 이러한 현상이 방송국의 취지에 의해 일방적으로 진행된 것은 아니다. 방송국에 의해 일방적으로 진행되었다면, 가곡과 시조에 비해 십이가사의 방송이 우세한 이유를 설명할 수 없다.

앞서 논의했듯이, 대중매체를 통한 문화의 대중화가 가속화되면서 향유층 내에서 일반적인 대중과 자신을 구별하고자 하는 욕망이 나타나기 시작했다. 즉 예도적 음악계와 시정의 음악계가 분리되어 있던 19세기까지의 음악 향유 환경은 20세기 이후 근대적 대중매체를 통한 음악 향유가 일반화되면서 사라졌다. 하지만 예도적 음악의 전통을 계승하고자 했던 청취자들과 또 자신을 음악적 교양을 가진 청취자로 보이고 싶어 했던 청취자들의 욕망이 다시금 예도적 음악계를 재현하고자 했다. 그러나 이들은 19세기 풍류방의 예도적 음악계를 주도했던 '음악적 지성인'[284]과는 구별된다. 당시 십이가사 향유의 일면을 보여주는 유성기음반을 살펴보면, 개별 노래 전체를 취입하기보다 십이가사와 서도잡가를 함께 취입하거나 십이가사의 일부분만을 취입하는 등 십이가사를 온전하게 전달하고자 했던 노력이 적었음을 확인할 수 있다. 단순히 맛보기 식의 음반 향유가 일반적이었음을 감안할 때 십이가사 음반 소비자들은 십이가사 자체를 향유하고자 했던 것보다 십이가사가 가지고 있던 '고급'의 이미지를 향유하고자 했던 욕망이 더욱 컸음을 확인할 수 있다. 당시 잡지 기사를 통해서도 잡가와 시

284) 권도희, 『한국 근대음악 사회사』, 민속원, 2004, 59면.

(詩) · 시조(時調) · 가사(歌詞)가 대립적인 향유 양식으로 구별되어 인식되고 있음을 쉽게 확인할 수 있다.[285] 즉 당시 가사는 가곡 · 시조와 함께 묶여 잡가의 대칭적 지위를 보유하고 있었다고 할 수 있다.

십이가사는 주제와 음악적 특징에 있어 전통 성악곡 중 잡가와 가장 유사한 형태를 지닌다. 그러므로 십이가사는 대중 본위의 잡가와 유사한 음악적 · 내용적 특징을 가지면서도, 잡가와 '격조의 차이'를 드러낼 수 있었던 장르라고 할 수 있다. 즉 당시의 십이가사는 잡가와 시조 · 가곡으로 대별되는 대중음악과 고급음악의 경계에서 '음악적 정통성과 대중적 요구'라는 상반된 지향이 합의할 수 있는 접점이라고 할 수 있다. 이것이 가곡과 시조에 비해 십이가사의 방송이 상대적으로 우세할 수 있었던 요인으로 작용했을 것으로 보인다. 더구나 이왕직아악부의 방송 참여는 격조의 차이를 더욱 부각시켰을 것으로 예상할 수 있다.

---

285) 一記者, 「京城의 花柳界」, 『개벽』 48, 1924. 6.

[부록 1] 유성기음반 소재 잡가 목록*

번호	제목	표제	가수 및 반주자	취입 회사 및 일련번호	발매일
1	제비가	십이 잡가	(병창)박춘재 김홍도	일축조선소리판 K207A.B	
2	제비가(一)(二)		김추월	일축조선소리판 K539-B	
3	張大將타령 (上)(下)	경기 잡가	박춘재 고 문영수 장고 지용구	콜럼비아 40022-A.B	
4	노래가락	유행 잡가	이영산홍. 백목단. 반주 피리・해금	콜럼비아 40052-A.B	
5	寧邊歌(녕변가) (上)(下)	서도 잡가	이금옥	콜럼비아 40188-A.B	
6	수심가	서도 잡가	이금옥	콜럼비아. 40213-A	
7	역금수심가	서도 잡가	이금옥	콜럼비아. 40213-B	
8	양산도	잡가	이영산홍. 이진봉.	콜럼비아. 40245-A	
9	뒷산타령	잡가	이영산홍. 이진봉	콜럼비아. 40245-B	
10	노들강변	경기 잡가	조목단. 관현악반주	콜럼비아 40516-A	1934.6.20
11	방물가	경기 잡가	조목단. 저 김계선. 고 김옥엽	콜럼비아 40516-B	1934.6.20
12	영변가(상)(하)	서도 잡가	장학선. 져 김계선. 장고 김옥엽	콜럼비아 40518-A.B	1934.6.20
13	평양산염불	서도 잡가	장학선. 저 김계선. 장고 김옥엽.	콜럼비아 40526-A	1934.7.20

* 유성기음반 소재 잡가 목록은 『유성기음반가사집』 1~6권의 가사지를 토대로 작성한 것이다.

번호	제목	표제	가수 및 반주자	취입 회사 및 일련번호	발매일
14	해주산염불	서도 잡가	김옥선・김죽엽. 장고 민형식.	콜럼비아 40526-B	1934.7.20
15	개성난봉가	경기 잡가	김옥선・김죽엽. 피아노 김준영, 저 김계선, 장고 민형식	콜럼비아 40538-A	1934.9.20
16	개성산염불	경기 잡가	김옥선・김죽엽. 피아노 김준영. 저 김계선, 장고 민형식	콜럼비아 40538-B	1934.9.20
17	공명가(상)(하)	서도 잡가	김하연. 장고 한경심	콜럼비아 40564-A.B	1934.10.20
18	긴아리	서도 잡가	김추월. 저 김계선.	콜럼비아 40571-A	1934.11.20
19	타령	서도 잡가	김추월. 저 김계선.	콜럼비아 40571-B	1934.11.20
20	邊康壽打鈴 (상)(하)	서도 잡가	민형식. 장고 김죽엽.	콜럼비아 40576-A.B	1934.12.20
21	풋고초(상)(하)	경기 잡가	조목단. 저 김계선. 장고 김옥엽.	콜럼비아 40586-A.B	1935.1.20
22	배꼿타령	잡가	한경심. 양악반주.	콜럼비아 40587-A	1935.1.20
23	밀양아리랑	잡가	한경심. 양악반주.	콜럼비아 40587-B	1935.1.20
24	회심곡	서도 잡가	장학선.	콜럼비아 40588-A	1935.1.20
25	자진염불	서도 잡가	김옥선・김죽엽. 장고 민형식	콜럼비아 40588-B	1935.1.20
26	륙자백이	남도 잡가	김갑자. 고 한성준.	콜럼비아 40589-A	1935.1.20
27	흥타령	남도 잡가	김갑자. 고 한성준	콜럼비아 40589-B	1935.1.20
28	병신난봉가	서도 잡가	김추월・한경심. 장고 박명화	콜럼비아 40596-A	1935.2.20
29	뒷산타령	서도 잡가	김추월・한경심. 장고 박명화.	콜럼비아 40596-B	1935.2.20
30	京興타령	경기 잡가	장학선. 조화악반주.	콜럼비아 40602-A	1935.3.20
31	청춘가	경기 잡가	장학선. 조화악반주.	콜럼비아 40602-B	1935.3.20

번호	제목	표제	가수 및 반주자	취입 회사 및 일련번호	발매일
32	십장가(상)(하)	십이 잡가	조목단. 저 김계선. 장고 김옥엽	콜럼비아 40603-A.B	1935.3.20
33	경복궁타령	경기 잡가	김하연·한경심. 장고 김추월	콜럼비아 40609-A	1935.4.20
34	한강수타령	경기 잡가	김추월·박산월. 장고 김하연.	콜럼비아 40609-B	1935.4.20
35	수심가	서도 잡가	김옥선·김죽엽. 장고 민형식.	콜럼비아 40619-A	1935.6.20
36	역금수심가	서도 잡가	김하연. 장고 한경심.	콜럼비아 40619-B	1935.6.20
37	新寧邊歌	서도 잡가	류개동·김태운. 대금 김계선. 細笛 고재덕. 장고 민완식.	콜럼비아 40630-A.	1935.8.20
38	名岩大會	잡가	김태운. 반주 대금 김계선. 細笛 고재덕. 장고 민완식	콜럼비아 40630-B	1935.8.20
39	수심가	서도 잡가	고일심. 가야금 김칠성. 대금 김영근	콜럼비아 40638-A	1935.9.20
40	반갑도다	서도 잡가	류개동. 가야금 김칠성. 장고 민완식	콜럼비아 40638-B	1935.9.20
41	놀양	경기 잡가	김태운. 세적 고재덕. 가야금 김칠성. 장고 민완식	콜럼비아 40641-A	1935.10.20
42	자진방아타령	경기 잡가	김태운. 세적 고재덕. 가야금 김칠성. 장고 민완식	콜럼비아 40641-B	1935.10.20
43	靑山자부송아	경기 잡가	류개동·김태운. 대금 김계선. 세적 고재덕. 장고 민완식	콜럼비아 40646-A	1935.11.20
44	赤手單身	경기 잡가	류개동·김태운. 대금 김계선. 세적 고재덕. 장고 민완식	콜럼비아 40646-B	1935.11.20
45	개성산염불	잡가	조목단. 선양악반주	콜럼비아 40651-A	
46	청천강수	잡가	조목단. 선양악반주.	콜럼비아 40651-B	
47	노래가락	잡가	장경순. 김운작사. 바이올린 전기현. 대금 김계선. 단소 최수성. 장고 박명화.	콜럼비아 40730-A	
48	긴아리랑	잡가	조목단. 대금 김계선	콜럼비아 40730-B	
49	육자백이	남도 잡가	함동정월. 장고 정금도	콜럼비아 40754-A	

번호	제목	표제	가수 및 반주자	취입 회사 및 일련번호	발매일
50	흥타령	남도 잡가	함동정월. 장고 정금도.	콜럼비아 40754-B	
51	황해도산염불	서도 잡가	정금도. 세적 고재덕. 해금 이충선. 장고 함동정월	콜럼비아 40755-A	
52	자진배싸라기	서도 잡가	정금도. 세적 고재덕. 해금 이충선. 장고 함동정월	콜럼비아 40755-B	
53	적벽가 (상)(하)	십이 잡가	정금도. 세적 고재덕. 해금 이충선	콜럼비아 40763-A.B	
54	육자백이	남도 잡가	김추월. 고 이흥원	콜럼비아 40880-A	
55	자진육자백이	남도 잡가	김추월. 고 이흥원.	콜럼비아 40880-B	
56	배다락이 (상)(하)	서도 잡가	최순경. 장고 민칠성	콜럼비아 44009-A.B	
57	배뱅이굿 (一. 二)	서도 잡가	최순경. 장고 민칠성.	콜럼비아 44027-A.B	
58	배뱅이굿 (三. 四)	서도 잡가	최순경. 장고 민칠성	콜럼비아 44028-A.B	
59	배뱅이굿 (五. 六)	서도 잡가	최순경. 장고 민칠성	콜럼비아 44029-A.B	
60	난봉가	잡가	장학선. 문명옥	리갈 C101-A	1934.6.30
61	자진난봉가	서도 잡가	김옥엽. 이영산홍	리갈 C101-B	1934.6.30
62	장긔타령	경기 잡가	임명옥 · 임명월	리갈 C116-A	1934.6.30
63	매화타령	경기 잡가	임명옥 · 임명월	리갈 C116-B	1934.6.30
64	수심가	서도 잡가	손진홍 · 김향란	리갈 C117-A	1934.6.30
65	역금수심가	서도 잡가	손진홍 · 김향란	리갈 C117-B	1934.6.30
66	공명가 (상)(하)	서도 잡가	이진봉 · 김산월	리갈 C118-A.B	1934.6.30
67	회심곡	잡곡	문명옥 · 장학선 * 콜럼비아 40588-A과 거의 동일	리갈 C119-A	1934.6.30

번호	제목	표제	가수 및 반주자	취입 회사 및 일련번호	발매일
68	변강수타령 (상)(하)	잡가	서원준	리갈 C120-A.B	1934.6.30
69	륙자백이	남도 잡가	신금홍. 고 한성준	리갈 C131-A	1934.6.30
70	자진륙자백이	남도 잡가	신금홍. 고 한성준	리갈 C131-B	1934.6.30
71	병신난봉가	잡가	이진봉・김옥엽	리갈 C133-A.B	1934.6.30
72	경북궁타령	잡가	이진봉・김옥엽	리갈 C133-A.B	1934.6.30
73	개성난봉가	잡가	이진봉・김옥엽	리갈 C133-A.B	1934.6.30
74	한강수타령	잡가	이진봉・김옥엽	리갈 C133-A.B	1934.6.30
75	집장가 (상)(하)	십이 잡가	김부용	리갈 C134-A.B	1934.6.30
76	개타령	경기 잡가	설중매・이진봉	리갈 C136-A	1934.6.30
77	사설난봉가	경기 잡가	설중매・이진봉	리갈 C136-B	1934.6.30
78	祭奠(제뎐)	서도 잡가	이진봉	리갈 C137-A	1934.6.30
79	자진배다래기	서도 잡가	이진봉・김옥엽	리갈 C137-B	1934.6.30
80	녕변가 (상)(하)	서도 잡가	이영산홍	리갈 C142-A.B	1934.6.30
81	륙자빅이	남도 잡가	김소향	리갈 C153-A	1934.6.30
82	자진륙자빅이	남도 잡가	김소향	리갈 C153-B	1934.6.30
83	병신난봉가	잡가	장학선・문명옥	리갈 C156-A	1934.6.30
84	경복궁타령	잡가	장학선・문명옥.	리갈 C156-B	1934.6.30
85	긴난봉가	서도 잡가	김옥엽	리갈 C157-A	1934.6.30
86	자진난봉가	잡가	장학선・문명옥	리갈 C157-B	1934.6.30
87	배다래기	서도 잡가	이진봉. 조창 김산월	리갈 C170-A	1934.6.30
88	寧邊歌	서도 잡가	이진봉	리갈 C170-B	1934.6.30

번호	제목	표제	가수 및 반주자	취입 회사 및 일련번호	발매일
89	노래가락	잡가	장일타홍. 바이올린 전기현. 저 김계선. 장고 김옥엽	리갈 C197-B	1934.7.15
90	평양가 (상)(하)	경기 잡가	김옥엽. 저 김계선. 장고 조목단	리갈C200-A.B	1934.7.15
91	수심가	서도 잡가	김춘홍. 장고 한성준	리갈 C205-B	1934.7.20
92	수심가	서도 잡가	박명화. 고 김추월	리갈 C212-A	1934.9.30
93	역금수심가	서도 잡가	박명화. 고 김추월	리갈 C212-B	1934.9.30
94	양산도	잡가	장일타홍. 관현악반주	리갈 C217-A	1934.9.30
95	토끼화상	경기 잡가	김옥엽. 양악반주	리갈 C235-A	1934.11.20
96	언문풀이	경기 잡가	김옥엽. 양악반주	리갈 C235-B	1934.11.20
97	매화탕령	경기 잡가	김옥엽. 양악반주	리갈 C240-A	1934.11.20
98	신고산타령	잡가	장일타홍. 양악반주	리갈 C240-B	1934.11.20
99	륙자백이	남도 잡가	김류앵. 고 한성준	리갈 C241-A	1934.12.20
100	자진륙자백이	남도 잡가	김류앵. 고 한성준	리갈 C241-B	1934.12.20
101	흥타령	남도 잡가	김류앵. 고 한성준	리갈 C241-B	1934.12.20
102	애원성	잡가	이옥화. 양악반주	리갈 C246-A	1935.1.20
103	이팔청춘가	잡가	장일타홍. 양악반주	리갈 C246-B	1935.1.20
104	창부타령	경기 잡가	장일타홍. 調和樂伴奏	리갈 C254-A	1935.2.20
105	아리랑	경기 잡가	김옥엽. 調和樂伴奏	리갈 C254-B	1935.2.20
106	京발님 (상)(하)	잡가	김부용. 장고 이옥화	리갈 C261-A.B	1935.3.20
107	船遊歌 (가세타령) (상)(하)	십이 잡가	김옥엽. 저 김계선. 장고 조목단.	리갈 C267-A.B	1935.4.20

번호	제목	표제	가수 및 반주자	취입 회사 및 일련번호	발매일
108	원난봉가	서도 잡가	김부용. 장고 이옥화	리갈 C273-A	1935.5.20
109	자진난봉가	서도 잡가	김부용. 장고 이옥화	리갈 C273-B	1935.5.20
110	자진난봉가	잡가	김춘홍. 鮮洋樂伴奏	리갈 C315-A	
111	자진방아타령	잡가	이옥화. 草琴 강춘섭. 가야금 오비취. 장고 한성준	리갈 C315-B	
112	악양루가	잡가	민형식. 장고 김옥선	리갈 C322-A	
113	곰보타령	잡가	김태운. 장고 정원섭	리갈 C322-B	
114	변강수타령 (일)(이)	잡가	김주호. 장고 박상근	리갈 C338-A.B	
115	변강수타령 (삼)(사)	잡가	김주호. 장고 박상근	리갈 C339-A.B	
116	에루화타령	잡가	박명화. 반주 리-갈선양 김운 작사 류일 편곡악합주단	리갈 C343-A	
117	新사발가	잡가	박명화. 반주 리-갈선양악합주단 김운 작사 김기방 편곡	리갈 C343-B	
118	수심가	서도 잡가	한경심·김칠성. 장고 박명화	리갈 C345-A	
119	역금수심가	서도 잡가	김춘홍. 장고 이면우	리갈 C345-B	
120	압산타령	잡가	김칠성. 장고 한경심	리갈 C349-A	
121	뒷산타령	잡가	김칠성. 장고 한경심	리갈 C349-B	
122	簡紙打鈴	잡가	박명화. 반주 리-갈선양악합주단 김운 작사 류일 편곡	리갈 C357-A	
123	개성난봉가	잡가	박명화. 반주 리-갈선양악합주단 김운 작사 김기방 편곡	리갈 C357-B	
124	난봉가	잡가	김칠성. 장고 한경심	리갈 C358-A	
125	자진난봉가		김칠성. 장고 한경심	리갈 C358-B	
126	개타령	잡가	김칠성·한경심. 장고 박명화	리갈 C369-A	
127	영감타령	잡가	김칠성. 장고 박명화	리갈 C369-B	
128	방아타령	잡가	김칠성. 장고 한경심	리갈 C380-A	
129	양산도	잡가	김칠성. 장고 한경심	리갈 C380-B	
130	京興打鈴	잡가	고일심.대금 김영근. 가야금 김칠성. 장고 정원섭	리갈 C389-A	

번호	제목	표제	가수 및 반주자	취입 회사 및 일련번호	발매일
131	개성난봉가	잡가	류개동.반주 대금 김영근. 笛 김칠성. 장고 정원섭	리갈 C389-B	
132	병신난봉가	잡가	한경심·김칠성. 장고 박명화	리갈 C393-A	
133	영천수	잡가	김칠성. 장고 박명화	리갈 C393-B	
134	배따라기 (상)(하)	서도 잡가	김칠성. 장고 한경심	리갈 C397-A.B	
135	박연폭포	잡가	박명화·김추월. 장고 한경심	리갈 C400-A	
136	京발님	잡가	김칠성. 장고 한경심	리갈 C404-A	
137	百五東風	잡가	김칠성. 장고 한경심	리갈 C404-B	
138	배따라기	서도 잡가	김칠성. 장고 박명화	리갈 C407-A	
139	자진배따라기	서도 잡가	한경심·김칠성. 장고 박명화	리갈 C407-B	
140	箕城八景	잡가	김주호. 장고 한성준	리갈 C420-A	
141	전쟁가	잡가	김주호. 장고 한성준	리갈 C420-B	
142	수심가	잡가	김주호. 장고 한성준	리갈 C423-A	
143	역금수심가	잡가	김주호. 장고 한성준	리갈 C423-B	
144	육자백이	남도 잡가	조농옥. 고 한성준	리갈 C427-A	
145	흥타령	남도 잡가	조농옥. 고 한성준	리갈 C427-B	
146	둥둥타령	잡가	최명선. 세적 이병호. 장고 한성준	리갈 C428-A	
147	義州山打鈴	잡가	최명선. 장고 한성준	리갈 C428-B	
148	물레타령	잡가	최명선·김주호. 장고 한성준	리갈 C430-A	
149	색씨타령	잡가	최명선·김주호. 세적 이병호. 장고 한성준	리갈 C430-B	
150	날찻네날찻네	잡가	김주호. 장고 한성준	리갈 C438-A	
151	山念佛	서도 잡가	최명선·김주호. 세적 이병호. 장고 한성준	리갈 C440-A	
152	十大王	서도 잡가	최명선·김주호. 세적 이병호. 장고 한성준	리갈 C440-B	
153	영천수타령	잡가	최명선. 장고 한성준	리갈 C443-A	
154	새애기타령	잡가	최명선·김주호. 세적 이병호	리갈 C445-A	
155	무정세월아	잡가	김갑자. 바이올린 김갑순	리갈 C445-B	

번호	제목	표제	가수 및 반주자	취입 회사 및 일련번호	발매일
156	영변가	서도 잡가	김칠성. 장고 박명화	리갈 C450-A	
157	孔明歌	서도 잡가	김칠성. 장고 한경심	리갈 C450-B	
158	축원경 (상)(하)	서도 잡가	최순경	콜럼비아보급반 C-2014-A.B	
159	수심가	서도 잡가	김옥희. 장고 민칠성	콜럼비아보급반 C-2041-A	
160	역금수심가	서도 잡가	김옥희. 장고 민칠성	콜럼비아보급반 C-2041-B	
161	개성난봉가	유행 잡가	이진봉. 김산월. 반주 해금・피리・장고	콜럼비아	
162	신고산타령	유행 잡가	이진봉. 김산월. 반주 해금・피리・장고.	콜럼비아	
163	사립일배 (사립쓰고 한잔부어라)	頻々 時節歌	독창 박춘재	빅타. 49000-A.	
164	網面雜魚歌 (곰보타령)	빈々 시절가	독창 박춘재	빅타. 49000-B.	
165	장수심가 (긴수심가)	평양 잡가	병창 장금화 길진홍. 장고 박춘재	빅타. 49006-A.	
166	頻々愁心歌 (자진수심가)	평양 잡가	병창 장금화 길진홍. 장고 박춘재.	빅타. 49006-B.	
167	頻々舟達歌 (자진배따라기)	평양 잡가	병창 장금화 박춘재	빅타. 49009-A.B	
168	박연폭포 (박연폭포가)	개성 잡가	독창 백운선. 대금 김계선. 장고 박춘재	빅타. 49018-B	
169	上下唱寧邊歌	평양 잡가	독창 백운선. 장고 박춘재	빅타. 49019-A.B	
170	新調各人 巫女磚歌	경성 잡곡	독창 박춘재	빅타 49027-A	
171	倡婦僧打令 (창부중타령)	경성 잡곡	독창 박춘재	빅타 49027-B.	
172	山川草木歌 (놀량)	평양 잡가	병창 박춘재・문영수	빅타 49038-B	
173	長難逢歌 (긴난봉가)	平命 雜歌	병창 박춘재・문영수	빅타 49043-A	

번호	제목	표제	가수 및 반주자	취입 회사 및 일련번호	발매일
174	빈々난봉가 (자진난봉가)	평양 잡가	병창 박춘재・문영수	빅타 49043-B	
175	京朗々打令 (경아리랑타령)	경성 잡가	병창 장금화・길진홍, 장고 박춘재	빅타 49047-A	
176	朴淵瀑暴歌 (박연폭포가)	개성 난봉가	병창 장금화・길진홍, 장고 박춘재	빅타 49047-B	
177	病身難逢歌 (병신난봉가)	개성 잡가	독창 길진홍, 장고 박춘재	빅타 49049-A	
178	景福宮打令 (경복궁타령)	경성 잡가	독창 길진홍, 장고 박춘재	빅타 49049-B	
179	菩念(보렴) (上)(下)	남도 잡가	병창 이화중선・이중선, 장고 한성준	빅타 49053-A.B	
180	화초사거리 (上)(下)	남도 잡가	병창 이화중선・이중선, 장고 한성준	빅타 49059-A.B	
181	농부가 (上)(下)	남도 잡가	독창 김창환, 장고 한성준	빅타 49061-A.B	
182	前山打令 (압산타령)	西道 雜歌	독창 이영산홍, 장고 한성준.	빅타 49074-A	
183	後山打令 (뒤산타령)	서도 잡가	독창 이영산홍, 장고 한성준	빅타 49074-B	
184	鷰驅歌(제비가) (上)(下)	경기 잡가	병창 표연월・신해중월, 장고 한성준	빅타 49081-A.B	
185	방아타령	서도 잡가	병창 이중선・표연월, 현금 백낙준, 장고 이영산홍	빅타 49083-A	
186	신조아리랑	경기 잡가	병창 이중선・표연월, 현금 백낙준, 장고 이영산홍	빅타 49083-B	
187	開城難逢歌 (개성난봉가)	경기 잡가	병창 신해중월・표연월, 장고 이영산홍	빅타 49089-A	
188	二八歌 (이팔가)	경기 잡가	병창 신해중월・표연월, 장고 이영산홍	빅타 49089-B	
189	긴아리랑	잡가	조목단・김연옥	빅타 49106-A	
190	山念佛 (산념불)	잡가	조목단・김연옥	빅타 49106-B	
191	박연폭포	경기 잡가	김옥엽	빅타 49112-A	

번호	제목	표제	가수 및 반주자	취입 회사 및 일련번호	발매일
192	山念佛	서도 잡가	김옥엽	빅타 49112-B	
193	둔가타령	남도 잡가	하농주. 고 한성준	빅타 49148-A	
194	흥타령	남도 잡가	김소향. 고 한성준	빅타 49148-B	
195	수심가(평)	서도 잡가	박월정 · 신옥도. 장고 문계화	빅타 49149-A	
196	수심가(역금)	서도 잡가	박월정 · 신옥도. 장고 문계화	빅타 49149-B	
197	긴배따락이	잡가	최섬홍. 장고 김순홍	빅타 49171-A	
198	자진배따락이	잡가	최섬홍. 장고 김순홍	빅타 49171-B	
199	수심가	서도 잡가	이영산홍 · 김옥엽. 장고 이진봉	포리도루 19001-A	
200	역금수심가	서도 잡가	이영산홍 · 김옥엽. 장고 이진봉	포리도루 19001-B	
201	제비가 (上)(下)	경기 십이 잡가	김옥엽 · 신해중월. 장고 표연월	포리도루 19040-A	
202	巫女新노래가락	경기 잡가	신해중월. 대금 김계선. 장고 김옥엽	포리도루 19043-A	
203	唱夫打令	경기 잡가	신해중월. 대금 김계선. 장고 김옥엽	포리도루 19043-B	1934.9.20
204	농부가	남도 잡가	오태석 · 조앵무 · 정남희 · 임소향 외 다수	포리도루 X-528-A	
205	성주푸리	남도 잡가	오태석 · 정남희 · 조앵무 · 임소향 . 樂 정해시 · 김덕진. 고 한성준	포리도루 X-538-A.B	
206	범벅타령 (上)(下)	잡가	박부용. 장고 박인영	오케 1511-A.B	
207	孔明歌(공명가) (上)(下)	서도 잡가	홍소월 · 박부용. 장고 박인영	오케 1513-A.B	
208	농부가	잡가	최소옥 · 하농주 · 김금화	오케 1517-A	
209	자진농부가	잡가	최소옥 · 하농주 · 김금화	오케 1517-B	
210	오돌독 (俗稱오독독)	잡가	박부용	오케 1526-A	1934.4.20

번호	제목	표제	가수 및 반주자	취입 회사 및 일련번호	발매일
211	노래가락	잡가	박부용·홍소월	오케 1526-B	1934.4.20
212	船遊歌(선유가)(上)(下)	십이 잡가	홍소월·박부용	오케 1537-A.B	
213	신방아타령	잡가	박부용. 양악반주 * 오케-문예부 補詞編曲	오케 1571-A	1934.7.20
214	신경복궁타령	잡가	박부용. 양악반주 * 오케-문예부 補詞編曲	오케 1571-B	1934.7.20
215	신청춘가	잡가	박부용. 양악반주 * 오케-문예부 補詞編曲	오케 1573-A	
216	제비가(상)(하)	경기 잡가	박부용·홍소월	오케 1582-A.B	1933.10.20
217	祝願經(축원경)(상)(하)	서잡가	최순경	오케 1613-A.B	1936.7.20
218	농부가	남도 잡가	합창 오비취·김소희·임방울·오태석. 대금 박종기. 가야금 김종기	오케 1755-A	1936.3.20
219	자진농부가	남도 잡가	합창 오비취·김소희·임방울·오태석. 대금 박종기. 가야금 김종기	오케 1755-B	1936.3.20
220	개고리타령	잡가	진숙·오비취. 반주 정원섭·박종기	오케 1868-A	1936.2.20
221	성주푸리	잡가	오비취·조진영. 반주 정원섭·박종기	오케 1868-B	1936.2.20
222	수심가	서도 잡가	이진봉·이영산홍	시에론 16-A	
223	역금수심가	서도 잡가	이진봉·이영산홍	시에론 16-B	
224	양산도	잡가	박부용·이면옥	시에론 28-A	
225	도라지타령	잡가	이진봉·김옥엽	시에론 32-A	
226	舊 아리랑	잡가	이진봉·이영산홍	시에론 32-B	
227	유산가(상)(하)	십이 잡가	병창 이영산홍·김옥엽. 반주 이진봉	시에론 126-A.B	1933.9.20
228	수심가	서도 잡가	이영산홍·이진봉. 장고 김옥엽	태평 8040-A	
229	역금수심가	서도 잡가	이진봉·이영산홍. 장고 김옥엽	태평 8040-B	

번호	제목	표제	가수 및 반주자	취입 회사 및 일련번호	발매일
230	孔明歌 (상)(하)	서도 잡가	이진봉·김옥엽. 장고 이영산홍	태평 8049-A.B	1934.4.20
231	유산가 (상)(하)	경기 잡가	이영산홍·김옥엽. 장고 이진봉	태평8071-A.B	1933.10.6
232	수심가	서도 잡가	김옥엽. 가야금 김우학	태평 8094-A	1934.4.15
233	역금수심가	서도 잡가	김옥엽. 가야금 김우학	태평 8094-B	1934.4.15
234	新방아타령	남도 잡가	독창 이난향. 젓대 박종기	태평 8192-A	
235	성주푸리	남도 잡가	독창 이난향. 재ᄲᅢ 반주	태평 8192-B	
236	新개성난봉가	잡가	이소홍. 조선악반주	기린 163-B	1934.3.20
237	수심가	남도 잡가	한성기	쇼지꾸 S-10-A	
238	진양죠육자빅이	남도 잡가	한성기	쇼지꾸 S-10-B	

[부록 2] 유성기음반 소재 십이가사 목록*

번호	제목	표제	함께 취입된 곡	연행자	음반회사	음반번호	발매일
1	건곤가		건곤가/개성난봉가	조목단/김연옥	일축(나팔통)	NIPPONOPHONE 6173	19210502
2	건곤가		건곤가/개성난봉가	조목단/김연옥	일축(닛포노홍)	닛포노홍K193A	19270431
3	권주가	노래	권주가 상/하	조목단	콜럼비아	Columbia40291AB	19320120
4	권주가	노래	권주가/시조 평조	김인숙	일축조선소리판	K8미상	19320721
5	권주가		권주가/시조 여창질음	조목단/김연옥	빅타	Victor49117A	19350211
6	권주가		권주가/시조 여창질음	조목단/김연옥	빅타	VictorKJ1246A	
7	권주가		흥취권주가/권주가	조목단/김연옥	일축(나팔통)	NIPPONOPHONE 6148/6149	19210502
8	권주가		흥취권주가/권주가	조목단/김연옥	일축(닛포노홍)	닛포노홍K186AB	19270431
9	권주가		권주가/시조	최섬홍	제비표	B165A	19271106
10	권주가	노래	권주가/시조 평조	이영산홍	태평	Taihei8194A	19360121
11	길군악	가사	길군악 상/하	최섬홍	빅타	Victor49198AB	19350211
12	길군악	가사	길군악 상/하	최섬홍	빅타	VictorKJ1309AB	19390504
13	길군악		관산융마/길군악	최섬홍	일축조선소리반	K545B	19270431
14	길군악	가사	길군악1/2	현매홍	제비표	B96AB	19260721
15	길군악	가사	길군악3/4	현매홍	제비표	B97AB	
16	길군악	가사	길군악 상/하	서산호주	포리돌	polydor19051AB	19330317
17	백구사	가사	상사별곡/백구사	이난향	콜럼비아	Columbia40155B	19310222

* 십이가사의 음반 취입 자료는 『한국유성기음반』을 참고하여 작성한 것이다.(『한국유성기음반』 1~5, 수림문화총서, 2011.)

번호	제목	표제	함께 취입된 곡	연행자	음반회사	음반번호	발매일
18	백구사	가사	상사별곡/백구사	이난향	콜럼비아	Columbia40899B	
19	상사별곡	가사	상사별곡/백구사	이난향	콜럼비아	Columbia40155A	19310222
20	상사별곡	가사	상사별곡/백구사	이난향	콜럼비아	Columbia40899A	
21	상사별곡	낭음	날찻네날찻네(잡가)/ 상사별곡(낭음)	김주호	콜럼비아	RegalC438B	19380320
22	상사별곡		춘면곡/상사별곡	최섬홍	일축조선 소리반	K526B	19251007
23	수양가	가사	수양가상/하	김인숙	콜럼비아	Columbia40187AB	19310423
24	수양가	가사	수양가상/하	김부용	콜럼비아	RegalC135AB	19340630
25	수양가	서도 잡가	수양가상/하	박부용/ 홍소월	오케	Okeh1604AB	19331221
26	수양산가	가사			일축 (나팔통)	NIPPONOPHONE	19120712
27	죽지사	가사	죽지사/관산융마	이영산홍	콜럼비아	Columbia40039A	19290717
28	죽지사	가사	죽지사 상/하	조목단/ 김연옥	콜럼비아	Columbia40274AB	19311215
29	죽지사	가사	죽지사/관산융마	박부용/ 홍소월	오케	Okeh1551A	19330715
30	죽지사	가사	죽지사상/하	현매홍	제비표	B미상	19260206
31	춘면곡	가사	춘면곡 1/2	조목단/ 김연옥	콜럼비아	Columbia40314AB	
32	춘면곡	가사	춘면곡 3/4	조목단/ 김연옥	콜럼비아	Columbia40315AB	
33	춘면곡	가사	춘면곡 5/시조 평조	조목단/ 김연옥	콜럼비아	Columbea40316A	19320716
34	춘면곡		춘면곡/상사별곡	최섬홍	일축조선 소리반	K526A	19251007
35	춘면곡		춘면곡1/2	현매홍	제비표	B11AB	19250914
36	춘면곡		춘면곡3/4	현매홍	제비표	B12AB	19250914
37	춘면곡	가사	춘면곡 상/하	서산호주	포리돌	Polydor19011AB	19320914
38	황계사	가사	황계사/화편	김부용	콜럼비아	Columbia40170A	19310321
39	황계사		경성아르랑타령/ 황계사	조목단/ 김연옥	일축 (나팔통)	NIPPONOPHONE 6171	19130603
40	황계사	가사	아르렁타령/황계사	조목단/ 김연옥	일축 (닛포노홍)	닛포노홍K192B	19270431

참고문헌

1. 기본 자료

정재호, 『한국속가전집』 1~6, 다운샘, 2002.
한국고음반연구회, 『유성기음반가사집』 1~6, 민속원, 1990~2003.
『한국유성기음반』 1~5, 수림문화총서, 2011.
한국정신문화연구원 편, 『한국구비문학대계』, 집문당, 1980~1988.
한국정신문화연구원 편, 『한국 유성기음반 총목록』, 민속원, 1998.
한국정신문화연구원 편, 『경성방송국 국악방송곡 목록』, 민속원, 2000.
『잡가』(열상고전연구회), 『열상고전연구』 9, 1996.
『별건곤』, 『삼천리』, 『서북학회월보』, 『조광』
『대한매일신보』, 『동아일보』, 『매일신보』, 『조선일보』, 『음악』
한국역사정보통합시스템(http://koreanhistory.or.kr)

2. 국내 논저

(1) 저서

강만길, 『한국현대사』, 창작과 비평사, 1984.
고정옥, 『조선민요연구』, 수선사, 1949.
권도희, 『한국 근대음악 사회사』, 민속원, 2004.
권오경, 『고악보소재 시가문학연구』, 민속원, 2003.
김문기, 『서민가사 연구』, 형설출판사, 1983.
김문성 외, 『유성기음반으로 보는 남도잡가와 민요』, 국립민속국악원, 2007.
김영희, 『개화기 대중예술의 꽃, 기생』, 민속원, 2006.
김태수, 『꽃가치 피어 매혹케 하라―신문광고로 본 근대의 풍경』, 황소자리, 2005.
단국대 동양학연구소, 『한국 문화전통의 자료와 해석』, 단국대학교 출판부, 2007.
박애경, 『한국 고전시가의 근대적 변전과정 연구』, 소명출판, 2008.
박영욱, 『매체, 매체예술 그리고 철학』, 향연, 2008.
서대석 외, 『전통 구비문학과 근대 공연예술』 Ⅰ・Ⅱ・Ⅲ, 서울대학교 출판부, 2006.

서종문, 『판소리사설연구』, 형설출판사, 1984.
성무경 역주, 『교방가요』, 보고사, 2002.
송방송, 『한국음악통사』, 일조각, 1995.
이병기, 『국문학개론』, 일지사, 1961.
이보형 외, 『경기잡가』, 경기도국악당, 2006.
이여성, 『數字朝鮮硏究』, 세광사, 1931~1935.
이주영, 『구활자본 고전소설 연구』, 월인, 1998.
이창배, 『한국가창대계』, 홍인문화사, 1976.
이춘희 외, 『경기12잡가』, 예솔, 2000.
임경화 편저, 『근대 한국과 일본의 민요 창출』, 소명출판, 2005.
장사훈, 『최신 국악 총론』, 세광음악출판사, 1985.
장원재, 『한국 근대극 운동과 언론의 역할관계 연구』, 연극과 인간, 2005.
장유정, 『오빠는 풍각쟁이야』, 민음in, 2006.
정진석 편, 『한국 방송관계 기사 모음』, 재단법인 관훈클럽신영연구기금, 1992.
조윤제, 『한국시가의 연구』, 을유문화사, 1948,
최규수, 『19세기 새조 대중화론』, 보고사, 2005.
최동현 · 김만수, 『일제강점기 유성기음반 속의 대중희극』, 태학사, 1997.
최창봉 · 강현두, 『우리 방송 100년』, 현암사, 2001.
최현철 · 한진만, 『한국 라디오 프로그램에 대한 역사적 연구-편성 흐름을 중심으로』, 한울 아카데미, 2004.
통계청, 『통계로 본 광복 전후의 경제 · 사회상』, 1993. 8.
______, 『통계로 본 개화기의 경제 · 사회상』, 1994. 7.
______, 『통계로 다시 보는 광복이전의 경제 · 사회상』, 1995. 8.
하동호, 『近代書誌攷拾集』, 탑출판사, 1986.
한기형, 『한국 근대소설사의 시각』, 소명출판, 1999.
한재락 지음/이가원 · 허경진 역, 『녹파잡기』, 김영사, 2007.

(2) 논문

강등학, 「노래문학의 성격과 민요의 장르양상」, 『한국시가연구』 2, 한국시가학회, 1997.
강현두 · 원용진 · 전규찬, 「대중매체의 시공간 재구성과 소비주체 형성 : 1920년대 미국의 라디오방송과 광고를 중심으로」, 『한국언론학보』 42-1, 한국언론학

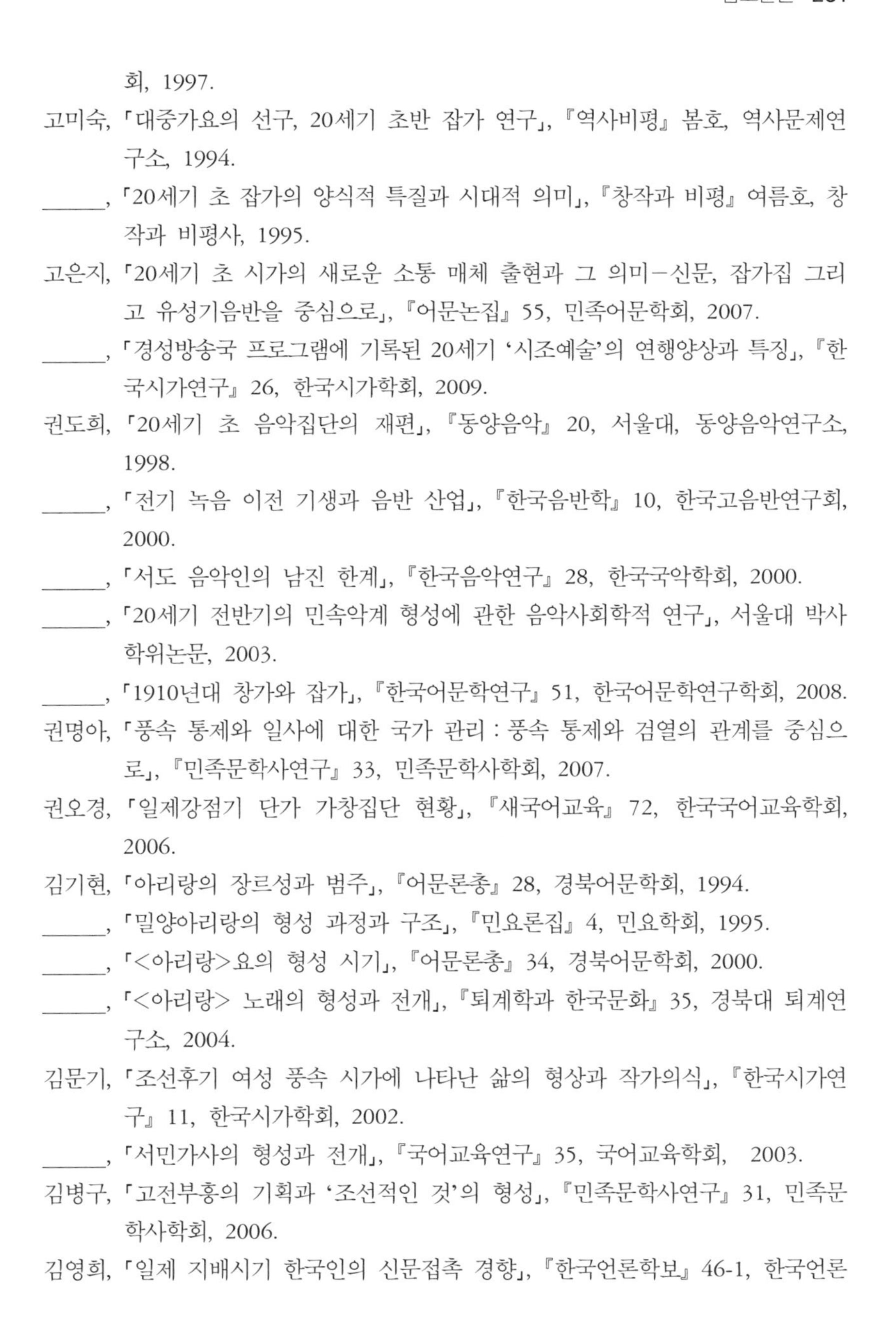

회, 1997.

고미숙, 「대중가요의 선구, 20세기 초반 잡가 연구」, 『역사비평』 봄호, 역사문제연구소, 1994.

_____, 「20세기 초 잡가의 양식적 특질과 시대적 의미」, 『창작과 비평』 여름호, 창작과 비평사, 1995.

고은지, 「20세기 초 시가의 새로운 소통 매체 출현과 그 의미－신문, 잡가집 그리고 유성기음반을 중심으로」, 『어문논집』 55, 민족어문학회, 2007.

_____, 「경성방송국 프로그램에 기록된 20세기 '시조예술'의 연행양상과 특징」, 『한국시가연구』 26, 한국시가학회, 2009.

권도희, 「20세기 초 음악집단의 재편」, 『동양음악』 20, 서울대, 동양음악연구소, 1998.

_____, 「전기 녹음 이전 기생과 음반 산업」, 『한국음반학』 10, 한국고음반연구회, 2000.

_____, 「서도 음악인의 남진 한계」, 『한국음악연구』 28, 한국국악학회, 2000.

_____, 「20세기 전반기의 민속악계 형성에 관한 음악사회학적 연구」, 서울대 박사학위논문, 2003.

_____, 「1910년대 창가와 잡가」, 『한국어문학연구』 51, 한국어문학연구학회, 2008.

권명아, 「풍속 통제와 일사에 대한 국가 관리 : 풍속 통제와 검열의 관계를 중심으로」, 『민족문학사연구』 33, 민족문학사학회, 2007.

권오경, 「일제강점기 단가 가창집단 현황」, 『새국어교육』 72, 한국국어교육학회, 2006.

김기현, 「아리랑의 장르성과 범주」, 『어문론총』 28, 경북어문학회, 1994.

_____, 「밀양아리랑의 형성 과정과 구조」, 『민요론집』 4, 민요학회, 1995.

_____, 「<아리랑>요의 형성 시기」, 『어문론총』 34, 경북어문학회, 2000.

_____, 「<아리랑> 노래의 형성과 전개」, 『퇴계학과 한국문화』 35, 경북대 퇴계연구소, 2004.

김문기, 「조선후기 여성 풍속 시가에 나타난 삶의 형상과 작가의식」, 『한국시가연구』 11, 한국시가학회, 2002.

_____, 「서민가사의 형성과 전개」, 『국어교육연구』 35, 국어교육학회, 2003.

김병구, 「고전부흥의 기획과 '조선적인 것'의 형성」, 『민족문학사연구』 31, 민족문학사학회, 2006.

김영희, 「일제 지배시기 한국인의 신문접촉 경향」, 『한국언론학보』 46-1, 한국언론

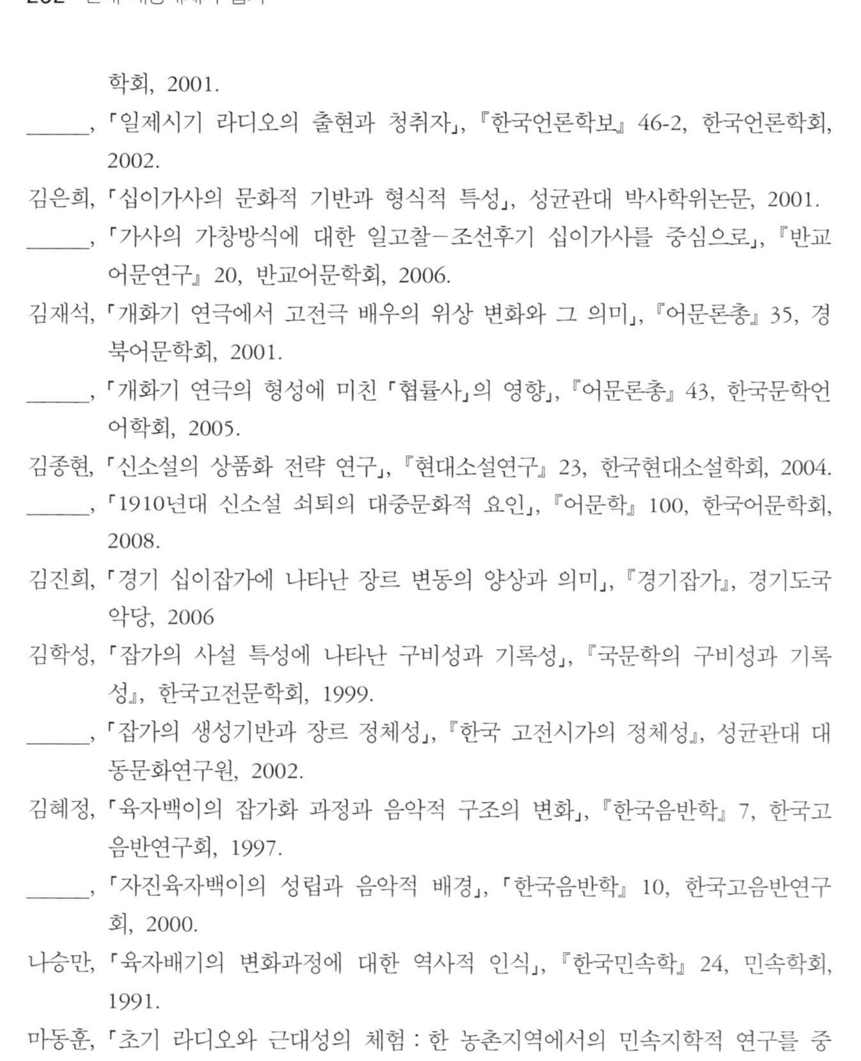

학회, 2001.

______, 「일제시기 라디오의 출현과 청취자」, 『한국언론학보』 46-2, 한국언론학회, 2002.

김은희, 「십이가사의 문화적 기반과 형식적 특성」, 성균관대 박사학위논문, 2001.

______, 「가사의 가창방식에 대한 일고찰－조선후기 십이가사를 중심으로」, 『반교어문연구』 20, 반교어문학회, 2006.

김재석, 「개화기 연극에서 고전극 배우의 위상 변화와 그 의미」, 『어문론총』 35, 경북어문학회, 2001.

______, 「개화기 연극의 형성에 미친 「협률사」의 영향」, 『어문론총』 43, 한국문학언어학회, 2005.

김종현, 「신소설의 상품화 전략 연구」, 『현대소설연구』 23, 한국현대소설학회, 2004.

______, 「1910년대 신소설 쇠퇴의 대중문화적 요인」, 『어문학』 100, 한국어문학회, 2008.

김진희, 「경기 십이잡가에 나타난 장르 변동의 양상과 의미」, 『경기잡가』, 경기도국악당, 2006

김학성, 「잡가의 사설 특성에 나타난 구비성과 기록성」, 『국문학의 구비성과 기록성』, 한국고전문학회, 1999.

______, 「잡가의 생성기반과 장르 정체성」, 『한국 고전시가의 정체성』, 성균관대 대동문화연구원, 2002.

김혜정, 「육자백이의 잡가화 과정과 음악적 구조의 변화」, 『한국음반학』 7, 한국고음반연구회, 1997.

______, 「자진육자백이의 성립과 음악적 배경」, 「한국음반학』 10, 한국고음반연구회, 2000.

나승만, 「육자배기의 변화과정에 대한 역사적 인식」, 『한국민속학』 24, 민속학회, 1991.

마동훈, 「초기 라디오와 근대성의 체험 : 한 농촌지역에서의 민속지학적 연구를 중심으로」, 『매체 · 역사 · 근대성』, 나남출판, 2004.

박관수, 「20세기 초 유성기음반에 실린 잡가계 가요의 무속 수용양상」, 『한국민속학』 44, 한국민속학회, 2006.

박애경, 「조선후기 시가 통속화 양상에 대한 연구－잡가를 중심으로」, 『연세어문학』 27, 연세대 국어국문학과, 1995.

______, 「통속의 문화적 전략－이박사와 잡가를 중심으로」, 『국제어문』 23, 국제어

문학회, 2001.
______, 「잡가 연구의 현황과 과제-국문학계의 연구를 중심으로」, 『열상고전연구』 17, 열상고전연구회, 2003.
______, 「잡가의 개념과 범주의 문제」, 『한국시가연구』 13, 한국시가학회, 2003.
______, 「조선 후기 시조와 잡가의 교섭 양상과 그 연행적 기반」, 『한국어문학연구』 41, 한국어문학연구학회, 2003.
______, 「20세기 초 대중문화의 위상과 시가—시가의 지속과 변용 양상을 중심으로」, 『민족문학사연구』 31, 민족문학사학회, 2006.
______, 「<춘면곡>을 통해 본 19세기 시정문화와 그 주변」, 『한국시가연구』 28, 한국시가학회, 2010.
박지애, 「유성기음반 소재 잡가의 현황과 레퍼토리의 양상」, 『어문학』 99, 한국어문학회, 2008.
______, 「매체에 따른 <배따라기>의 변모 양상과 특징」, 『한국민요학』 24, 한국민요학회, 2008.
______, 「20세기 전반기 잡가의 라디오방송 현황과 특징」, 『어문학』 103, 한국어문학회, 2009.
______, 「20세기 전반기 라디오방송을 통한 십이가사의 소통과 향유」, 『한민족문화연구』 43, 한민족문화학회, 2013.
방효순, 「일제시대 민간 서적발행활동의 구조적 특성에 관한 연구」, 이화여대 박사학위논문, 2001.
배연형, 「콜럼비아 레코드의 한국 음반 연구」, 『한국음반학』 5, 한국고음반연구회, 1995.
______, 「서도소리 유성기음반 연구」, 『한국음반학』 14, 한국고음반연구회, 2004.
배인교, 「경기잡가의 형성과 유통」, 『경기잡가』, 경기도국악당, 2006.
서재길, 「JODK 경성방송국의 설립과 초기의 연예방송」, 『서울학연구』 27, 서울시립대 서울학연구소, 2006.
______, 「한국 근대 방송문예 연구」, 서울대 박사학위논문, 2007.
서종문, 「19세기 한국문학의 성격」, 『19세기 한국전통사회의 변모와 민중의식』, 고려대 민족문화연구소, 1982.
성무경, 「잡가 '유산가'의 형성 원리에 대하여」, 『가사의 시학과 장르 실현』, 보고사, 2000.
______, 「'가사'와 '잡가'의 접점에 대한 일 고찰—<관등가>, <사친가>, <달거

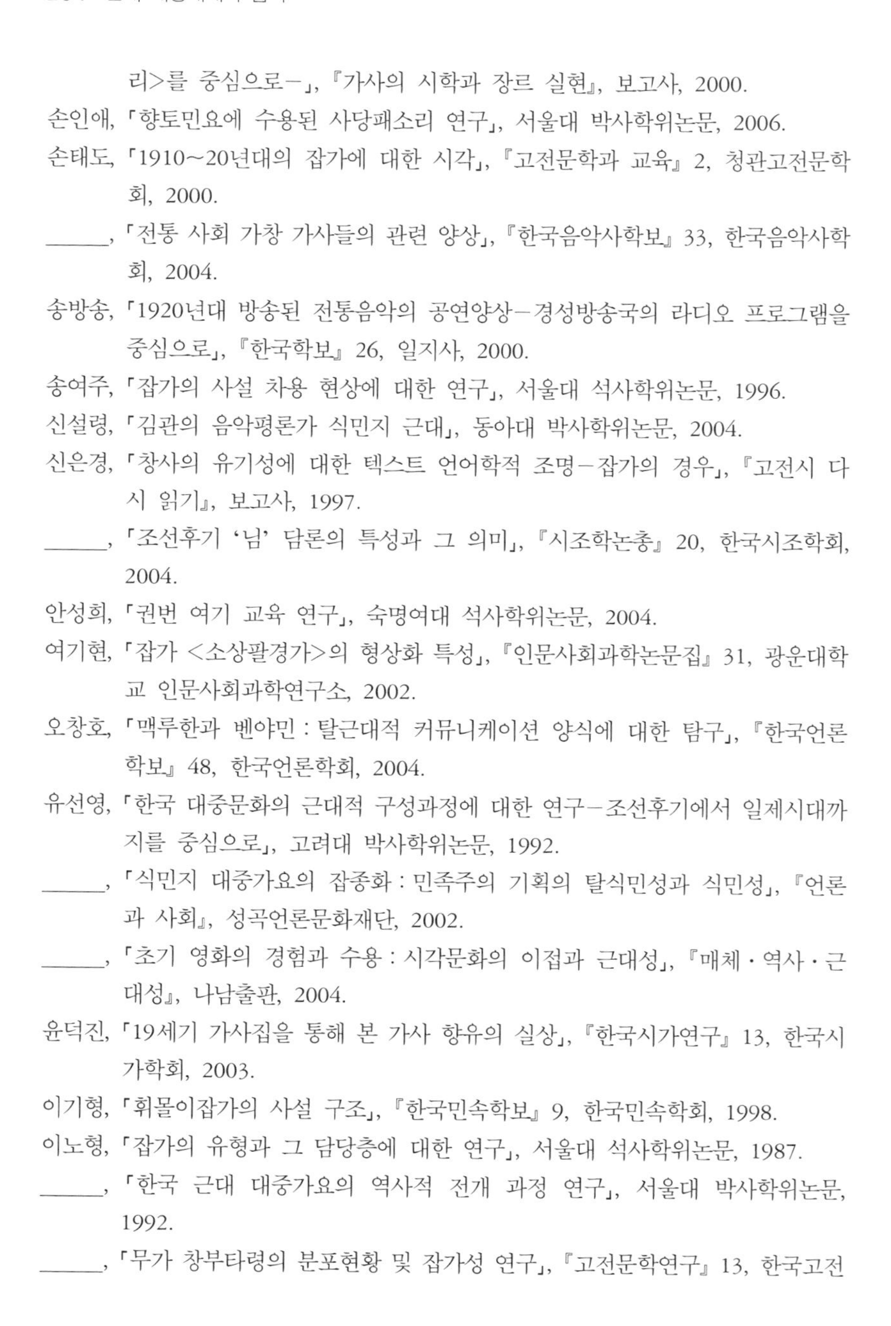

리>를 중심으로-」, 『가사의 시학과 장르 실현』, 보고사, 2000.

손인애, 「향토민요에 수용된 사당패소리 연구」, 서울대 박사학위논문, 2006.

손태도, 「1910~20년대의 잡가에 대한 시각」, 『고전문학과 교육』 2, 청관고전문학회, 2000.

_____, 「전통 사회 가창 가사들의 관련 양상」, 『한국음악사학보』 33, 한국음악사학회, 2004.

송방송, 「1920년대 방송된 전통음악의 공연양상-경성방송국의 라디오 프로그램을 중심으로」, 『한국학보』 26, 일지사, 2000.

송여주, 「잡가의 사설 차용 현상에 대한 연구」, 서울대 석사학위논문, 1996.

신설령, 「김관의 음악평론가 식민지 근대」, 동아대 박사학위논문, 2004.

신은경, 「창사의 유기성에 대한 텍스트 언어학적 조명-잡가의 경우」, 『고전시 다시 읽기』, 보고사, 1997.

_____, 「조선후기 '님' 담론의 특성과 그 의미」, 『시조학논총』 20, 한국시조학회, 2004.

안성희, 「권번 여기 교육 연구」, 숙명여대 석사학위논문, 2004.

여기현, 「잡가 <소상팔경가>의 형상화 특성」, 『인문사회과학논문집』 31, 광운대학교 인문사회과학연구소, 2002.

오창호, 「맥루한과 벤야민 : 탈근대적 커뮤니케이션 양식에 대한 탐구」, 『한국언론학보』 48, 한국언론학회, 2004.

유선영, 「한국 대중문화의 근대적 구성과정에 대한 연구-조선후기에서 일제시대까지를 중심으로」, 고려대 박사학위논문, 1992.

_____, 「식민지 대중가요의 잡종화 : 민족주의 기획의 탈식민성과 식민성」, 『언론과 사회』, 성곡언론문화재단, 2002.

_____, 「초기 영화의 경험과 수용 : 시각문화의 이접과 근대성」, 『매체·역사·근대성』, 나남출판, 2004.

윤덕진, 「19세기 가사집을 통해 본 가사 향유의 실상」, 『한국시가연구』 13, 한국시가학회, 2003.

이기형, 「휘몰이잡가의 사설 구조」, 『한국민속학보』 9, 한국민속학회, 1998.

이노형, 「잡가의 유형과 그 담당층에 대한 연구」, 서울대 석사학위논문, 1987.

_____, 「한국 근대 대중가요의 역사적 전개 과정 연구」, 서울대 박사학위논문, 1992.

_____, 「무가 창부타령의 분포현황 및 잡가성 연구」, 『고전문학연구』 13, 한국고전

문학회, 1998.

______, 「<새타령> 연구」, 『어문학』 72, 한국어문학회, 2001.

이보형, 「전통사회에서 육자백이토리권 확산에 대한 고찰」, 『한국음반학』 18, 한국고음반연구회, 2008.

이상길, 「유성기의 활용과 사적 영역의 형성」, 『언론과 사회』, 성곡언론문화재단, 2001.

이윤선, 「<수심가> 사설의 매체별 변이 양상과 의미」, 『한국민요학』 26, 한국민요학회, 2009.

이윤진, 「텔레비전 고속도로 : 시각화된 촉각성」, 『매체 · 역사 · 근대성』, 나남출판, 2004.

이재진 · 이민주, 「1920년대 일제 '문화정치'시기의 법치적 언론통제의 폭압적 성격에 대한 재조명」, 『한국언론학보』 50-1, 한국언론학회, 2006.

이진원, 「박동실 증언 "창극이 걸어온 길을 더듬어"를 통해 본 창극의 초기 양상」, 『판소리 연구』 18, 판소리학회, 2004.

이형대, 「휘모리잡가의 사설 짜임과 웃음 창출 방식」, 『한국시가연구』 13, 한국시가학회, 2003.

______, 「선소리 산타령을 통해 본 잡가의 텍스트 변이와 미적 특질」, 『한국시가연구』 19, 한국시가학회, 2005.

임재욱, 「12가사의 연원 연구」, 서울대 박사학위논문, 2007.

임혜정, 「음반사별 국악 레파토리 분배 양상에 관한 연구－1930년대 이후 6대 음반사를 중심으로」, 『한국음반학』 14, 한국고음반연구회, 2004.

장사훈, 「십이가사의 음악적 특징」, 『논문집』 18, 서울대학교, 1973.

장유정, 「1930년대 서울 노래의 이중성 : 웃음과 눈물의 이중주」, 『서울학연구』 24, 서울시립대학교 서울학연구소, 2005.

______, 「대중매체의 출현과 전통가요 텍스트의 변화 양상 고찰－<수심가>를 중심으로」, 『고전문학연구』 30, 한국고전문학회, 2006.

전선아, 「일제강점기 신민요 연구」, 강릉대 석사학위논문, 1998.

전지영, 「歌詞와 잡가의 발전과정에 대한 재고찰」, 『한국음악연구』 35, 한국국악학회, 2004.

______, 「현행 정악의 개념과 그 형성배경에 대한 재조명」, 『음악과 문화』 10, 세계음악학회, 2004.

정영진, 「매스미디어를 통한 이왕직아악부의 음악활동」, 『음악과 민족』 23, 민족음

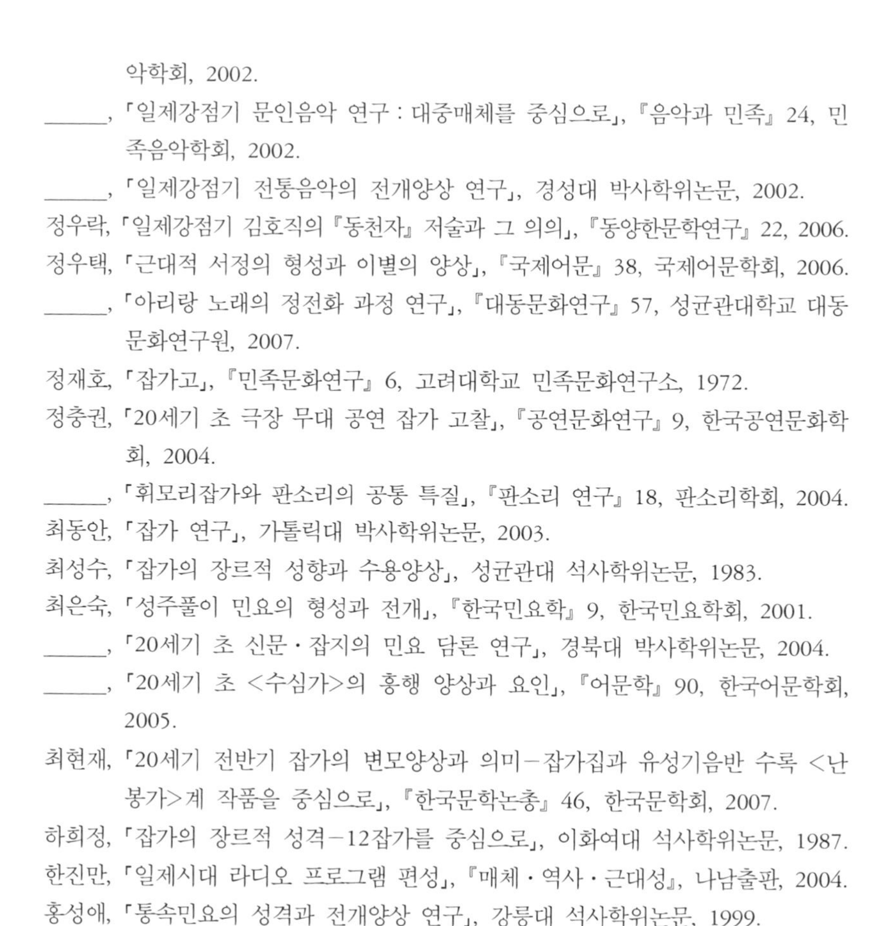

악학회, 2002.
______, 「일제강점기 문인음악 연구 : 대중매체를 중심으로」, 『음악과 민족』 24, 민족음악학회, 2002.
______, 「일제강점기 전통음악의 전개양상 연구」, 경성대 박사학위논문, 2002.
정우락, 「일제강점기 김호직의 『동천자』 저술과 그 의의」, 『동양한문학연구』 22, 2006.
정우택, 「근대적 서정의 형성과 이별의 양상」, 『국제어문』 38, 국제어문학회, 2006.
______, 「아리랑 노래의 정전화 과정 연구」, 『대동문화연구』 57, 성균관대학교 대동문화연구원, 2007.
정재호, 「잡가고」, 『민족문화연구』 6, 고려대학교 민족문화연구소, 1972.
정충권, 「20세기 초 극장 무대 공연 잡가 고찰」, 『공연문화연구』 9, 한국공연문화학회, 2004.
______, 「휘모리잡가와 판소리의 공통 특질」, 『판소리 연구』 18, 판소리학회, 2004.
최동안, 「잡가 연구」, 가톨릭대 박사학위논문, 2003.
최성수, 「잡가의 장르적 성향과 수용양상」, 성균관대 석사학위논문, 1983.
최은숙, 「성주풀이 민요의 형성과 전개」, 『한국민요학』 9, 한국민요학회, 2001.
______, 「20세기 초 신문·잡지의 민요 담론 연구」, 경북대 박사학위논문, 2004.
______, 「20세기 초 <수심가>의 홍행 양상과 요인」, 『어문학』 90, 한국어문학회, 2005.
최현재, 「20세기 전반기 잡가의 변모양상과 의미－잡가집과 유성기음반 수록 <난봉가>계 작품을 중심으로」, 『한국문학논총』 46, 한국문학회, 2007.
하희정, 「잡가의 장르적 성격－12잡가를 중심으로」, 이화여대 석사학위논문, 1987.
한진만, 「일제시대 라디오 프로그램 편성」, 『매체·역사·근대성』, 나남출판, 2004.
홍성애, 「통속민요의 성격과 전개양상 연구」, 강릉대 석사학위논문, 1999.

3. 국외 논저

사이토 준이치 지음/윤대석·류수연·윤미란 역, 『민주적 공공성－하버마스와 아렌트를 넘어서』, 이음, 2009.
요시미 슌야 지음/송태욱 역, 『소리의 자본주의－전화, 라디오, 축음기의 사회사』, 이매진, 2005.
레이먼드 윌리엄스 지음/성은애 역, 『기나긴 혁명』, 문학동네, 2007.
미셸 쉬옹 지음/유정희 역, 『음악－대중매체 그리고 기술』, 영림카디널, 1997.
M.칼리니스쿠 지음/이영욱 외 역, 『모더니티의 다섯 얼굴』, 시각과 언어, 1993.

발터 벤야민 지음/최성만 역, 『기술복제시대의 예술작품/사진의 작은 역사 외』, 길, 2007.

베르너파울슈티히 지음/황대현 역, 『근대초기 매체의 역사－매체로 본 지배와 반란의 사회 문화사』, 지식의풍경, 2007.

에릭 홉스봄 외 지음/박지향·장문석 역, 『만들어진 전통』, 휴머니스트, 2004.

월터 J. 옹 지음/ 이기우·임명진 역, 『구술문화와 문자문화』, 문예출판사, 1995.

Albert B.Lord, *THE SINGER OF TALES*, Newyork : Atheneum, 1973.

Gelatt, R, *The Fabulous Phonograph－The Story of the Gramophone from Tin Foil to High Fidelity*, London : Cassell & Co, 1956.

Millard, A, *America on Record－A History of Recorded Sound*, Cambridge : Cambridge University Press, 1995.

Ruth Finnegan, *ORAL POETRY*, Cambridge : Cambridge University Press, 1977.

찾아보기

ㄱ

ㄴ

ㅇ

ㅌ

ㅍ

ㅎ

저자 소개

박 지 애(朴志愛)

1976년 대구 출생
경북대학교 국어국문학과 졸업
동 대학원 국어국문학과 석·박사과정 수료
문학박사
현재 경북대학교 국어국문학과 BK21플러스 〈영남지역 문화어문학 연구 인력 양성 사업단〉 BK연구교수로 재직 중

주요논저
「20세기 전반기 잡가의 향유방식과 변모 연구」(박사논문, 2010)
「20세기 전반기 라디오방송을 통한 십이가사의 소통과 향유」(2013)
「영남지역 시집살이노래의 특징과 문화적 가치」(2013)
「사례를 통해 본 여성민요의 소통과 전승 현장」(2014)
『이야기꾼과 이야기의 세계』(공저, 2013)
『민요와 소리꾼의 세계』(공저, 2014) 등

근대 대중매체와 잡가

초판1쇄 인쇄 2015년 2월 2일
초판1쇄 발행 2015년 2월 10일

지은이 박지애
펴낸이 이대현
편 집 이소희
펴낸곳 도서출판 역락
서울 서초구 동광로 46길 6-6 문창빌딩 2층
전화 02-3409-2058(영업부), 2060(편집부)
팩시밀리 02-3409-2059
이메일 youkrack@hanmail.net
등록 1999년 4월 19일 제303-2002-000014호
역락 블로그 http://blog.naver.com/youkrack3888

ISBN 979-11-5686-151-5 93810
정 가 18,000원

* 파본은 구입처에서 교환해 드립니다.
* 이 도서의 국립중앙도서관 출판예정도서목록(CIP)은 서지정보유통지원시스템 홈페이지(http://seoji.nl.go.kr)와 국가자료공동목록시스템(http://www.nl.go.kr/kolisnet)에서 이용하실 수 있습니다.(CIP제어번호 : CIP2015004422)